Zapf/Zehrer - Der Vorstadtkommissär

Wolfgang Zapf/Peter Zehrer

Der Vorstadtkommissär

Wahre Wiener Polizeigeschichten

mit 20 Illustrationen von
Walter Mende

Eine Satire

Anhang:
Die Galerie, die Heh und ihr Spruch
Ein wienerisches Spezial-Wörterbuch

EDITION VA BENE

Die Deutsche Bibliothek – CIP-Einheitsaufnahme

Zapf, Wolfgang – Zehrer, Peter:
Der Vorstadtkommissär:
wahre Wiener Polizeigeschichten; eine Satire /
Wolfgang Zapf; Peter Zehrer. –

Wien–Klosterneuburg: Ed. Va Bene, 1997
ISBN 3-85167-065-5

2., überarbeitete Auflage

Gesamtherstellung: Druckerei Theiss GmbH, A-9400 Wolfsberg
unter Verwendung einer Illustration von Walter Mende
Printed in Austria

ISBN 3-85167-065-5

GEWIDMET
KOMMERZIALRAT FERRY SCHNEIDER

INHALT

I. WASERLN, WEH UND WAMSER (KLEINER SPRACHEXKURS) 9

II. PÜLCHER, PRÜGEL, POLIZISTEN

Das Kamel 21

Die Spitzbüberei 27

Der Alarm 29

Der Nerz 32

Der Staatsvertrag 37

Die Stoßpartie 40

III. SANDLER, STRIZZIS, SPIRITISTEN

Tischerlrücken 47

Das Boot 50

Der Feinspitz 53

Sandlerweihnacht 56

IV. KAISER, KÖNIG, KURIOSA

Stotlup 61

Die Stoptafel 66

Don Camillo und Peppone 70

Kommissar Tex 72

Der Opernball 75

Die falsche Golda 77

V. GAUCHOS, GECKEN, GRAMMELKNÖDELN

Der Blade 85

1. Der millionenschwere „Zund" 87

2. Sehnsucht nach Ottakring 91

Das Konsulat 98

Der Gaucho 101

Der Lebensretter 104

Das Etikett 107

VI. HERREN, HUREN, HEISSE HINTERN
Die Sexualbetriebsrätin 113
Herrgott aus (1000 Jahr') Stan 116
Die Aussteigerin 120
Die Geschlechtsumwandlung 123
Der Vibrator 124

VII. MUATTERLN, MACHOS, MAFIOSI
Der Onkel Leopold 129
Die Falle 132
Der Gemeindestier 138
Die Katzenomi 140
Schutzengel, gibt's die? 143
Häfenelegie 148

VIII. SCHELME, SCHERBEN, JOURNALISTEN
Die Polizeireporter 153
Der Müller-Peter 155
1. Der Sammelkanal 156
2. Die Stimme aus der Gruft 157
3. Der Blitzzähler 157
4. Notwehr-Krista 158
Der Konerl 159
1. Nachttöpfe für die Türkei 161
2. Der Selbstmord 162
3. Der Lauschangriff 164
4. Leiche im Schnee 165
5. Die Monstranz 166

IX. AMTSKAPPL MIT HERZ
(NACHWORT UND DANK) 171

X. ANHANG: DIE GALERIE, DIE HEH UND
IHR SPRUCH
(EIN WIENERISCHES
SPEZIALWÖRTERBUCH) 173

I.
Waserln, Weh und Wamser

Kieberer sind keine Bullen
und Mistelbacher keine Kieberer.
Die Galerie hat einen eigenen Spruch
und die Heh natürlich auch ...
Ein Sprach[ex]kurs der etwas anderen Art.

Das zwangsläufige „Zusammenleben“ von Gesetzeshütern, Gesetzesbrechern und Journalisten nimmt nicht selten familiäre Züge an. Alle sind sie ja tatsächlich so etwas wie eine große Schicksalsgemeinschaft – mit braven Kindern und mit „schwarzen Schafen“. Und wahrscheinlich ist auch der eine oder andere nur mehr oder minder durch Zufall auf dieser oder jener Seite gelandet.

In einem solchen Mikrokosmos entwickelt sich eine besondere Sprache, eine oft groteske Mischung aus lokalem Idiom, den „Zunft“-Ausdrücken aus Unter- und Halbwelt, vielgebrauchten Modewörtern und aus dem unser Land wohl unausrottbar prägenden Amtsdeutsch – der „Weaner Spruch“.

Wir bedienen uns dieser spezifischen Sprachmischkulanz in diesem Buch ganz bewußt, spiegelt sie doch wohl am besten jenes Milieu wider, in dem die Autoren sich nun schon einen beachtlichen Teil ihres Lebens bewegen und in dem alle Stories „geboren“ wurden: küchendunstgeschwängerte Zinshäuser, verrauchte Gastlokale, zugiger „Strich“ und desinfizierte Amtsstuben.

Hauptschauplatz dieses Buches ist Ottakring, der 16. Wiener „Hieb“, ein traditioneller Arbeiterbezirk, heute massiv „überfremdet“. Ausländer halten sich dort praktisch schon mit echten Ottakringern die Waage. Das Polizeikommissariat Ottakring war für viele Jahre Betätigungsfeld des damals noch jungen „Dokta“ Wolfgang Zapf. (Heute ist er – Hofrat längst, aber immer noch der „Dokta“ – Stadthauptmann, mithin Polizeichef in seiner Urheimat, dem dritten Bezirk, Wien-Landstraße.)

In der herben Wiener Vorstadt ist der Umgangston auch dementsprechend „harb“. Ottakringerisch, um nur den Dialekt des von uns also dominant behandelten Stadtviertels zu nennen, ist nun wirklich vom Hochdeutschen so weit entfernt wie Hamburger Platt. Und die Sprache der Galerie- und Plattenbrüder liegt noch um eine Stufe tiefer.

Das veranlaßt uns, quasi als Einführung, das des Wienerischen vielleicht nur mangelhaft und der Unterweltsprache wohl überhaupt kaum kundige Leserpublikum ein wenig mit den „kritischen" Begriffen vertraut zu machen.

Die folgenden Seiten sollen aber nun beileibe kein ermüdender Führer durch den gesamten Dialekt und die Gaunersprache der Wienerstadt sein; ein kleiner Exkurs scheint uns dennoch für das Verständnis des Geschriebenen unerläßlich.

Vorweg Grundsätzliches: In Ottakring gibt es keine „Bullen"! Wie übrigens auch im Rest von Österreich nicht. Das häßliche, aus der BRD importierte und dort ursprünglich nur von der Anarcho-Szene kreierte Wort wird hierzulande lediglich in einer mikroskopisch kleinen Szene am äußersten linken Rand der Gesellschaft gebraucht.

Das österreichische Idiom kennt zudem den – ebenfalls vom Film her dennoch allen vertrauten – Begriff „Kommissar" nicht. Und wenn, dann ist das Wort mit einem negativen Odium behaftet (z. B. Politkommissar). Die Nomenklatura der hiesigen Dienstränge sieht nur den „Kommissär" bzw. den „Oberkommissär" vor. Einzige Ausnahme ist der TV-Hund „Kommissar Rex" – aber der ist ja, wie man weiß, ein Amerikaner.

„Kommissär" ist die unterste Sprosse auf der Rangstufenleiter der Juristen (Konzeptsbeamten), an deren Spitze der „Hofrat" steht. Sie alle fallen jedoch, gleichermaßen beim einfachen Polizisten wie beim Ganoven, unter einen Sammelbegriff – „Dokta".

Die Polizei heißt in Wien allemal „Höh" (gesprochen: Häh, auch Heh). Der Begriff, dessen Herkunft – vielleicht von „hoher Behörde" – nicht recht geklärt ist, bezog sich ursprünglich wohl nur auf das Sicherheitsbüro, später auf alle polizeilichen Einrichtungen.

Es gibt indes auch Sprachdeuter, die da meinen, das Wort stamme von den auf den Rücken eines Amtsschimmels, sprich Dienstpferdes, und demnach „in der Höh'" sitzenden berittenen „Wåchtern“. Beweise haben sie keine. Denn die amtlichen „Würschtln“ sind samt deren Reitern längst ausgestorben.

„I geh' auf d' Heh'“ kann, rein theoretisch, wohl auch „Ich besteige einen Berg“ heißen, in Wien ist in aller Regel aber gemeint: „Ich suche eine Polizeidienststelle auf.“ Unangenehm wird's, wenn einer dorthin vorgeladen wird und somit „auf die Heh'“ *muß*.

Vielfach wird seit einiger Zeit, vor allem von der jungen Generation, der Begriff „Ki(e)berer“ (gesprochen: Kiwara) generalisierend für „Polizist“ verwendet. In logischer Folge ist denn auch von der gesamten Exekutive, egal ob uniformiert oder nicht, fälschlicherweise als „die Ki(e)berei“ die Rede. Wobei sogar die auf dem Lande tätige Gendarmerie, deren Angehörige von uns seinerzeit respektlos „Schanti“ geheißen wurden, mit einbezogen wird.

Wohl aber tragen die Uniformierten eine Dienstmütze, zu der jeder Wiener selbstverständlich „Amtskappl“ sagt. Ein solches tragen aber schließlich auch Eisenbahner, Straßenkehrer, Soldaten etc. Also ist im Laufe der Zeit das „Amtskappl“ zum Synonym für die staatliche Obrigkeit, die Behörde und deren Vertreter geworden.

Die „Kieberer“ müssen sich mangels „Amtskappls“ einer anderen Form der Legitimation bedienen, der Dienstmarke. Diese zeigt das Bundeswappen, den Adler. Weshalb für die Kokarde in eingeweihten Kreisen auch gern das Diminutiv „Spatz“ oder „Kuckuck“ in Gebrauch ist. Der (papierene) „Kuckuck“ wird ja auch von Gerichtsvollziehern auf gepfändetes Gut geklebt.

„Kieberer“ – das Wort wird vom mittelhochdeutschen *„kiben“* (= schelten), auch vom hebräischen *„kewjus“* (= Sicherheit) abgeleitet – sind indes, korrekterweise, nur die Kriminalbeamten. Die Angehörigen der in traditionellem Grün uniformierten Sicherheitswache hingegen werden, zumindest im Wiener Raum, größtenteils immer noch „Greane“ (= Grüne), seltener – meist von älteren Jahrgängen – auch „Mistelbacher“ genannt. Noch früher hießen sie gar, unter Anspielung auf die Uniformfarbe, „Spinatwåchter“.

„Joschi“ Holaubek, Wiens legendärer früherer Polizeipräsident, der einmal – so die Legende – mit den Worten „Kumm, Walter, i bin's, dei Präsident“ einen schwerbewaffneten, aus der Strafanstalt Stein entsprungenen Häftling und Geiselnehmer zum Aufgeben überredete, liefert höchstpersönlich für den Begriff „Mistelbacher“ eine überaus plausible Erklärung:

Den schmückenden Beinamen verdanken Wiens uniformierte Ordnungshüter eigentlich „Joschis“ nicht minder berühmtem Vorgänger Dr. Johann Schober, der in der Zwischenkriegszeit vorübergehend auch Bundeskanzler war.

Als nach dem Ersten Weltkrieg in Mistelbach einige Siedlungshäuser zum Kauf angeboten wurden, ließ Schober darin ein Erholungsheim für seine Beamten einrichten. Zwischen den Bewohnern des Weinviertler Städtchens und den Wiener Polizei-Urlaubern entwickelte sich rasch ein überaus gutes Verhältnis. Dies wiederum hatte zur Folge, daß so mancher gebürtige Mistelbacher zur Wiener Polizei ging.

Heutzutage freilich ist der Anteil der in Mistelbach Geborenen in der Wiener Exekutive marginal. Dennoch sei hier eine kleine Anekdote, ebenfalls aus Holaubeks Mund, angefügt:

Ein Autofahrer, der nach Hause will, findet sich in Wien nicht zurecht und wendet sich an einen Verkehrspolizisten um Rat: „Herr Inspektor, wie komm' ich da am schnellsten nach Mistelbach?“ Der Wachmann, selbst ein echter Mistelbacher, fühlt sich „gepflanzt“ und droht dem Mann mit einem Organmandat. Als ihm der vermeintliche „Pflanzer“ seinen Ausweis zeigt, löst sich alles in Wohlgefallen auf. Da steht nämlich groß und deutlich: „Wohnort: Mistelbach“. Worauf die beiden bei nächster Gelegenheit Bruderschaft trinken. In Mistelbach, natürlich ...

Als echte Wiener Lausbuben haben wir, wenn wir beim damals so beliebten „Randsteinservierer“ mit einem Tennisball ein Kellerfenster eingeschossen hatten oder bei einer „Glöckerlpartie“ vom Hausmeister ertappt worden waren, die von uns natürlich ein wenig gefürchteten Wachleute nur „(Spinåt-)Wåchter“, „Greane“ („Grüne“) oder „G'schmierte“

genannt. So hieß auch der Alarmruf „Koks! (Oder auch: Tschiff!) Die Schmier!“

Und beim Räuber-und-Gendarm-Spiel wollte natürlich keiner der „Schanti“ (also der Verfolger) sein.

Unsere bedauernswerten Kinder und Kindeskinder freilich werden im Fernsehen rund um die Uhr mit „Polypen“ (vermutlich vom hebräischen *„pallopet“* = Polizist stammend) und Unterweltlern konfrontiert, die offenbar nur den einen Satz beherrschen: „Mensch, hau ab, die Bullen komm’!“

Die Unterwelt heißt übrigens in Wien traditionellerweise „Galerie“, ihre Angehörigen sind demnach „Galeristen“. Zurückzuführen ist dieser Ausdruck auf das „Verbrecheralbum“, die – heute ebenso wie das Fingerabdruckverzeichnis elektronisch gespeicherte – polizeiliche Lichtbildsammlung. Die dicken Wälzer mit den Photos der Verbrecher waren ja wirklich eine Bildergalerie der besonderen Art. Und der Computer kann sie immer noch nicht zur Gänze ersetzen.

Die heutige Verbrecherszene hat indes mit der früheren nur noch wenig gemeinsam. Die „alte“ Galerie war berechenbar und hatte ihren eigenen Ehrenkodex. Zwischen ihr und der Polizei gab es so etwas wie ein „Gentlemen’s agreement“.

Ein bewaffneter Einbrecher, der bedenkenlos um sich schießt, etwa wäre seinerzeit nahezu undenkbar gewesen. Die Brutalisierung durch Film und Fernsehen, aber natürlich auch neue Formen der Kriminalität, vor allem das importierte organisierte Gangstertum, haben andere – und gewiß nicht bessere – Kriterien geschaffen.

Dort, wo die Wiener „Pülcher“ noch unter sich sind, ist immer noch der „Stoß“ beliebt. Es handelt sich dabei um ein altes, stets vergebens verbotenes Karten-Hasardspiel, das hauptsächlich der finanziellen „Erleichterung“ argloser Neulinge, sogenannter „Weh“, dient und erst in zweiter Linie der Unterhaltung der Profis.

Wenn die Polizei einer „Stoßpartie“, einer Gruppe von „Soliden“ (Geheimprostituierten) und deren „Peitscherlbuam“, also den auch „Strizzis“, „Loddln“ oder „Wiggerln“ genannten Zuhältern, und noch schwereren Kalibern auf die

Spur kommt, hat sie dies nicht selten einem „Zund“ oder „Wams“ (= vertraulicher Hinweis) aus dem kriminellen Milieu zu verdanken. Und wenn der „Wamser“ ordentlich gearbeitet hat, kann die „Heh“ dann auch den „Murrer“, die Beute, sicherstellen.

Opfer von Hasardspielerpartien sind jene arglosen „Weh“, die sich früher häufig aus mit viel Geld zur Wiener Messe angereisten Bäuerlein rekrutierten, denen heutzutage aber auch – wie einige Seiten weiter nachzulesen – andere Berufsschichten angehören.

Nur noch selten kommt es hingegen vor, daß „ein Bär gerissen“ wird, arbeiten die heutigen Kassenschränker doch längst nicht mehr mit dem „Beißer“, der Brechstange, oder gewichtigen Autogenschweißgeräten, sondern mit der „Flex“, einer handlichen Trennscheibe.

Dagegen widmet sich ein bedeutender Erwerbszweig der kriminellen Branche in zunehmendem Maße der Versorgung von „Giftlern“ mit „Schnee“, „Shit“ und anderem tödlichen „Stoff“. Auf die in diesem speziellen Milieu gebräuchliche, durchwegs importierte Kunstsprache soll hier aber nicht näher eingegangen werden.

Überführte Übeltäter landen vorerst in der „Liesl“, dem Polizeigefangenenhaus auf der früheren Elisabethpromenade (heute Roßauer Lände), wo sie sich in der Regel als die reinsten „Waserln“ geben.

Später dann, wenn im „Landl“ vom „Suacherl“, dem Untersuchungsrichter, und dem Staatsanwalt der Prozeß ordentlich vorbereitet worden ist, wandern sie freilich zumeist in jenen „Häfen“ ab, zu dem die Deutschen „Knast“ sagen.

Sind diese (nicht die Deutschen, sondern die Straftäter, versteht sich) bei der Einvernahme besonders schweigsam und geben nur das zu, was man ihnen hundertprozentig nachweisen kann, gelten sie als „Steher“. Was sie indes in der Regel vor einem trüben Schicksal als „Häfenkind“ (Vorbestrafter, Einsitzender) kaum zu bewahren vermag.

Der Strafvollzug obliegt hernach jener Beamtengruppe, die man hierzulande „Kas“ nennt, was exakterweise eigentlich

„K.A.S.“ geschrieben werden müßte. Das nämlich ist die nicht mehr ganz zeitgemäße Abkürzung für den früheren „Kaiserlich-königlichen Arrest-Schließer“.

Damit aber nun wirklich genug! Das Rüstzeug für das Verständnis der folgenden Geschichten müßte gegeben sein, allenfalls möge der geneigte Leser zwischendurch den einen oder anderen Blick in das im Anhang abgedruckte Kapitel „Weaner Spruch“, ein aktuelles, noch nie in diesem Umfang veröffentlichtes Spezial-Wörterbuch der Wiener Gauner- und Unterweltsprache, werfen.

II.
Pülcher, Prügel, Polizisten

Sie führen um fünf Uhr früh Ihren Hund äußerln.
Plötzlich sehen Sie, wie auf einem Markt
ein Kamel verprügelt wird.
Hand auf's Herz, was würden Sie tun?
Sofort ins Bett zurückkehren,
einen Psychiater aufsuchen
oder die Polizei verständigen?

Das Kamel

oder: Der Bananenkönig vom Brunnenmarkt

Wenn alljährlich im Februar der „Standlerball“ ins Haus steht, ist bei der Ottakringer Polizei Feuer auf dem Dach. Denn da treffen im Albert-Sever-Saal auf dem Schuhmeierplatz zwei Welten aufeinander: zwei Welten mit ihren eigenen, ganz eigenen Gesetzen und Gesetzmäßigkeiten. Und dabei sind gröbere „Wickel“ gewissermaßen vorprogrammiert.

Standler oder – wie die offizielle, sogar an den Besitz eines Gewerbescheins gebundene Bezeichnung lautet – Marktfierant zu sein, heißt jeden Tag im Morgengrauen aufzustehen, bei Sonne, Regen und beißender Kälte den ganzen Tag über auf den Beinen zu sein und sich nur zu oft mit nörgelnden Kunden herumärgern zu müssen. Kein Beruf für zarte Gemüter also, vielmehr einer, der Menschen mit robuster Gesundheit und dicker Haut verlangt. Privatleben und Vergnügen kommen da meistens zu kurz. So ist es nicht weiter verwunderlich, daß dieser „harbe“ Menschenschlag sich wenigstens im Fasching so richtig auslebt.

Wenn es zwischen zwei Wiener Märkten eine echte Konkurrenz gibt, dann sind das der Meiselmarkt auf der Schmelz – neuerdings in den Katakomben eines früheren Wasserreservoirs untergebracht – und der noch traditionsreichere Brunnenmarkt in Ottakring. Die jeweiligen Standler sind eine verschworene Gemeinschaft und der jeweils anderen Gruppe nicht unbedingt freundlich gesinnt. Fragt man beispielsweise auf dem Meiselmarkt, wie denn die Geschäfte stünden, wird man unweigerlich mit der bewegt geführten Klage konfrontiert, daß „die“ vom Brunnenmarkt einem eben dieses Geschäft permanent „zusammenhauen“. Die Aussagen auf dem Brunnenmarkt sind deckungsgleich – nur mit umgekehrten Vorzeichen.

Unbeschadet dessen laden, wenn es im Fasching so weit ist, beide Marktkommunen zum Maskenball ein.

Die gemäß langjähriger Tradition im Albert-Sever-Saal abgewickelten Marktfierantenbälle sind im Veranstaltungskalender des jeweiligen Sicherheitsreferenten der Polizei ganz dick und rot angestrichen. Das Inspektionsaufgebot wird speziell den Standlern „zuliebe“ im Vergleich zu einem „normalen“ Ball verdoppelt, findet doch mit schöner Regelmäßigkeit anstatt der Mitternachtsüberraschung eine veritable Rauferei statt.

Der Grund dafür liegt in aller Regel bei der eingangs erwähnten internen Gesetzgebung, die da unter anderem besagt, daß Frauen des jeweils anderen Lagers absolut tabu zu sein haben. Genau das aber wird unter dem Einfluß von überreichlich genossenem Alkohol oft ignoriert.

Die üblicherweise sofort einsetzenden Sanktionen haben indes nicht nur ordinäre männliche Eifersucht zum Anlaß, sondern durchaus auch praktisches kaufmännisches Denken.

„Spannt“ nämlich, um wieder ein Beispiel zu nennen, ein „Brunnenmarktler“ seinem Kollegen vom Meiselmarkt Frau, Freundin oder auch nur mitgeschleppte Verkäuferin aus, könnte ja – vom Liebesverlust ganz abgesehen – doppelter

Schaden entstehen: Zum einen würde die „Ausgespannte" postwendend die Effizienz der Konkurrenz erheblich verstärken, zum anderen müßte im eigenen Bereich Ersatz beschafft werden.

Der Vollständigkeit halber muß an dieser Stelle noch erwähnt werden, daß die Marktfierantenbälle sich nicht nur durch die obligaten Raufereien, sondern stets auch durch ein üppiges Buffet und einen außergewöhnlichen Maskenaufmarsch auszeichneten. Bei der Wahl der originellsten Maske waren schließlich wertvolle Preise zu gewinnen. Und wenn er einmal feiert, dreht der Standler den Schilling gewiß nicht zweimal um.

(So wird von einem Marktfieranten berichtet, der sich – und das vor rund 20 Jahren – um 18.000 Schilling von Profimaskenbildnern und Theaterschneidern zu einem furchterregenden Grafen Dracula stylen ließ.)

Als Damenspende werden üblicherweise bunte Luftballons verteilt. Die damit Bedachten sollten diese eigentlich nie aus der Hand geben, befestigten sie aber im Laufe des Abends – je nach angehobenem Stimmungs- und Alkoholpegel – am Dekolleté, am Rücken-Reißverschluß, oder aber auch nur an der Sessellehne oder am Handtäschchen. Was natürlich eine gewaltige Provokation für so manche Raucher ist, die dann die Ballons boshafterweise mit dem „Tschick" zum Platzen bringen. Das bietet gelegentlich Anlaß zu Handgreiflichkeiten.

Unter derlei Aspekten ging nun auch der Maskenball des Jahres 1978 in Szene und – dank der anschließend erläuterten Vorfälle – in die Geschichte ein.

Weil die ohnehin latente Fehde zwischen den Freund-Feinden schon geraume Zeit vor dem Ball eine ziemliche Verschärfung erfahren hatte, wurden ein Jurist und mehrere Sicherheitswachebeamte als Beobachter in Marsch gesetzt.

Zur Zentralfigur der schicksalhaften Faschingsereignisse des Jahres 1978 sollte ein gewisser „Helmi" werden, der in eingeweihten Kreisen auch als „Bananenkönig" bekannt war. Dieses Adelsprädikat hatte er sich redlich erworben. Sein am Brunnenmarkt etablierter Obst- und Gemüsestand wurde Tag für Tag von einem riesigen Berg ebenso prächtiger wie konkurrenzlos billiger Bananen beherrscht. Weithin unüberhörbar war auch die Stimme Helmis, wenn dieser die von ihm feilgebotene Ware anpries.

Der überaus tüchtige Plätschentandler war wohl nicht sehr groß gewachsen, dafür aber umso breiter, dazu mit Herkulesarmen und, wie man in Wien sagt, „zu viel Kraft zum Gehen" gesegnet. Helmis bevorzugte Fortbewegungsart war demnach eine Art Paßgang.

Nicht eben als Adonis geschaffen, war unser Freund noch unbeweibt und darob unbeirrbar, wenngleich ziemlich erfolglos, hinter allen nur erdenklichen Kitteln her.

Für den Maskenball hatte sich der „Bananenkönig" ein besonders originelles Kostüm einfallen lassen. Er kam als Kamel, wobei ihm auch der erwähnte Paßgang sehr zustatten kam. Der Kamelschädel entpuppte sich als bestechend naturgetreues Kunstwerk, durch einen Schlitz im Hals des übergestülpten Tierhauptes vermochte Helmi bequem die ihn umgebende Damenwelt im Auge zu behalten. Vorne und hinten baumelten zwei Beinpaare, und natürlich war der Rücken mit zwei Höckern ausgestopft.

Mit einem Wort, Helmi war eine – man möchte sagen – hinreißende Erscheinung. Zudem erlaubte es ihm das Kostüm, erstrebenswerte Hinterteile zu begrapschen und dann die Hände sofort wieder unter seiner „Kamelhaut" verschwinden zu lassen.

Es wunderte niemanden, daß Helmi von der Jury den 1. Preis zugesprochen bekam und somit einen schönen Fernsehapparat gewann.

Der Siegeslorbeer nun machte den „Bananenkönig" unerhört stolz. Derlei mußte zudem ausgiebig begossen werden. Kein Wunder, daß der vorübergehend zum Kamel mutierte Helmi in weiterer Folge überaus „anlassig" wurde, was man ihm aber zunächst – vermutlich als Siegerbonus – ungestraft durchgehen ließ.

Er lud Freund und Feind zum Umtrunk ein und begab sich gezielt auf den Pfad der Liebe. Schon lange war ihm nämlich eine adrette „Plätschentandlerin“ ins Auge gestochen, die nur den Nachteil hatte, daß sie der gegnerischen Meiselmarkt-Clique angehörte.

Doch das konnte den alkoholbedingt schon ziemlich enthemmten „Bananenkönig“ nicht mehr bremsen. Die Sache artete, zumindest seinerseits, in einen Flirt heftigster Sorte aus. Gottlob behielt der Begleiter der von Helmi Angebeteten die Nerven. Er zog die Dame und sich selbst frühzeitig aus dem Verkehr, beide verließen den Ball.

Aber dem Helmi war die Liebe schon gar zu sehr eingeschossen. Zuerst ertränkte er seinen Kummer noch ausgiebig in Hochprozentigem, dann, es mochte so gegen vier Uhr gewesen sein, faßte er einen, wie sich herausstellen sollte, unheilschwangeren Plan.

Schwer geladen und als Kamel adjustiert, schwankte er durch die eisige Februarnacht vom Schuhmeierplatz zum Meiselmarkt, wo, wie er vermutete, die Angebetete ja demnächst hinter der Budel Stellung beziehen mußte.

Kurz nach halb fünf – eine beachtliche Marschleistung immerhin – wurde das Kamel erstmals auf der Schmelz gesichtet, wie es „brünftig“ zwischen den Ständen umhertorkelte und nach seiner Dulcinea Ausschau hielt.

Die bereits anwesenden Standler merkten natürlich sofort, mit welch unzulässiger Absicht der Helmi da gekommen war. Worauf einige von ihnen beschlossen, das ebenso ehrenrührige wie geschäftsschädigende Unterfangen sofort im Keim zu ersticken. Sie fielen über das nur noch unsicher auf den Beinen stehende Kamel her, und im Nu war die schönste Keilerei im Gange. Trotz seines beeinträchtigten Allgemeinzustandes und des hinderlichen Kostüms blieb Helmi den Angreifern nichts schuldig und brachte manch einen zur Strecke. Dann schien aber doch die Übermacht die Oberhand zu behalten.

Genau zu diesem Zeitpunkt trat – sei es infolge greisenhafter Bettflucht oder weil er seinen Dackel äußerln führte – ein früher Spaziergänger auf den Plan. Als er einige Männer und ein seltsames Tier – ähnlich einem Kamel, wie er zu erkennen glaubte, aber eigentlich nicht so groß wie ein solches – auf dem kalten Asphalt herumkugeln sah, lief er zum nächsten Telephon.

Der Beamte am Polizei-Notruf wußte mit dem erregten Gestammel wenig anzufangen, schickte aber immerhin die Bezirks-Funkstreife „Martha" zum Meiselmarkt: „Laut Aufforderer wird dort ein Kamel geschlagen!"

Als „Martha" beim Meiselmarkt vorfuhr, war indes alles still. Die Standler polierten in ihren Buden Äpfel oder schleppten Gemüsesteigen ins Freie, und von dem ominösen Kamel war weit und breit nichts zu sehen. Helmi hatte nämlich – so besoffen konnte er gar nicht sein – angesichts des herannahenden Blaulichts blitzartig den Rückzug nach Ottakring angetreten.

Die gerade noch feindlichen Standler aber waren plötzlich ein Muster an Solidarität und hielten es mit den drei Affen: „Nichts hören – nichts sehen – nichts sagen!"

Von den Polizisten nach einem Kamel befragt, lächelten sie scheinheilig und schüttelten den Kopf. Und einer bemerkte sogar mit aufmüpfigem Unterton: „Jetzt binden s' der Polizei anstelle von Bären schon Kamele auf!"

Die Sofortfahndung nach dem Kamel verlief erfolglos, und den Standlern konnte man nichts nachweisen. Der bettflüchtige „Aufforderer" aber ging verhärmt und verwirrt von dannen.

Die Ottakringer Polizei hatte natürlich die „Kamelfahndung" am Funk mitbekommen, bewahrte jedoch selbst Funkstille. War es einfache Solidarität oder Mitleid mit Helmis Schicksal, daß man Wissen und Vermutungen an die Kollegen im Nachbarbezirk nicht weitergab?

Drei Tage nach dem überaus mysteriösen Vorfall stand der „Bananenkönig" jedenfalls leibhaftig – und von seinem Meiselmarkt-Abenteuer immer noch einigermaßen gezeichnet – vor dem Sicherheitsreferenten und fragte verlegen an, ob gegen ihn etwas vorliege.

„Was soll denn vorliegen?" fragte der Doktor Zapf sibyllinisch, und der Helmi druckste noch verlegener herum.

„Geht's am Ende gar um ein Kamel?"

Jetzt begann der Helmi Verfallserscheinungen zu zeigen. Was wußte denn die Polizei?

„Also“, beendete der Doktor die Qualen des Sünders, „wir haben zwar etwas von einem Kamel am Meiselmarkt gehört, nehmen aber nicht an, daß es das vom Brunnenmarkt ist. Bei uns liegt also nichts vor.“

Da machte der Helmi selig kehrt, pries die Ottakringer Polizei („Die san schwaar in Urdnung!“) und steckte in der Folge so manchem Wachmann, der an seinem Stand vorbeipatrouillierte, eine Extrabanane als Wegzehrung zu.

Die Spitzbüberei

Wenn es um eine Hetz' und Gaudi ging, war der populären Volksanwältin Franziska Fast (von ihr ist auch in den Episoden „Der Opernball“ und „Die Sexualbetriebsrätin“ ausführlich die Rede) alles recht. Da konnte sie ein echter „Spitzbub“ sein. Mit der Polizei ging sie mitunter – wenn sie dem Fehlverhalten eines Beamten auf die Spur gekommen war – auch recht grob um, hatte aber daneben ein „patzweiches“ Herz und war im Grunde genommen eine wohlwollende Freundin der Exekutive.

Jedes Jahr im Fasching bat die „Franzi“, wie sie überall genannt wurde, in den Festsaal einer Schule in der Ottakringer Seeböckgasse zu „ihrem“ Maskenball. Das Publikum war bunt gemischt: „Franzis“ persönliche Freunde, Pensionisten, ehemalige Gewerkschaftskollegen und natürlich auch ein paar Polizisten.

Den jungen Sicherheitsreferenten Dr. Zapf lud sie ganz speziell ein, war er es doch stets, der sie davon – meist vergebens – zu überzeugen suchte, daß es sich bei den von ihr als Volksanwältin angeprangerten „Übergriffen“ nur um gelegentliche Ausrutscher einzelner schwarzer Schafe handelte.

Als Zapf dem Ballsaal in der Seeböckgasse zustrebte, ahnte er nicht, welche Lektion ihm die „Franzi“ erteilen wollte.

Das Fest nahm den gewohnten Verlauf. Die Frau Volksanwalt konferierte überaus launig, holte ihre Harmonika hervor und sang selbst das eine oder andere Liedl. Mit einem Wort, die Stimmung war prächtig. Bis Mitternacht.

Da ging plötzlich die Tür auf und herein kam ein älterer, sichtlich übelgelaunter Revierinspektor der Sicherheitswache.

„Alle Euchere Kübeln da draußen wer'n jetzt åg'schleppt", brüllte er in den Saal. Die Musik verstummte, betretenes Schweigen breitete sich aus.

„Da feiern, des könnt's, gell, aber draußt schmeißt's euchere Tsches'n hin, wo's wollt's! Des g'wöhn' ma euch o! Außerdem: Ös glaubt's vielleicht, wäul's Sozi sad's, könnt's da mitt'n in der Nacht an Wirbel mach'n. Ungebührliche Lärmerregung is des ..."

Der Dr. Zapf spürte, wie langsam kalte Wut in ihm aufstieg. Da bemühte man sich einerseits, den Beamten korrektes Verhalten im Dienst beizubringen, andererseits mußte man permanent die Volksanwältin beschwichtigen und ihr klarmachen, daß Polizisten ja „gar nicht so" sind. Und dann kommt dieser Rüpel, diese fleischgewordene Antithese eines korrekten Beamten, da herein, duzt alle, schreit herum und beweist gerade das Gegenteil!

Handeln tat not.

Zapf zückte – er war ja in Zivil und, wie alle anderen auch, maskiert – seinen Dienstausweis, baute sich vor dem Revierinspektor auf und herrschte ihn an: „Was glauben Sie eigentlich? Ich bin der Doktor Zapf vom Kommissariat. Benehmen Sie sich! Machen Sie der Polizei keine Schande!"

Da kam er aber gut an.

„Mischen S' Ihnen da net ein, Sie! Ob Sie a Dokta san oder net, des is mir wurscht. Und wia i amtshand'ln tua, geht Ihna an Dreck an!"

Jetzt reichte es. „Halten Sie endlich den Mund!" schrie Zapf.

„Halten S' de Papp'n selber, Se hinicher Konzeptler, Se!" gab, noch lauter, der Revierinspektor zurück.

Der Mann war entweder stockbesoffen oder verrückt (oder beides). Jedenfalls mußte er sofort vom Dienst abgezogen werden. Und die saftige Disziplinaranzeige hatte der Jurist jetzt schon im Kopf.

Als der Wachmann noch weiter ausfällig wurde, war Zapf, nicht eben zart gebaut, nahe daran, den uniformierten Störenfried handgreiflich aus dem Saal zu bugsieren. Da aber warf sich Franziska Fast dazwischen.

„Aufhören, meine Herren!" rief sie und begann plötzlich schallend zu lachen. Die Ballbesucher aber standen mit offenen Mündern da und wußten nicht, was sie von dem Ganzen halten sollten. Da klärte die „Franzi" alle auf.

„Darf ich bekanntmachen", sagte sie und zeigte auf den Revierinspektor, der nun auf einmal ein gewinnendes Lächeln zur Schau trug. „Das ist der Fried-Karli, ein allseits beliebter Volksschauspieler. Sie kennen ihn vielleicht auch von den ‚Spitzbuben' in Nußdorf her. Er ist ein sehr lieber Freund von mir."

Weiß der Himmel, woher die Franzi dem „Spitzbuben" (er war Nachfolger des leider viel zu früh verstorbenen Helmut Schicketanz) für die von ihr ausgeheckte Spitzbüberei eine Polizeiuniform organisiert hatte.

„Ich wollt' Ihnen nur zeigen", wandte sie sich grinsend an den Dr. Zapf, „warum ich mich manchmal über Ihre Leut' beschweren muß. Aber zum Glück sind ja nur ein paar so."

Jedenfalls, die Mitternachts-Spitzbüberei war ihr voll gelungen. Und die beiden haben sich noch oft gemeinsam bei einem guten Glas Wein darüber köstlich amüsiert.

Der Alarm

Das Postamt 1160 Wien in der Wattgasse ist das Ottakringer Haupt- und Paradeamt. Als solches erfreut es sich eines entsprechenden Parteienverkehrs. An den Geldschaltern werden im Einzahlungs- und Postsparbetrieb nicht unbeträchtliche Summen umgesetzt. So kann man sich unschwer vorstellen, daß es – vergleichbare Fälle liegen in der jüngeren Kriminalgeschichte ja sonder Zahl vor – Bösewichtern als lohnendes Ziel für einen Raubüberfall erscheint.

In den Siebzigerjahren setzte in Wien diese Art der Geldbeschaffung geradezu explosionsartig ein, wenngleich mit der

hierzulande üblichen Verspätung. In den USA hatten ja schon in Sezessionskriegszeiten Leute mit leeren Brieftaschen, meist durchaus erfolgreich, versucht, es sich durch bewaffnete Besuche in Banken und Postämtern finanziell zu „verbessern“.

Die kundenfreundlichen Geldinstitute (sie haben mittlerweile großteils ihre bitteren Lektionen gelernt) luden geradezu dazu ein, daß einer über die Budel in die Geldlade langte oder sich gleich am in Griffweite offen stehenden Tresor bediente. Trennscheiben aus kugelsicherem Glas waren verpönt, den Alarmknopf (wenn es überhaupt einen gab) durfte, konnte oder wollte bestenfalls der Herr Vorstand bedienen. Und die nur in den allerseltensten Fällen installierte Kamerafalle war zumeist entweder eine Attrappe oder „ungeladen“.

Das Medieninteresse ließ mit Zunahme der Banküberfälle nach; diese waren nachgerade zur Routine geworden. Die Reporter waren längst von Aufregenderem in den Bann gezogen. An dem Tag beispielsweise, an dem diese Geschichte spielt, waren die Zeitungen gerade voll von haarsträubenden Berichten über einen im Winterhafen verübten Mord an einem Polizisten.

Tatsächlich jagte an diesem Tag praktisch die ganze Wiener Polizei den Mörder eines Kollegen, die ungeklärten Überfälle mußten da zurückstehen. Der Kampf gegen die überbordende Alltagskriminalität war angesichts des drückenden Personalmangels ohnehin schier aussichtslos.

Kurzum, die Lage war, aus polizeilicher Sicht betrachtet, besch...euert.

Da schlug das Postamt Wattgasse über Direktleitung zu. Niemand wußte, wer oder was den Alarm ausgelöst hatte. Außerdem sollte, wie ein Blick auf die Uhr ergab, 1160 Wien eigentlich geschlossen halten. Aber was half es? Alles, was – noch – verfügbar war und sich bewegen konnte, wurde in Marsch gesetzt.

Sektorenwagen, Bezirksstreifen und natürlich die bewährten, einsatzfreudigen Männer der Alarmabteilung, Diensthundeführer und was es sonst noch alles gibt, rasten mit Blaulicht und Folgetonhorn in die Wattgasse.

1160 Wien lag, wie es schien, friedlich da. Aber in solchen Fällen trügt der Schein nur zu oft, deshalb wurde schulmäßig vorgegangen. Die Umgebung wurde abgeriegelt, Fußgänger wurden aus der Gefahrenzone entfernt (immerhin war ja ein Schußwechsel möglich) und das Postamt umstellt. Der Alarm lief immer noch ...

War es Einbruch? Darauf deutete nichts hin.

Raubüberfall? Die Zugänge waren verschlossen.

Hatte sich jemand in den Amtsräumen verschanzt, vielleicht gar der Mörder vom Winterhafen? Niemand wußte es.

Also kam nach einigem Beraten und Zuwarten vom Einsatzleiter der Befehl: „Zugriff!“

Mit entsicherten Waffen stürmten behelmte Polizisten unter Zertrümmerung der Türen in das Postamt, sicherten schußbereit nach allen Seiten und fanden – nichts. Das heißt, nichts wäre ein wenig untertrieben gewesen. Eine Putzfrau starrte, auf ihren Besen gestützt, verdattert dem martialischen Treiben entgegen.

Die Beamten ließen ob des friedlichen Idylls ihre Pistolen sinken, mehr erleichtert als erbost darüber, zum x-ten Mal wieder einem Fehlalarm aufgesessen zu sein. Dann erkundigten sie sich jedoch bei der Reinigungsbeamtin, ob diese denn vielleicht wisse, wer oder was den Alarm ausgelöst haben könnte.

„Naa, i waaß des wirklich net. Aber i bin ja ganz allani do“, gab sie Auskunft.

Ob sie sich mit der Alarmanlage auskenne, begehrte einer zu wissen.

„Naa, des kann i Ihna wirklich net sagen. I waaß gar net, ob ma überhaupt eine haben.“

Die „Fahndung“ nach dem verdammten Alarmknopf oder einer anderen einschlägigen Einrichtung verlief im Sand. Nichts, aber auch gar nichts war zu entdecken.

War ja auch gar nicht möglich. Der Alarmknopf lag nämlich genau unter jenem Besen, auf den die eingeschüchterte Polierfee sich noch immer stützte ...

Der Nerz

Wo immer es um nicht ganz stubenreine Geschäfte ging, tauchte geradezu zwangsläufig der „Onkel Wicki“ auf. Der war sozusagen ein Multitalent. Nach außen hin mehr oder weniger wohlbestallter Juwelier in der Neubaugasse, verkaufte er jedoch nicht nur ehrlich erworbene Pretiosen, sondern auch solche, deren Herkunft höchst anrüchig war.

Mit einem Wort, der „Onkel Wicki“ war ein Hehler.

Das wußte die Wiener Unterwelt und das wußte auch die Wiener Polizei, speziell jene von Ottakring. Daß der „Onkel Wicki“ dennoch so gut wie gar nicht in den Genuß von – durch Zellenfenstergitter – gesiebter Luft kam, lag an einer weiteren Facette seines schillernden Berufslebens.

Er war nämlich auch ein sehr begabter Parlamentär zwischen „Galerie“ und „Heh“, wenn die aktuelle Kriminalitätssituation dies für einen oder auch beide Gesprächspartner gerade erforderte. Und er war auch ein durchaus brauchbarer „Zund“.

Ein geradezu klassisches Beispiel seiner segensreichen Tätigkeit beruhte auf jenem empörenden Vorfall, der sich eines schönen Abends in der Schweglerstraße im 15. Bezirk zutrug.

Die „Rauchkuchl" war in diesen Jahren das, was man später ein „In-Lokal" zu nennen pflegte. In den weitläufigen, rustikalen Gaststuben wurde zu nicht ganz niedrigen Preisen ein immerhin exzellenter Schmaus serviert, und auch die gepflegten Getränke lockten manchen Besucher an, der den Tausender nicht gerade dreimal umdrehen mußte, bevor er ihn ausgab.

Für ganz exklusive Bankette und Feiern empfahl der Wirt schließlich sein im Dachgeschoß eingerichtetes Feudaletablissement, in dem es sogar einen Swimmingpool gab.

Sah man schon zur gewöhnlichen Abendmahlstunde in der Umgebung der „Rauchkuchl" jede Menge teurer Autos, so bot sich an dem verhängnisvollen Abend, von dem wir hier berichten wollen, ein doch ganz und gar ungewöhnliches Bild. In der Schweglerstraße und ihren Seitengassen parkierte nämlich eine ganze Flotte endlos langer Ami-Schlitten mit ungeheuren Chromaufbauten.

Die protzige Auffahrt von Chevrolets, Cadillacs, Oldsmobiles und wie sie alle geheißen haben mochten, war indes nicht als Begleiterscheinung einer Pressekonferenz des hiesigen Automobilhandels zu deuten, sondern vielmehr sichtbarer Ausdruck einer Tagung der besonderen Art.

In das schon erwähnte feudale Dachetablissement mit Bad hatte nämlich die Ottakringer „Galerie" aus einem Anlaß gebeten, der nicht näher in die Polizeiannalen eingegangen ist. Jedenfalls kamen viele Gleichgesinnte aus ganz Wien zu der Fete, bei der die notorischen Rivalitäten um Reviere für Prostitution, Glücksspiel und Einbruch wenigstens für ein paar Stunden begraben werden sollten. Man wollte einmal ausgelassen unter sich sein.

Mit von der Partie waren natürlich auch hübsche und dem Anlaß entsprechend zurechtgeputzte Damen. Deren eher zweifelhafte Profession wurde durch die ungeheuren Mengen an Schmuck und teuren Pelzen, mit denen sie von ihren „Beschützern“ und „Begleitern“ – zumindest vorübergehend – behängt worden waren, wettgemacht.

Der Abend hielt, was er versprochen hatte. Das Buffet war gewohntermaßen ausgezeichnet, Champagner, Wein und hochprozentigere Sachen flossen in Strömen und die Stimmung hätte besser nicht sein können. Der Wermutstropfen fiel in den unterweltlerischen Freudenbecher erst, als man an allgemeinen Aufbruch dachte.

Da hörte man von der Garderobe her plötzlich einen schrillen Schrei: „Mei’ Pelz is furt!“

Die Folgen waren furchtbar. Das Wehklagen der um ihren 150.000-Schilling-Nerz gebrachten „Hübschlerin“ wurde von wüstem Fluchen und gewiß nicht stubenreinen gegenseitigen Anschuldigungen übertönt. Schließlich gehörte es zum ungeschriebenen Ehrenkodex dieser freilich nicht unbedingt ehrenwerten Gesellschaft, wenigstens einander nicht zu bestehlen.

Daß der Täter einer vom Servierpersonal gewesen sein könnte, war auszuschließen, also mußte der Pelzdieb ausschließlich unter den illustren Gästen zu suchen sein – aber von denen waren zu diesem Zeitpunkt schon etliche gegangen.

Die noch anwesenden Bosse kamen – wie sich herausstellen sollte, durchaus vernünftigerweise – zu dem Schluß, daß es sich bei dem schwarzen Schaf nur um einen Nachwuchskünstler aus ihrer ureigensten Branche handeln konnte. Und irgendwann würde sicher irgendjemand versuchen, das verschwundene gute Stück zu verscherbeln.

Weil man einander aber doch nicht so recht über den Weg traute, beschloß man, einmal ausnahmsweise dort vorstellig zu werden, wo in der Regel nur der gesetzestreue Teil der Bevölkerung seinen „Freund und Helfer“ sucht und findet, bei der Polizei.

Und da man nicht gut selbst die Initiative ergreifen wollte, wurde ein bewährter Experte auf den Plan gerufen: der „Onkel Wicki“ aus der Neubaugasse. Der also wandte sich nicht etwa an die für den Tatort eigentlich zuständige Fünfhauser Polizei oder gar ans Sicherheitsbüro, sondern er vertraute auf seine guten Beziehungen zum Kommissariat Ottakring, immer getreu dem in diesem Buch häufig zitierten Motto „Eine Hand wäscht die andere“.

Und wie es der „Onkel Wicki“ mit dem ihm eigenen Geschäftssinn zu halten pflegte, kam er nicht mit leeren Händen. Er bot den Kriminalbeamten ein Gegengeschäft an: „Ihr findet's des G'fraßt und den Pelz – dafür is' bei euch im Bezirk a Zeit a Ruah.“

Die versprochene „Ruhe“ bezog sich zweifellos auf die in jüngster Zeit überbordende Einbruchstätigkeit, mit der die Ottakringer Ordnungshüter ihre liebe Not hatten.

Man überlegte, was getan werden könne. Die normale amtliche Reaktion war zunächst, über den Fernschreiber ein Rundschreiben mit einer angemessen genauen Beschreibung des entwendeten Prachtstücks und dem geheimnisvollen Vermerk „pfavtröv“ zu verschicken.

„Pfavtröv“ bedeutet schlicht und einfach „Pfa(ndleiher) v(erständigen), Trö(dler) v(erständigen)!“ und führt zur Information aller Kommissariate und Wachzimmer sowie in weiterer Folge von Dorotheum[1]), Altwarenhändlern und Pfandhäusern.

Die nächsten Schritte führten zu einem allseits geachteten Schätzmeister in der Ottakringer Zweiganstalt der „Tante Dorothee“, der vor allem ein Spezialist für Kürschnerarbeiten und nebstbei auch gerichtlich beeideter Sachverständiger war. Ihm galt ein großer Teil der polizeilichen Hoffnung – und er sollte dieses Vertrauen auch durchaus rechtfertigen.

Einige Wochen nach dem Nerz-Diebstahl nämlich tauchte in des Schätzmeisters privater „Ordination“ in der Nähe des Praters ein junger Mann auf und legte ein voluminöses Paket auf den Tisch. Nach Entfernen der Hülle kam ein gar prächtiger Pelzmantel zum Vorschein, über den der Überbringer Auskunft heischte: „Was is'n des Häutl da wert?“

Der Schätzmeister erinnerte sich sofort der an ihn ergangenen polizeilichen Information über den „Rauchkuchl-Nerz“

---

[1]) Dorotheum: bekannte Wiener Pfandleihanstalt in der Dorotheergasse

und vertröstete den „Kunden“ auf den kommenden Tag. Er könne nämlich, so gab er vor, eine einigermaßen exakte Schätzung nur dann durchführen, wenn er sich ein Bild von der Verarbeitung der Felle gemacht habe. Dazu aber müsse er erst einen Teil des Futters auftrennen (und wieder zusammennähen) und das brauche eben nun einmal seine Zeit.

„Aber morgen vormittag kann ich Ihnen Genaueres sagen“, versicherte er.

Arglos überließ ihm der „Kunde“ – dieser war wirklich ein hoffnungsloser Anfänger in seiner üblen Zunft – den Nerz, und, kaum war die Luft rein, griff der Schätzmeister zum Telefon.

Die Ottakringer Polizei verständigte umgehend den „Onkel Wicki“, dieser den Besitzer von Nerz und dazugehöriger „Dame“ und der identifizierte Stunden später, nicht zuletzt auf Grund eines nur von Eingeweihten zu findenden unbedeutenden Brandflecks, vor mißtrauischen Polizistenaugen den Nerz als sein Eigentum.

Anderntags mußte der „Kunde“ in der Schätzkanzlei nur noch „abgebrockt“ werden – sicherheitshalber in Abwesenheit des vorübergehend Geschädigten.

Was die weitere „Karriere“ des im übrigen sofort geständigen Nachwuchsgaleristen betrifft, liegt nichts Authentisches vor. Aktenkundig hingegen ist, daß der „Onkel Wicki“ sein Wort gehalten hat.

Kaum war der Prachtpelz wieder aufgetaucht, ging in Ottakring die Einbruchskriminalität nicht nur schlagartig, sondern auch um sage und schreibe 70 Prozent zurück. Womit die Polizei natürlich den Beweis dafür hatte, daß rund drei Viertel dieser Delikte auf das Konto der Unterwelt und somit des mehr oder minder organisierten Verbrechens gingen.

Zweierlei ist dem hinzuzufügen:

1. Im gleichen Augenblick, da die Ottakringer Kriminalisten sich über den so eklatant geringer gewordenen Arbeitsanfall freuten, begann bei ihren Kollegen in den Nachbarbezirken Fünfhaus und Hernals die Zahl der Anzeigen über Einbrüche in die Höhe zu schnalzen ...

2. Nach exakt einem Monat zeigte die Kriminalitätsstatistik in allen drei Bezirken wieder den von früher her gewohnten „Level"...

Der Staatsvertrag

Das Fürstentum Liechtenstein hat eine Bevölkerung von knapp 30.000 Menschen und liegt 700 Kilometer westlich von Ottakring, dem 16. Wiener Gemeindebezirk, der mehr als dreimal so viele Einwohner aufweist.

Im Vergleich zum höchsten Berg Liechtensteins (knapp 2600 Meter) ist Ottakrings „Bergriese", die Jubiläumswarte, mit ihren stolzen 439 Metern über dem Meeresspiegel ein Maulwurfshügel.

Dafür wohnen in den abgewohnten Zinskasernen Ottakrings schon mehr Ausländer als es auf der ganzen Welt Liechtensteiner gibt. Andererseits wiederum ist die Zahl der – wenn überhaupt – in Ottakring etablierten Briefkastenfirmen gegenüber denen in Liechtenstein nur mikroskopisch klein ...

Die Berührungspunkte sind nicht allein der räumlichen Distanz und der topographischen Lage wegen eher dürftig. In Vaduz und Umgebung sind nun einmal auch die Einkommensverhältnisse andere als in Sandleiten. Ungeachtet dessen aber gibt es zwischen dem ganze 28 Mann starken fürstlich-liechtensteinischen Sicherheitswachekorps (so heißt dort die Polizeitruppe) und der Ottakringer Polizei seit geraumer Zeit einen höchst wirkungsvollen „Staatsvertrag".

1982 entwickelte eine Gruppe von Rechtsanwälten für ihre Ottakringer Klientel (und nicht nur für diese) eine neue Kriegslist, um sie vor durch diverse mehr oder weniger gravierende Verkehrsdelikte eingehandelten Strafen zu bewahren.

Die Verkehrssünder legten ratschlaggemäß gegen die Anzeigen Berufung ein und behaupteten, zur fraglichen Zeit nicht selbst am Steuer gesessen zu sein, vielmehr hätten sie ihr Vehikel einem „flüchtig Bekannten" geborgt. Dieser müsse sich wohl vorschriftswidrig verhalten haben.

Auffallend war dabei nur, daß all diese „flüchtig Bekannten" ausgerechnet in Liechtenstein daheim sein sollten.

Ein Blick ins dünne liechtensteinische Telephonbuch lehrte zwar, daß es dort Leute mit den in den Rekursen angeführten Namen tatsächlich gibt, ja daß sogar angegebene Adressen übereinstimmten – allein, der Ottakringer Polizei war die Möglichkeit verwehrt, im Zuge eines Amtshilfeverfahrens eine Lenkerauskunft einzuholen, das heißt die vorgeblichen Übeltäter zu befragen.

Dazu hätte es eines zwischenstaatlichen Übereinkommens bedurft, das es aber nun einmal – zumindest was Verwaltungsdelikte betraf – nicht gab. Dies war natürlich den Rechtsanwälten sehr wohl bekannt.

Nun wollte es der Zufall, daß der Doktor Zapf ein Jahr vor dieser wundersamen „Liechtensteiner-Vermehrung" auf einer dienstlichen Tagung eine am Arlberg beheimatete Kollegin, ihres Zeichens Schriftführerin beim damaligen Vorarlberger Sicherheitsdirektor Dr. Meisel, kennen- und liebengelernt hatte.

Eine Woche nach diesem Schicksalsschlag mißbrauchten die beiden die nur für Dienstgespräche freigehaltene Polizei-Richtfunkverbindung zwischen Bregenz und Wien, um einander die Ehe zu versprechen, was nach drei Monaten denn auch in die Tat umgesetzt wurde.

Anläßlich der Hochzeitszeremonie war auch ein Cousin der Braut anwesend, der sich als fürstlich-liechtensteinischer Landrichter entpuppte und über den schließlich der Wiener Jurist auch mit der 28-Mann-Polizeitruppe in unserem kleinsten Nachbarland bekannt wurde.

Noch waren ihm aber hinsichtlich der verdächtigen Berufungen die Hände gebunden. Da kam ihm ein weiterer Zufall zu Hilfe.

Der angeheiratete landrichternde Cousin ließ anläßlich eines Wien-Besuchs die Bemerkung fallen, die liechtensteinische Polizei wünsche sich nichts sehnlicher als einmal live einem Neujahrskonzert beiwohnen zu dürfen. Zu diesem Behufe benötige man „ohnehin nur" 25 Karten, denn drei

Mann müßten wohl oder übel daheim bleiben, um am 1. Jänner im Fürstentum Ruhe, Sicherheit und Ordnung aufrecht zu erhalten.

Wer nur ein bißchen Bescheid um die Nachfrage nach den Karten für das weltweit wohl populärste Musikereignis des Jahres weiß, kann angesichts einer derartigen En-bloc-Bestellung, noch dazu für eine ausländische Polizeitruppe, nur den Kopf schütteln.

Zapf erntete denn auch, zugegebenermaßen nicht unerwartet, entsprechende Häme, als er im Musikverein vorstellig wurde.

„Vielleicht probieren Sie's halt in Japan“, riet man ihm, „dort haben S' eher eine Chance als bei uns.“

Der Doktor aber hatte es sich nun einmal – nicht ohne Hintergedanken – in den Kopf gesetzt, den Liechtensteinern ihren aberwitzigen Wunsch zu erfüllen. Da mußte eben ein alter Schul- und Maturakollege, der Peter Wächter, von klein auf famos geigendes „Wunderkind“, herhalten. Wozu war denn der schließlich seit Jahrzehnten Violin-Stimmführer bei den Philharmonikern?

Also richtete er an ihn einen dringenden Hilferuf und bekam zur Antwort, daß die einzige Möglichkeit darin bestünde, irgendwelche Karten von nach der Bestellung erkrankten oder verstorbenen Musikliebhabern zu ergattern. Wächter schaffte das, was er nicht einmal selbst erhofft hatte: Er ergatterte exakt 25 aus aller Welt retournierter Tickets.

Die – nebbich – 2000 Schilling fürs Entree sind wohl für einen Ottakringer Polizisten ein schöner Batzen Geld, sein liechtensteinischer Kollege aber, der ein Anfangssalär von 100.000 Schilling netto (allerdings nur mit Dienstunfallversicherung) kassiert, mag darüber lächeln. So kamen denn auch die musikbegeisterten Ordnungshüter per von ihnen locker gechartertem Flugzeug nach Wien.

Begeistert von dem musikalischen Erlebnis, versprachen sie beim anschließenden geselligen Beisammensein, in Zukunft – auch ohne offizielles Amtshilfeübereinkommen – engstens mit der Ottakringer Polizei zusammenzuarbeiten. Der „Staatsvertrag“ wurde per Handschlag besiegelt und trug bald schon Früchte.

Die Ottakringer Verkehrssünder und deren Anwälte wunderten sich nämlich nicht schlecht, als mit einemmal alle Berufungen abgewiesen und sie zur Kasse gebeten wurden.

In den Akten fanden sich nämlich ohne – weil ja offiziell gar nicht möglich – vorherige Anfrage erteilte Auskünfte, die noch dazu mit fürstlich-liechtensteinischem Amtssiegel beglaubigt waren. Ihnen zufolge existierten die angeblich „flüchtig Bekannten“ wohl tatsächlich, gaben aber samt und sonders glaubhaft zu Protokoll, sie seien, wenn überhaupt jemals, zum Zeitpunkt des inkriminierten Vergehens überhaupt nicht in Österreich gewesen, geschweige denn mit den Fahrzeugbesitzern auch nur „flüchtig bekannt“ oder gar in deren Auto gesessen.

Worauf der ganze Schwindel aufflog. Man hatte einfach wahllos aus dem Telephonbuch irgendwelche Namen herausgesucht, in der Hoffnung, die Polizei werde dem ohnehin nicht nachgehen können und die Anzeige „einschlafen“ bzw. verjähren lassen.

Wundert es noch, daß es nicht lang dauerte, bis ähnlich „flüchtig Bekannte“ auftauchten, die diesmal nun freilich in Kenia oder Nigeria daheim waren?

Die Stoßpartie

Das Marktbeisl beim Brunnenmarkt war naturgemäß nicht eben ein Nobellokal. Neben manch durchaus honorigem Standler verkehrte darin auch die „Westpartie“ der Wiener Galerie, stadtbekannte Unterweltler also, die in allen von Gott und dem Gesetz verbotenen Metiers daheim waren. Das reichte vom – vergleichsweise harmlosen – Hasardspiel über Prostitution, Einbruch und Raub bis zu Mord und Totschlag.

Prominenteste Vertreter dieser gefürchteten Spezies waren die Brüder Schmutzer, deren einer – Norbert – schon in jungen Jahren ganz in der Nähe des Marktbeisls im Zuge einer à la

„Gunfight at O. K. Corral“ bei hellichtem Tag ausgetragenen Zuhälterfehde sein junges Leben auf dem Ottakringer Pflaster aushauchte. Daneben gab es einen gewissen Österreicher-Toni, dem ob seiner zahllosen Vorstrafen sogar zeitlebens der Führerscheinerwerb versagt war, und die nicht minder gefährlichen Vyzany-Buam aus Sandleiten.

Nun muß man wissen, daß auch so skrupellosen Burschen wie dem Österreicher-Toni immer noch ein Funken Anständigkeit innewohnen kann. Er zum Beispiel wünschte sich nichts sehnlicher, als daß sein zum Zeitpunkt der hier geschilderten Geschichte eben 16jähriger Bub dereinst nicht in seine Fußstapfen treten und ein anständiges Leben führen möge.

Indes, der Filius fiel offenbar doch nicht so weit vom Stamm wie der Gangsterpapa es gern gewollt hätte, denn er wurde eines Tages auf einem Moped erwischt, das absolut nicht ihm gehörte und an dem auch zu allem Überfluß Motor- und Fahrgestellnummer feinsäuberlich herausgefeilt worden waren.

Also trat der Österreicher-Toni schweren Herzens den Canossagang zum Kommissariat an und bat dort händeringend, man möge seinem „Buam“ doch um Himmels willen „wegen so aner bleden G'schicht net den Strick drahn“ und ihm das ganze Leben vermasseln. Im übrigen habe der Junior das Moped ja gar nicht selbst gestohlen, sondern nur „rein zufällig“ benützt.

Der Doktor Zapf überzeugte – natürlich nicht ohne, wie üblich, vorher ein Gegengeschäft ausgehandelt zu haben – den Staatsanwalt, und der Österreicher-Toni durfte seinen Nachwuchs mit nach Hause nehmen. Die Gelegenheit, sich zu revanchieren, bekam der Unterweltler nur zu bald.

Im Hinterzimmer des Marktbeisls lief – wie jedermann und natürlich auch die Polizei wußte – der Stoß, ein mittlerweile ein wenig aus der Mode gekommenes Kartenspiel, bei dem immer um große bis horrende Beträge hasardiert wurde.

Nun hatten die Stoßspieler in glückhafter Kooperation mit dem Wirten und mittels eines in der Nähe der Eingangstür etablierten „Sandlers“ (Aufpassers) ein fast todsicheres System entwickelt. Dieses erlaubte ihnen, in jenem Augenblick, da

Polizisten ins Hinterzimmer stürmten, als wahre „Waserln“ mit unschuldsvollem Blick bei einem harmlosen „Bauernschnapser“ zu sitzen.

Nicht immer freilich war in besagtem Hinterzimmer die gutbetuchte Galerie unter sich, es fanden sich auch naive Gemüter ein, die hier das große Glück zu machen erhofften.

Selbiges gaukelten ihnen die Profis zunächst dadurch vor, daß man sie die ersten Partien mit den in aller Regel gezinkten Karten gewinnen ließ. Hatte man sie dermaßen „auf leiwand“, wurden sie zu höheren Einsätzen ermutigt und erlitten dann jenes Schicksal, zu dem sie von den Betreibern der Stoßpartie von der ersten Minute an auserkoren worden waren. Sie waren die großen „Weh“ und wurden dementsprechend abgestiert.

Solches widerfuhr auch einem biederen Geldbriefträger, der eines Tages mit Tränen in den Augen vor dem Oberkommissär Zapf stand.

Er habe, so gestand der Postler mit stockender Stimme, soeben im Marktbeisl alle ihm anvertrauten Rentengelder verspielt, die er eigentlich jetzt, im Augenblick der Vorsprache, den alten Leuten auszahlen sollte. Was ihm nun blühe, sei klar: sofortiger Jobverlust und unausweichliches Elend für seine fünfköpfige Familie.

„Jetzt kann ich mir die Kugel geben“, murmelte der Postler mit weinerlicher Stimme.

Zwar war eigentlich niemand anderer an diesem Elend schuld als er selbst, aber irgendwie erbarmte das blaugewandete Häuflein Unglück den Referenten doch so sehr, daß er sich des Österreicher-Tonis (der, wie unschwer zu erraten, wohl einer der Hauptnutznießer der postlerischen Untreue war) erinnerte und ihn sofort am noch „warmen“ Tatort, im Marktbeisl nämlich, anrief.

„Hör gut zu, Toni“, sagte er zu dem Stoßkönig. „Ich hab’ da bei mir einen Briefträger, dem hast du gerade die ganze Marie abgenommen. Weißt du eigentlich, was das bedeutet? Hunderte arme, alte Leut’ kriegen da bei uns in Ottakring kein Geld; der Postler sitzt sofort auf der Straße – er hat eine Frau und drei kleine Kinder – und du bist schuld. Wir haben noch eine Rechnung offen. Jetzt kannst du dich revanchieren."

Der Österreicher-Toni fluchte zwar, aber er hielt Wort. Eine Viertelstunde später lieferte einer seiner „Trabanten" die Rentengelder auf Heller und Pfennig im Kommissariat ab.

Niemand außer den Berufsverbrechern, dem Geldbriefträger und dem Polizeijuristen wußte etwas von der Geschichte. Und niemand sollte eigentlich jemals etwas darüber erfahren.

Dem Postler war die Sache jedenfalls eine gute Lehre. Er war vom Glücksspiel für immer geheilt.

„Aber zu uns da eine derf er nimmer kumman, net amol mit meiner eigenen Rent'n, sunst mach' ma eahm auf", grollte der Österreicher-Toni.

III.
Sandler, Strizzis, Spiritisten

Die Leiche ist noch nicht kalt.
Doch die lieben Verwandten wollen ans große Geld.
Mittels einer okkulten Séance.
Leider meldet sich niemand aus dem Jenseits.
Die Polizei hat da bessere Kontakte.
Ein honoriger Schlossermeister knackt den Tresor.
In zehn Sekunden.
Und die Erbschleicher haben das Nachsehen ...

Tischerlrücken

Die wohlversorgt gewesene Witwe eines höheren ÖBB-Beamten hatte das Zeitliche gesegnet. Der behandelnde Hausarzt hatte – die alte Dame war zuletzt schon sehr gebrechlich gewesen – über einen Zweitwohnungsschlüssel verfügt und die Tote gefunden. Selbst davon überzeugt, daß seine Patientin eines natürlichen Todes gestorben war, verständigte der Doktor die Polizei zwecks unvermeidlicher amtlicher Leichenkommissionierung.

Das in einem solchen Fall übliche Dreierteam (Jurist, Amtsarzt, Kriminalbeamter) traf in der schönen Zwei-Zimmer-Wohnung in der Ottakringer Straße freilich nicht den Hausarzt, sondern eine höchst merkwürdige Gesellschaft.

Während im benachbarten Schlafzimmer die Tote lag, saßen im Wohnzimmer fünf Frauen und Männer, alle weit über die Fünfzig und noch mehr, um den runden Eßtisch und murmelten beschwörende Worte vor sich hin. In der Mitte des Tisches stand ein seltsames Gebilde, das wie ein wackeliger Schemel aussah. Es hatte nur drei Beine, eines davon war ein Bleistift und darunter lag ein Blatt Papier, gefüllt mit krakeligem Gekritzel.

Die Szenerie war skurril. Wer hätte denn auch wirklich hier eine offenkundig okkulte Séance vermutet?

Auf die Frage, wer die Herrschaften denn seien und was sie hier zu suchen hätten, redeten alle wirr durcheinander. Sie seien Verwandte der Toten und müßten sich um diese kümmern.

Mit „Tischerlrücken"? Und wie sie denn überhaupt in die Wohnung gekommen seien?

Eine Nachbarin, der der Hausarzt den Wohnungsschlüssel anvertraut hatte, habe einen von ihnen verständigt und ihm den Schlüssel ausgefolgt. Wie sich später herausstellte, erst auf insistierendes Drängen.

Zum Glück hatte der spiritistische Zirkel wenigstens im Schlafzimmer nichts verändert. Die direkte Nähe einer Toten ist ja auch unter angeblich mit dem Jenseits kommunizierenden Leuten nicht jedermanns Sache.

Die Kommissionierung war eigentlich nur Formsache, die Leiche konnte unbedenklich zur Beerdigung freigegeben werden. Zu den Aufgaben der Kommission gehörte es dann auch noch, das amtsärztliche Parere auszustellen, Gas und Strom abzuschalten, allfällig vorhandene Haustiere zu versorgen und – last not least – den Abtransport der Leiche zu veranlassen. Dann sollte die Wohnung versperrt und das Verfügungsrecht dem nächsten Blutsverwandten oder einem Notar übertragen werden.

Doch so einfach war das nicht. Im Wohnzimmer harrte ja ungebrochen die okkulte Verwandtschaft aus, von der sich aber alsbald herausstellte, daß es sich lediglich um höchst entfernte Angehörige des lange zuvor verblichenen Bundesbahnhofrats handelte.

Von einer Blutsverwandtschaft konnte nicht im mindesten die Rede sein. Also wurden die Herrschaften höflich, aber bestimmt aufgefordert, die Wohnung zu verlasen.

Da brach nun großes Zetern aus.

„Können wir denn nicht wenigstens gemeinsam einen Schlüssel haben? Wir müssen doch das Begräbnis organisieren ... eventuell nach Geld dafür suchen ...“

Nun dämmerte es dem Polizeijuristen, was es mit dem Tischerlrücken auf sich gehabt hatte. Er nahm seinen Kriminalbeamten beiseite und raunte ihm zu: „Die Tote soll uns sagen, was die Sippschaft da wissen will.“

Und laut sagte er zu eben dieser: „Warten Sie vielleicht doch noch ein bißchen.“ Der Leichenabholdienst – im immer schon nekrophilen Wien liebevoll „Pompfüneberer“ genannt – war ja auch noch nicht da.

Die Polizisten – der Amtsarzt wurde ja nicht mehr gebraucht – betraten wieder das Schlafzimmer und schlossen die Tür hinter sich. Dann unterzogen sie den Raum einer Visitation – und wurden tatsächlich bald fündig. Als sie den üblichen, den „Guten Hirten“ darstellenden Gründerzeit-Farbdruck über dem Kopfteil des altväterischen Ehebetts entfernten, wurde ein kleiner Wandtresor sichtbar.

Da der dazugehörige Schlüssel zunächst aber nicht aufzufinden war, mußte kompetente Assistenz angefordert werden.

Diese hieß Bierhaus, war Schlossermeister und Aufsperrkoryphäe und erfreute sich im Wien der sechziger Jahre einer gewissen Berühmtheit. Der Bierhaus-Slogan war nämlich: „Schloß (und zwar jedwedes) in 60 Sekunden offen oder Geld zurück!“ Damit verdiente sich der gute Mann ein kleines Vermögen, denn sein Erfolgshonorar war nicht niedrig bemessen. Wäre er weniger ehrbar gewesen, hätte er es mit seiner Fingerfertigkeit wahrscheinlich noch zu weit mehr gebracht ...

Die Polizei also griff wieder einmal auf Meister Bierhaus zurück, und für den war diesmal der Wandtresor nur eine Spielerei. Das simple Doppelbartschloß hatte er in wenigen Sekunden „geknackt“. Der Inhalt des Tresors wurde ausgeräumt, hinaus ins Wohnzimmer getragen und dort auf dem runden Tisch vor den immer größer werdenden Augen des spiritistischen Zirkels ausgebreitet.

Genußvoll machten die Polizeibeamten Inventur, und zählten laut den „lieben Verwandten“, deren Gesichter dabei immer länger wurden, Bargeld, Anleihen und Aktien vor. Mit dem ebenfalls aufgefundenen Schmuck war das ein Vermögen von zwei Millionen Schilling. Freilich waren, wie sich später herausstellte, weder erbberechtigte Verwandte noch ein Testament vorhanden – und deshalb fiel alles an Vater Staat.

Noch ehe die Beamten fertig waren, hatte aber auch der letzte der tischerlrückenden Erbschleicher die Stätte der erfolglosen Séance still und leise verlassen.

Das Boot

In Ottakring existierte vor etlichen Jahren ein bestens eingeführtes und seit Generationen im Familienbesitz befindliches Großhandelsunternehmen. Die Firma L. war auf Elektroinstallationsmaterial spezialisiert. Als das hochbetagte und kinderlose Besitzerehepaar arbeitsmüde geworden war, beschloß es, die Firma an den meistbietenden Interessenten zu verkaufen und sich mit dem Erlös einen friedlichen, sorgenfreien Lebensabend zu gönnen.

Die beiden alten Leutchen konnten ja nicht ahnen, was aus ihrer honorigen Firma alsbald werden sollte. Der kuriose Fall ging schließlich als der „Betrug ohne Betrogene“ in die Wiener Kriminalgeschichte ein.

Auf die Zeitungsannoncen hin meldeten sich zunächst etliche Interessenten, doch war keiner von ihnen bereit, die geforderte Kaufsumme zu bezahlen. Da tauchte eines Tages ein smarter Rechtsanwalt auf, öffnete seinen eleganten, schwarzen Lederkoffer – und vor dem verdutzten Ehepaar L. lagen in echten Banknoten einige Millionen Schilling.

Er sei Treuhänder für eine Gruppe von Geschäftsleuten, sagte der Advokat. Was er verschwieg, war, daß seine Klienten ihr Geld auf unredliche Weise vermehren wollten. Zweifellos deckten sich die Intentionen der solchermaßen auf den Plan getretenen Käufer keineswegs mit dem Image des bis dato grundsoliden Betriebes. Die Interessenten waren nämlich Zuhälter und andere Ganoven.

Davon aber hatte das Ehepaar L. nicht die geringste Ahnung und war deshalb sofort bereit, die Firma zu übergeben. Aber, wie das schon so ist, wenn man ein Geschäft ein ganzes Leben lang geführt hat, vermochten die alten Herrschaften ihren Gewohnheiten nicht untreu zu werden. Also schauten sie, wenn sie ihren Dackel äußerln führten, Tag für Tag und nicht ohne eine gewisse Wehmut an ihrer ehemaligen Firma vorbei.

Und dabei sahen sie höchst Merkwürdiges.

Schon wenige Tage nach der Unterzeichnung des Kaufvertrages fuhren nämlich vor dem immer noch als Installationsmaterial-Großhandel firmierenden Geschäft große Lastwagen vor, aus denen große Mengen teurer Fernsehgeräte, Photoapparate, Leder- und Pelzbekleidung – kurzum, für damalige Verhältnisse ausgesprochene Luxusgüter – entladen wurden.

Aber nicht genug damit. Mit ungläubigem Staunen entdeckte das Ehepaar L. schließlich im Hofe seines ehemaligen Geschäftshauses drei stattliche Schiffe: zwei Motorjachten und eine Segeljolle.

Hier ging etwas augenscheinlich nicht mit rechten Dingen zu. Deshalb schaltete das Ehepaar die Polizei ein. Zu dieser Zeit war im Kommissariat Oberstleutnant Mitterbauer, von allen nur Charly genannt, Chef der Kriminalabteilung. Ein „Kieberer", der für seine Hartnäckigkeit ebenso berühmt war wie für die Fähigkeit, schier aussichtslose Fälle zu lösen.

Charly und seine Mannen machten sich nun daran, die offenkundig obsolet gewordene Firma zu observieren. Dabei fiel Verdächtiges auf:

Die angelieferten Waren, deren Wert bald den Kaufpreis für die Firma L. überstiegen, stammten von allgemein bekannten Unternehmen. Verkauft wurde jedoch nichts. Die Geschäftstüre blieb verschlossen, nur im Büro herrschte emsiges Treiben.

Nachfragen bei den Lieferfirmen brachten freilich ein überraschendes Ergebnis: Ja, die Firma L. habe tatsächlich vor kurzem einen größeren Posten bestellt, hieß es. Der Auftrag sei angesichts der überaus großen Bonität der Firma L. umgehend erledigt worden und man habe – wie in solchen Fällen üblich – eine zweimonatige Zahlungsfrist eingeräumt. Diese sei indes noch lange nicht abgelaufen und niemand fühle sich geschädigt.

Die sichtlich von den unseriösen Nachfolgern des Ehepaars L. in dessen Namen aufgegebenen Bestellungen hatten bald einen Umfang von 7 Millionen Schilling erreicht ...

Die neuen Firmeninhaber wurden unter dem Vorwand, die Geschäftskartei müsse berichtigt werden, aufs Kommissariat zitiert. Befragt, ob in den Firmenräumlichkeiten größere Werte lagerten, gaben sie an, die Polizei brauche sich um nichts zu kümmern, es handle sich lediglich um Restposten von altem Installationsmaterial.

Die nach wie vor beim Geschäft auf der Lauer liegenden Kriminalbeamten meldeten gleichzeitig, daß noch während der Einvernahme hektisch begonnen worden sei, Kisten und Kartons auf einen Lkw zu verladen.

Nachdem Charly den zuständigen Richter und Staatsanwalt bekniet hatte, eilends Hausdurchsuchungs- und Beschlagnahmebefehle auszustellen, wurde überfallsartig zugeschlagen. Man entdeckte ein ungeheures Lager von natürlich unbezahlten Waren, die offensichtlich unter der Hand an Bestbieter verscherbelt werden sollten.

Nicht weniger als zehn Lastwagenladungen mußten zum Kommissariat gekarrt werden, das binnen kürzester Zeit einem riesigen Depot für „Waren aller Art“ glich. Alle Gänge und Zimmer waren so mit den sichergestellten Dingen vollgeräumt, daß gerade noch schmale Pfade zum Passieren übrig blieben.

Vier der kurzzeitig zu „Großhändlern“ gewordenen Zuhälter wurden sofort verhaftet, drei weiteren gelang die Flucht ins Ausland.

Einer der Geflüchteten kehrte schon bald reumütig zurück. Er hatte mit seinem „Hasen“ in Griechenland Unterschlupf gefunden. Dort war das Boot eines Freundes, mit dem er einen nächtlichen Törn auf dem Meer gemacht hatte, von einem italienischen Schiff gerammt und buchstäblich in zwei Teile zerschnitten worden.

Der solchermaßen schiffbrüchig gewordene „Flüchtling“ trieb danach bei bitterer Kälte und Dunkelheit stundenlang im Wasser, ehe er im Morgengrauen von der Besatzung eines Fischkutters entdeckt und geborgen wurde. All sein Hab und Gut war in den Wellen versunken.

Bei der Rückkehr wurde er schon erwartet, da klickten sofort die Handschellen. Als er ins Kommissariat zum Verhör gebracht wurde, dürfte ihm der dortige Anblick endgültig alle seemännischen Ambitionen ausgetrieben haben. In der eigentlich für die Dienstfahrzeuge der Polizei reservierten Kurzparkzone lagen nämlich die drei – natürlich ebenfalls bargeldlos ergaunerten – Jachten der Zuhälterbande „vor Anker“.

Der Feinspitz

„Hab’ ich dich endlich erwischt!“ dachte wohl der Filialleiter eines Ottakringer Supermarkts, als er den Mann mit zwei gerade hastig unter die Jacke geschobenen Flaschen der exquisiten Champagnermarke Veuve Cliquot an der Kasse vorbei dem Ausgang zustreben sah. Nach wenigen Schritten hatte er den Ladendieb gestellt.

Von den herbeigeholten Polizisten ließ dieser sich willig aufs Kommissariat bringen. Doch die Einvernahme stieß auf Schwierigkeiten. Der Delinquent gab nur unartikulierte Laute von sich. Er war nämlich taubstumm.

Zum Glück gab es damals in der Präsidialkanzlei einen Konzeptsbeamten, der die Gebärdensprache der Taubstummen beherrschte; also mußte er beim Verhör assistieren. Und wieder einmal war es der Dr. Zapf, der dieses zu leiten hatte.

Eigentlich tat ihm der Behinderte ja leid. Ein armer Teufel, dachte er, der sich halt auch einmal etwas Besonderes leisten hatte wollen. Dennoch fragte er ihn, warum er gerade den allerteuersten Champagner geklaut habe, und ob es nicht zum Beispiel auch ein – wesentlich billigerer – Sekt getan hätte. Dann wäre ja auch der Schaden geringer gewesen.

Nein, nein, ließ der Ladendieb via Dolmetsch ausrichten, mit dem Champagner habe es schon seine Richtigkeit. Er, Zapf, solle nur einmal ein Gläschen Veuve Cliquot probieren, dann werde er schon merken, daß das „etwas anderes" ist.

Wenngleich diese Argumentation denn doch ein wenig merkwürdig schien, obsiegte das Mitleid. Und nach Rücksprache mit dem Staatsanwalt, der ebenfalls keine Einwände hatte, ließ Zapf den Taubstummen wegen „mangelnder Strafwürdigkeit" – volles Geständnis, kein Schaden (der Filialleiter hatte ja seine beiden Flaschen wieder) – laufen.

Zwei Wochen später saß der „Feinspitz" wieder vor ihm. Diesmal hatte dieser in demselben Supermarkt gleich vier Flaschen Veuve Cliquot „erbeutet" und war wiederum postwendend erwischt worden.

Der erboste Filialleiter gab zu Protokoll, daß in den vergangenen 14 Tagen weitere zwei Male ein Ladendieb – vermutlich ebenfalls der Taubstumme – zugeschlagen und jeweils zwei Flaschen des teuren Getränks gestohlen habe. Leider habe man aber keine stichhaltigen Beweise.

Jetzt mußte man den Burschen – Behinderung hin, Behinderung her – doch ein wenig genauer unter die Lupe nehmen. Dabei stellte sich zweierlei heraus: Der Taubstumme war zwar entmündigt, aber durchaus nicht arm. Er nannte nicht weniger als drei Zinshäuser sein eigen und konnte davon gut leben.

Zu der Entmündigung war es offenbar wegen seiner Verschwendungssucht und einer gewissen „Spinnerei" gekommen, von Gemeingefährlichkeit freilich konnte keine Rede sein.

Wenn da nur nicht diese Ladendiebstähle gewesen wären. Aber da kam der Polizei der Rechtsanwalt Dr. R. zu Hilfe, dessen Spezialität es war, die Vermögen von Entmündigten zu verwalten, und zu dessen Klientel auch der Taubstumme zählte.

„Lassen Sie ihn nur die Flaschen mitnehmen", empfahl er dem Filialleiter, „und schicken Sie mir dann die Rechnung. Es wird alles prompt bezahlt."

So geschah es denn auch. Als der Taubstumme – erwarteterweise – wieder in den Supermarkt kam, scheu um sich blickte und, wie er wohl meinte, klammheimlich seine Veuve-Cliquot-Ration einsteckte, winkte ihm das Personal freundlich zu und ließ ihn mit der (von ihm ja nicht wahrgenommenen) Aufforderung „Beehren Sie uns bald wieder!“ laufen.

Zwei Tage später berappte der Rechtsanwalt, wie versprochen, die Rechnung. Und die Direktion der Supermarktkette belobigte den Filialleiter, weil es ihm gelungen war, im Arbeiterbezirk Ottakring den Veuve-Cliquot-Umsatz so außergewöhnlich zu steigern ...

Indes, der seltsame Champagner-Fan kam nur noch einmal wieder und holte sich „seine“ zwei Flaschen ab. Dann blieb er aus. Jetzt, da man's ihm so leicht machte, hatte er wohl den Spaß an der Sache verloren.

Aber es sollte nicht das letzte Mal gewesen sein, daß er im Kommissariat abgeliefert wurde. Die Anzeige lautete diesmal auf boshafte Sachbeschädigung. Der „Feinspitz“ hatte – es war gerade Wahlzeit – auf diversen Plakatwänden dort affichierte Politikerkonterfeis mittels Filzstift mit dicken Brillen „verziert“. Ohne Ansehen der Person und der Parteizugehörigkeit, wohlgemerkt.

Eindringliches Befragen durch den Dolmetsch brachte es schließlich zutage: Der 25jährige Mann fühlte sich in seiner nett eingerichteten Wohnung einfach einsam.

„Ich kann ja mit niemandem reden“, ließ er übersetzen, „deshalb mußte ich etwas tun, damit man auf mich aufmerksam wird.“ Im übrigen sei es ihm auch um einen gewissen Nervenkitzel gegangen, Schaden habe er nie anrichten wollen.

Er wurde an eine Taubstummen-Selbsthilfegruppe vermittelt, in der er sich bald wohlfühlte und wo er auch ein liebes, vom gleichen Schicksal betroffenes Mädchen kennenlernte. Die beiden heirateten – und der „Feinspitz“ hatte nie wieder etwas mit der Polizei zu tun.

Sandlerweihnacht

Weihnachtszeit ist bekanntlich Gabenzeit. Und da pflegten im Kommissariat Ottakring auch die härtesten Polizistenherzen weicher zu werden.

Da wurde, ohne erst den Bundespräsidenten bemühen zu müssen, eine Weihnachtsamnestie ausgerufen, und es öffneten sich die Zellentüren zumindest für jene, die in die Kategorie der „ganz kleinen G'fraßter" einzureihen waren. Natürlich nicht ohne jene „strenge Ermahnung", von der jeder im Haus genau wußte, daß sie den Begnadigten trotz deren gegenteiligen Beteuerungen bei dem einem Ohr hinein, beim anderen aber blitzartig wieder hinaus ging.

Eines schönen Weihnachtsabends nun rief der ebenfalls mild gestimmte Kommandant des Hauswachzimmers den diensthabenden Journaljuristen an und meldete in beträchtlicher Erregung: „Herr Dokta, was soll i machen? Bei mir da herinn' stehen dreizehn Sandler und wollen alle vorg'führt werden."

Der Konzeptsbeamte vom Dienst war zufälligerweise ein gewisser Dr. Zapf, und der entschied nun, daß der verzweifelte

Wachkommandant einen Wortführer der seltsamen Abordnung zu ihm vorlassen möge.

Tatsächlich trat eine Minute später ein reichlich heruntergekommener, erstaunlicherweise aber einigermaßen nüchterner und um Haltung bemühter „Unsteter" bei ihm ein und brachte in mühsam gesetzten Worten sein und seiner zwölf Parkbank-Apostel Begehr vor:

„Dokta, bittschön, tuan S' uns auf drei Tag' verschütten. Es wird Ihna scho' a Grund einfallen."

Da aber gerade gegen keinen der Sandler auch nur das geringste „anhängig" war, galt es, der seltsamen weihnachtlichen Häfensehnsucht auf den Grund zu gehen – und der entpuppte sich als höchst trivial.

„Schaun S', Dokta", erklärte der Sandlersprecher in jenem leidend-geduldigen Ton, in dem man mit Schwachsinnigen zu reden pflegt, „des is a so: Heut', am Heiligen Abend, gibt's in der ‚Liesl' *(so heißt seit Urzeiten im Volksmund das Polizeigefangenenhaus auf der Roßauer Lände – Anm. d. Verf.)* an Fisch, a klans Packerl und a bißl a Geld. Des spendiert die Caritas. Murg'n, am Christtag, faß' ma aus der erstklassigen Kuchl der hochverehrten Höh *(womit er die Polizei meinte)* an Schweinsbraten mit Kraut und Knedl aus. Dazua gibt's wieder a bißl a Marie und a klans Packerl. Dermaln zahlt des die Volkshilfe. Und am Stefanitag kriagn' ma von der Nichtseßhaftenhilfe a Stelzn und wiederum a klane finanzielle Unterstützung. Und warm is' im Häf'n ja aa ..."

So kam es, daß der Obersandler und seine zwölf Getreuen umgehend im kurzen Weg zu einer Geldstrafe verurteilt wurden. Wegen Ordnungsstörung (sagen wir einmal im Wachzimmer, oder?).

Weil aber, wie wohl angenommen werden mußte, ohnehin keiner der Delinquenten – auf eine Leibesvisitation wurde aus hygienischen Gründen großzügig verzichtet – auch nur einen Groschen hatte, um die Geldstrafe zu bezahlen, wurde diese in eine Ersatzarreststrafe von 72 Stunden umgewandelt und sofort vollstreckt.

Es war ja Weihnacht.

IV.
Kaiser, König, Kuriosa

Wer sagt, daß in Österreich 1918 die Monarchie abgeschafft worden ist?
Zumindest gilt das nicht in der Wiener Vorstadt.
Dort gibt es immer noch Kaiser.
Kommt aber ein Wüstenkönig auf Besuch, kann's Fisimatenten geben.
Zumal dann, wenn ein angeheiterter Diener flügge wird.
Ministerpräsidentinnen haben's leichter.
Für die greift die Staatspolizei ins Burgtheater-Kostümdepot.

Stotlup

oder: Der Diener des Wüstenkönigs

Es begab sich in den späten sechziger Jahren, daß in schöner Regelmäßigkeit ein mächtiger Wüstenpotentat samt großem familiärem Anhang und noch größerem Gefolge das feudale Wiener Ringstraßenhotel „Imperial" zu frequentieren pflegte: Ibn Saud, ölmilliardenschwerer König von Saudi-Arabien, ließ sich im Allgemeinen Krankenhaus „generalüberholen".

Nicht, daß der damals als Weltkapazität angesehene Professor Fellinger an ihm viel mehr als die magen- und blutbildverderbenden Folgen von hemmungslosem Genuß fetten Hammelfleisches und anderweitiger einseitiger Ernährung diagnostizieren hätte können (was meist durch eine von ihm verordnete strenge Diät bald behoben war) – wenn der König da war, hatte die Staatspolizei Hochbetrieb.

Mit Ibn Saud kamen nämlich stets auch etliche seiner zahllosen Söhne nach Wien. Im sittenstrengen Saudi-Arabien, wo ja strengstes Alkoholverbot herrscht und die mit Bastonaden nicht sparsame Religionspolizei über Sitte und Anstand unter den zumeist tiefverschleierten Frauen wacht, hatten sie's ja wirklich nicht leicht. Also suchten sie in Wien das Dolce vita. Und die Staatspolizei hatte – in höchster Diskretion, versteht sich – passende Damen, verschwiegene Separées und gehörige Mengen von Whisky zu organisieren.

Auch im „Imperial" wurde so manche Orgie gefeiert. In den mit dicken Teppichen ausgelegten Suiten drehten des Königs Sklaven Hammel am offenen Holzkohlengrill, so manches kostbare Mobiliar ging zu Bruch, und einige Zimmer sahen nach derlei arabischen Feten schlimmer aus als ein Nomadenzelt.

Indes, des Königs Säckelwart beglich jeden Schaden aufs großzügigste. Auch die Polizei-Begleitmannschaft kam nicht zu kurz. Je nach Wunsch wurde sie mit schweren goldenen Uhren oder pompösen königlichen Orden belohnt. (Die meisten zogen die Uhr vor, doch das nur nebenbei.)

So wäre alles in bester Ordnung gewesen, hätte es nicht einen höchst mysteriösen Vorfall gegeben.

Dem Rayonsinspektor, der da eines späten Abends durch die Wilhelminenstraße patrouillierte, bot sich ein ungewohntes Bild. Auf dem Randstein hockte ein irgendwie orientalisch aussehender Typ, bekleidet mit Pluderhosen und einem langen, kragenlosen wiewohl reichverzierten Hemd. Die Füße des selig vor sich hin lächelnden Rinnsalbewohners waren unbeschuht, seinem Mund entströmte ein gewisses alkoholisches Odeur.

Da die Faschingszeit längst vorüber war, drängte sich dem wackeren Ordnungshüter die Frage auf, ob er dem sichtlich betrunkenen Hausballbesucher irgendwie helfen könne.

Die Antwort war verblüffend:

„Stotlup?!"

Weiteres Befragen brachte nichts. Der Fremdling lächelte den Polizisten gar freundlich an und antwortete stereotyp:

„Stotlup?!"

Da die Verständigungsschwierigkeiten unüberbrückbar, jedoch weder Gefahr im Verzug noch eine Störung der Ordnung anzuliegen schienen, half der Rayonsinspektor dem fremdländisch Verkleideten auf die Beine und bugsierte ihn die wenigen hundert Meter zum nahen Wilhelminenspital. Dies in der Überzeugung, er führe lediglich einen durch massiven Alkoholgenuß Geschädigten der notwendigen medizinischen Betreuung zu.

In der Aufnahme des Krankenhauses entschied man, der Neuzugang sei eindeutig ein Fall für die interne Abteilung. Dort versah gerade der damalige Oberarzt Dr. Sch. – heute ärztlicher Leiter eines renommierten Spitals in der Nähe des Wiener Westbahnhofs – Dienst.

Dr. Sch. unterzog den nach wie vor freundlich, ja geradezu unterwürfig lächelnden, wenngleich weiteren Kommunikationsversuchen unzugänglichen Patienten allen nur erdenklichen medizinischen Tests. Das Ergebnis war eindeutig: Der Mann war, sah man von einem leichten „Schwül" ab, völlig o. k., organisch kerngesund.

Befremdend war, daß der Unidentifizierbare jegliche Labung, sei es durch Essen oder Trinken, mittels energischem Kopfschütteln zurückwies. Und jede Frage, ob ihm etwas fehle, ob man ihm vielleicht sonstwie helfen könne und wer er überhaupt sei, erfuhr nur eine Antwort:

„Stotlup?!"

Man ließ „Mr. Stotlup" über Nacht zur Beobachtung da. Anderntags – auch die „Fahne" hatte sich längst verflüchtigt – wurde er mangels internistischer Relevanz zunächst ein Fall für den Amtsarzt.

Im Kommissariat Ottakring wurde der Dr. Grabner, ein altbewährter „Praktiker", in Marsch gesetzt. Er solle sich des seltsamen Patienten, den das Wilhelminenspital endlich loswerden wollte, einmal annehmen.

Grabner fand einen im Türkensitz auf dem Bett hockenden Burschen vor, der ihm mit strahlend weißen Zähnen entgegenlächelte, aber auf jede an ihn gerichtete Frage stets nur das eine antwortete:

„Stotlup?!"

Da „Mr. Stotlup" weder Ausweispapiere bei sich trug noch den geringsten Hinweis auf seine Identität zu geben vermochte (oder wollte), entschied der biedere Polizeiarzt, es handle sich möglicherweise um eine „Psychose". Oder war es gar Amnesie (Gedächtnisschwund), am Ende vielleicht ein Fall von Bewußtseinsspaltung?

Derlei überforderte jedenfalls die diagnostischen Möglichkeiten eines praktischen Polizeiarztes, da mußten Spezialisten her. Die aber gab es zuhauf am wiederum nur ein paar Autominuten entfernten „Steinhof" (heute Psychiatrisches Krankenhaus „Baumgartner Höhe").

Per Rettung dorthin gebracht, verhielt der Fremdling sich wie zuvor. Er setzte sich in demütiger Haltung – Türkensitz, gekreuzte Arme – hin, ließ alle Examinationen willig, freundlich – und im übrigen medizinisch ergebnislos – über sich ergehen und gab auch weiterhin nur ein einziges Wort von sich:

„Stotlup?!"

Zwei Tage nach dem „Aufgriff" aus dem Rinnsal der Wilhelminenstraße verweigerte der nunmehrige Psychiatriepatient nach wie vor hartnäckig jegliche Nahrungsaufnahme. Da erreichte eine Abgängigkeitsanzeige das Kommissariat: Aus dem Hotel „Imperial" sei ein Diener des mächtigen Königs Ibn Saud von Saudi-Arabien spurlos verschwunden.

Man holte einen Arabisch-Dolmetsch auf den „Steinhof", der den Fremdling interviewen sollte. Die Antwort, die auch der Übersetzungskünstler nicht verstand, lautete:

„Stotlup?!"

Der Arabist setzte sich mit einem Fach-Arabisten, dieser mit einem Ober-Fach-Arabisten in Verbindung und letzterer wiederum holte einen wirklichen Kenner ausgefallenster Idiome herbei. Endlich glaubte man das Rätsel lösen zu können.

Irgendwo in der endlosen arabischen Wüste, so meinte der Super-Experte, werde ein nur wenig verbreiteter Dialekt gesprochen, dem eine Phrase zu eigen sei: „Estotlup?" – „Was wollen Sie?" Das aber heißt in „zivilisiertem" Arabisch „Masa turid?"

Offenbar gehörte also der freundliche Bursche im „Guglhupf" einem Volksstamm an, dessen Mundart im arabischen Raum so weitverbreitet ist wie „Bregenzerwälder Dütsch" im

Burgenland. Er hatte wohl „Estotlup“ zu „Stotlup“ verballhornt. Aber weiter kam der Super-Experte auch nicht.

Hatte man hier den verschwundenen „Diener“ vor sich?

Aber wieso hatte der keinerlei Ausweis?

Und wie, zum Teufel, hatte es ihn vom „Imperial“ ins hinterste Ottakring verschlagen?

Am „Steinhof“ fuhr alsbald eine pompöse Limousine der saudiarabischen Botschaft vor, und siehe da, (fast) alles löste sich in Wohlgefallen auf. Der Pumphosenträger wurde erkannt, vereinnahmt und schien durchaus zufrieden.

Die Hintergründe der Affäre ließen sich nur teilweise rekonstruieren. Als Diener, denn ein solcher war er tatsächlich, galt „Mr. Stotlup“ als „Sache“ und persönliches Eigentum seines Herrschers Ibn Saud. Dementsprechend schien er auch nirgendwo anders auf als im Diplomatenpaß des Königs.

Nie hat jemand außerhalb des Hofes seinen Namen erfahren. War er Vorkoster oder Zehennägelschneider? Bekam er nach seiner Zustandebringung die Bastonade oder Schlimmeres? Im Orient ist man schweigsam.

Vermutet wurde, daß irgendjemand im Hotel dem armen Teufel eine größere Menge des für ihn ungewohnten Alkohols eingeflößt hatte. Worauf „Mr. Stotlup“ an die frische Luft mußte, sich beim Ausnüchterungsspaziergang verirrte und irgendwie im 16. „Hieb“ landete. Daß er dort drei Tage Speis' und Trank zurückwies, wurde nun auch verständlich. Der Wüstensohn hatte wohl Angst vor dem bei uns „Ungläubigen“ üblichen Schweinefleisch.

Nach außenhin war der Fall für die Wiener Polizei jedenfalls abgeschlossen.

Intern freilich gab es ein Nachspiel.

Der arme Dr. Gartner – er weilt schon lange bei der großen Armee heimgegangener Ordnungshüter – hat bis zuletzt nicht verstanden, warum ihn der Polizei-Chefarzt damals so gerüffelt hat.

„Was hab' ich denn falsch g'macht?“ klagte er im Kollegenkreis ein ums andere Mal. „Wenn einer immer nur ‚Stotlup‘ sagt, muß ich doch annehmen, daß er einen Pecker hat ...“

Übrigens: Was anno Ibn Saud den Wiener Polizei- und sonstigen Linguisten derartige Schwierigkeiten bereitete, wäre heute, dreißig Jahre später, im polyglotten Wien „nullo problemo". Ein Test der Autoren beim erstbesten orientalisch aussehenden Bierkellner bewies es.

„Wo kommen Sie her?" – „Aus Ägypten."

„Was heißt ‚Masa turid'?" – „Das heißt: ‚Was wollen Sie?'"

„Kennen Sie das Wort ‚estotlup'?" – „Natürlich. Ist genau dasselbe. Wird aber nur in Syrien, Irak und Saudi-Arabien verwendet."

So einfach ist das also.

Die Stoptafel

Wenn es in Wien jemals einen „Bezirkskaiser" gegeben hat, dann war dies zweifellos Bezirksvorsteher Josef Srp in Ottakring, wo ihn freilich Freund und Feind nur als „Pepsch" kannten. Der „Pepsch" Srp – ein Lokalpolitiker vom alten Schlag und, wie seine Freundin Franziska Fast auch, ein echtes Original – hatte so seine eigene Art, die Geschicke seines Bezirks zu lenken. Bürokratie war dabei gewiß seine Sache nicht und Amtskappln ignorierte er konsequent. Der „Pepsch" war ein Mann der Praxis, und wenn er sich einmal etwas in den Kopf gesetzt hatte, konnte er stur sein wie ein Panzer.

Da gab es in Ottakring eine Kreuzung, die ihm schon lange ein Dorn im Auge war, nämlich die zwischen Herbststraße und Kirchstetterngasse. Beide Straßenzüge waren bei den Autofahrern beliebte Schleichwege: die Herbststraße als „rasche Schleuse" stadteinwärts und die Kirchstetterngasse als kommode Querverbindung zwischen Fünfhaus und Hernals.

Nun aber war es so, daß dort, wo sie zusammentrafen, die Herbststraße Vorrang hatte. Obwohl ansonsten die Kirchstetterngasse durchgehend dieses Adelsprädikat tragen durfte.

Nicht nur, daß es deshalb auf der Kreuzung ständig krachte, weil die Benützer der Kirchstetterngasse sich plötzlich unvermuteterweise benachrangt sahen, gab es für den „Pepsch" noch ein anderes Kriterium. Auf der Herbststraße bewegten sich, seiner Meinung nach, lauter „Zuag'raste", damit sie schneller in die Innenstadt kamen, wohingegen die Benützer der Kirchstetterngasse in der Mehrzahl „seine" Ottakringer waren. Also war nicht einzusehen, weshalb sie ausgerechnet hier gegenüber den „G'scherten" auf einmal Nachrang haben sollten.

So ward das Srp'sche Kommandounternehmen „Stoptafel" geboren.

Zuerst nahm er Stadthauptmann L. ins Gebet. Der holte seinerseits den jüngsten Kommissär (erraten, es war der Dr. Zapf) als Adjutanten an seine Seite.

Des langen und breiten erging der „Pepsch" sich zunächst über die himmelschreiende Benachteiligung der Ottakringer Bevölkerung, dann erteilte er dem Jungkommissär praktischen Anschauungsunterricht:

„Jetzt zeig' ich dir (der „Pepsch" war selbstverständlich mit allen per Du) einmal, wie's bei uns im Bezirk geht!" – Vorweg erklärte er kategorisch, die Kirchstetterngasse müsse sofort mittels Stoptafeln gegenüber der Herbststraße „abgesichert" werden.

Sodann fragte er scheinheilig den Hofrat L.: „Du bist doch auch der Meinung, daß da Stoptafeln hing'hörn – oder net?"

Der Stadthauptmann, ganz Diplomat, konnte und wollte es sich natürlich mit dem allmächtigen Bezirksvorsteher nicht verscherzen, also murmelte er beiläufig „Jaja", fügte dann aber doch etwas von „... dafür ist ja eigentlich die MA 46 zuständig" dazu. Im übrigen hoffte er, daß diese leidige Verkehrsangelegenheit sich, wenn schon nicht von selbst, dann wenigstens unter anderer Kompetenz lösen werde.

Aber er hatte nicht mit dem „Pepsch" Srp gerechnet.

Der bemächtigte sich jetzt, seiner Meinung nach in seinem Tun von L. voll bestätigt, dessen Telephons und rief einmal bei der Magistratsabteilung 48 – Straßenreinigung und Müllabfuhr – an.

„Also, Burschen", dröhnte er in die Sprechmuschel, „i brauch' sofort zwa Krampen und drei Schaufeln. Sofort hab' i g'sagt. Danke."

Der nächste Anruf galt der Magistratsabteilung 46, die für Verkehrsangelegenheiten zuständig ist: „Meine Herren, bringt's mir gleich, ja jetzt gleich, zwei Stoptafeln samt Ständern!"

Dann war die Polizei wieder an der Reihe: „Habt's eh noch a halbe Stund' Zeit?" fragte er hinterhältig. Mit Widerspruch rechnete er wohl gar nicht erst, dafür setzte er jetzt zu einer eher belanglosen Plauderei an. Von der Stoptafel war nicht mehr die Rede.

Die halbe Stunde war noch nicht abgelaufen, als es an der Tür klopfte.

„Herrrein!"

Auftraten, geradezu militärisch exakt, zwei orangegewandete „48er" samt Krampen und Schaufeln. Hätte bloß noch gefehlt, daß sie diese exerziermäßig präsentierten.

„Äustarn, dann könn' ma's ja angeh'n", frohlockte der „Pepsch".

Der verdutzte Stadthauptmann stöhnte nur: „Gleich?" worauf Srp erklärte: „Ja, weil ich kann den derzeitigen Zustand nimmer länger verantworten."

Einwände, daß derlei Aktionen ein Begutachtungsverfahren, ein Beschluß der Bezirksvertretung und ein behördlicher Bescheid, vor allem aber eine dreimonatige Einspruchsfrist voranzugehen habe, schmetterte er kurzerhand ab: „Des mach' ma nachträglich, z'erscht stell' ma's amal auf, die Stoptafeln."

Forschen Schrittes, die beiden Polizeijuristen und die Magistratsmenschen – auch Tafeln und Ständer waren mittlerweile eingetroffen – im Schlepptau, strebte der Bezirkskaiser der Kreuzung zu, ergriff einen Krampen und begann emsig, auf der einen Seite der Herbststraße ein Loch zu graben. Die Vertreter des Kommissariats Ottakring verhielt er dazu, Gleiches auf der anderen Straßenseite zu tun. Ein Begehren, das sie nicht gut verweigern konnten. Den Rest erledigten die Orangegekleideten, indem sie die nunmehr überflüssig gewordenen Nachrangtafeln in der Kirchstetterngasse entfernten.

Und also geschah es, daß über Nacht die Kreuzung Herbststraße/Kirchstetterngasse „umgedreht" wurde.

Das zog natürlich polizeiliche Konsequenzen nach sich.

Zunächst wurde die Besatzung des Wachzimmers Koppstraße angewiesen, der Kreuzung erhöhte Aufmerksamkeit zu widmen, die Verkehrsteilnehmer auf die über Nacht geänderten Verhältnisse hinzuweisen und vorderhand – 14 Tage lang – Mißachten der neuen Stoptafeln nicht mit Strafmandaten oder gar Anzeigen zu ahnden, sondern nur abzumahnen und zu belehren.

Die zwei Wochen gingen vorüber – und danach gab es keinen Pardon mehr. Wie nicht anders zu erwarten, wurden etliche Verkehrssünder angezeigt. Und, wie ebenfalls voraussehbar, wurde dagegen von dem einen oder anderen Einspruch erhoben. Ein solcher konnte aber nur korrekt behandelt werden, wenn man sich auf eine klare Gesetzeslage berufen konnte.

Für eine solche wiederum hätte es einer entsprechenden Verordnung bedurft. Dem Bezirksvorsteher oblag es, die dafür notwendigen Maßnahmen zu erlassen: Begutachtungsverfahren, Anhörung der diversen Magistratsabteilungen, Beschluß etc. etc. ... – wir kennen das ja mittlerweile.

Was aber sagte der „Pepsch" Srp, als die Polizei die von ihm „nachträglich" versprochene Verordnung urgierte?

„Also wirklich, das hätt' ich jetzt glatt vergessen. Aber ich versprech's euch, ihr kriegt's sie garantiert demnächst."

Als noch vor „demnächst" weitere Stoptafel-Anzeigen beeinsprucht wurden, hieß es bei abermaliger Nachfrage, irgendwer in seiner Kanzlei habe wohl die Sache verschlampt, er werde aber dafür sorgen, daß „wirklich schon demnächst" ...

Und dann schlief die Sache ein.

Noch heute weiß im Polizeikommissariat Ottakring niemand, was aus der berühmt-berüchtigten Srp'schen „Demnächst-Verordnung" geworden ist, und Insider vermuten – wohl nicht ganz zu unrecht –, daß er sich wahrscheinlich gar nicht recht um sie gekümmert hat.

Aber was soll's? Die Stoptafeln stehen noch immer, und längst haben sich alle an sie gewöhnt. Die Zahl der Unfälle ist auch zurückgegangen. Und der „Pepsch" Srp, lange schon „Bezirkskaiser" in Ruhe, lächelt, wenn man ihn darauf anspricht, nur verschmitzt: „Na und, hab' i net recht g'habt?"

Don Camillo und Peppone

Nicht nur in Bayern, auch in Ottakring gehen die Uhren anders. Zumindest dann, wenn es darum geht, ungestraft sein Vehikel in Park- oder Halteverbotszonen deponieren zu dürfen.

Diese Geschichte hat zwei Akteure: Nennen wir den einen Don Camillo, weil er zwar nicht der Pfarrer selbst, immerhin aber ein diesem treu ergebener, vor allem aber durchschlagskräftiger Pfarrgemeinderat war. Und nennen wir den anderen Peppone, weil er als Bezirksvorsteher politisch der linken Reichshälfte zuzuordnen war.

Beide Organisationen, die Katholiken einerseits wie die Sozialisten andererseits, betreiben ihre Hauptquartiere (Kirche bzw. Parteisektion) links und rechts der Thaliastraße, auf Höhe Possingergasse – Wattgasse, eigentlich nur wenige hundert Meter voneinander entfernt.

Und beide hielten just zum gleichen Zeitpunkt, nämlich sonntags um zehn Uhr, ihre „Veranstaltungen" ab: Die Katholiken die Vormittagsmesse, die „Sozi" ihre Vertrauensleutesitzung. (Wobei gemunkelt wurde, daß die Parteiversammlung nur deshalb ausgerechnet für 10 Uhr angesetzt wurde, damit allfällige rot/schwarze Schafe am Kirchgang gehindert wurden.)

Wie auch immer, beide Seiten litten unter der Tatsache, daß es im Bereich ihrer „Lokale" so gut wie keine Parkplätze gab.

Die Sozialisten wußten sich da natürlich zu helfen. Sie setzten einfach ihren „Peppone" – übrigens Nachfolger des schon zitierten „Pepsch" Srp – in Marsch.

Der nun bat den Stadthauptmann während der beiden sonntagvormittägigen Sektionsstunden nach Möglichkeit auf das Verteilen von Anzeigen und Strafmandaten zu verzichten, schließlich würde dadurch ja eine für Wien und die Republik Österreich unerhört wichtige Tätigkeit behindert.

Solcher Argumentation vermochte sich der Polizeichef nur schwer verschließen, worauf die am Sonntag ausschwärmenden Wacheorgane, an der südlich der Thaliastraße gelegenen „roten Zone“ vorbeisahen. Dafür tobten sie sich dann – der Abteilungskommandant wollte ja schließlich „Erfolge“ sehen – umso mehr im nördlich gelegenen „schwarzen“ Bereich aus.

Dies blieb indessen nicht lange unentdeckt. Deshalb erschien eines Tages auch „Peppones“ Pendant auf dem (polizeilichen) Plan, sprich: im Strafreferat des Kommissariats.

„Don Camillo“, so muß man wissen, war zwar nicht Pfarrer, aber auch nicht gerade einer der wenig Einflußreichen im Bezirk. Er hatte in eine hochangesehene Dynastie eingeheiratet und war – als damals jüngstes Vorstandsmitglied – auf dem besten Weg zu dem, was er heute ist: Chef einer der wahrhaft tragenden Säulen des Bezirkslebens, der Ottakringer Brauerei.

Im Strafreferat werkte gerade eine fesche, rothaarige Schriftführerin an ihrer Schreibmaschine. Die Haarfarbe hatte nichts mit der politischen Einstellung der Schönen zu tun, war sie doch eine emsige Parteigängerin „Don Camillos“. Der aber knallte ihr nun einen Strafzettel auf den Tisch und rief zornbebend: „Das stinkt zum Himmel!“

Es komme nämlich überhaupt nicht in Frage, daß die „Roten“ ungestraft parken dürften, wo sie wollten, wohingegen die braven Kirchgänger Sonntag für Sonntag mit ganzen Bündeln von Organstrafverfügungen, ja sogar Anzeigen überschüttet würden.

Der mittlerweile erschienene Strafreferent gab die von dem heutigen Ottakringer „Bierbaron“ wortgewaltig vorgetragene Beschwerde umgehend an seinen Stadthauptmann weiter, und der wiederum traf eine ebenso salomonische wie typisch ottakringerische Entscheidung: „Dann zahlen halt die Schwarzen auch nix.“

Worauf das politisch-klerikale Gleichgewicht zwischen diesseits und jenseits der Thaliastraße wiederhergestellt war.

Kommissar Tex

Ein gestandener Polizeihund – alle Freunde und Fans von TV-Kommissar Rex mögen verzeihen! – bringt nicht unaufgefordert Wurstsemmeln, grinst nicht „menschlich“, hebt nicht Telephonhörer ab und robbt nicht lautlos einem Verbrecher hinterher.

Ein wirklicher Polizeihund ist sozusagen ein Hund „wie du und ich“, nur eben wesentlich besser ausgebildet. Aber er bleibt, gottlob, allemal ein natürliches Wesen mit all seinen Fehlern, Vorzügen und Instinkten. Da kann es natürlich zu Situationen wie jener kommen, in deren Mittelpunkt ein junger Rottweiler stand.

Sein Dienstgrad war beileibe nicht Kommissar, sondern schlicht PDH, was nichts anderes als Polizeidiensthund bedeutet. Demnach war er also ein einfacher Inspektor. Er war auch kein Schäfer-, sondern ein bulliger Rottweilerrüde. Darüber hinaus hatte er, wie viele seiner vierbeinigen Kollegen auch, einen vergleichsweise langen Hundenamen, wurde aber der Einfachheit halber „Tex“ gerufen.

PDH Tex war mit seinem Herrl, einem PDHF (Polizeidiensthundeführer), mit dem er auch die Wohnung teilte, in Ottakring auf „Tasso“-Streife. „Tasso“ ist der Funkrufname jener Streifenautos, die einen Hund mit an Bord haben.

Tex hatte an diesem Tag die Aufgabe, nach Wilderern zu suchen, über die sich im Raum Wilhelminenberg die Anzeigen der Jäger und die Beschwerden der Anrainer häuften.

Wie so üblich, schaute der „Tasso“-Kommandant vorher im Kommissariatswachzimmer, damals in der Grubergasse, auf einen kurzen Informationsplausch mit den Kollegen und eventuell auch auf ein Häferl Kaffee vorbei. Tex begleitete ihn ins Zimmer des Wachkommandanten, und dort wurde der Hund natürlich von der Leine gelassen. In diesem „Revier“ kannte er sich ja aus.

Plötzlich wurde Tex irgendwie unruhig. Vielleicht wollte er schon an die frische Luft. So dachte zumindest sein Herrl und begann sich zu verabschieden.

Die Unruhe des Vierbeiners war indessen auf die Tatsache zurückzuführen, daß sich draußen, in der Wachstube, ein Artgenosse aufhielt. Wie Tex Rottweiler und noch dazu verhängnisvollerweise ebenfalls Rüde, war er mit seinem Frauerl gekommen, das Unterlagen für den Erwerb eines neuen Reisepasses besorgen wollte.

Die Hundebesitzerin hatte die Leine lose um das Handgelenk geschlungen und hielt sich zwanglos an der in Wiener Wachstuben üblichen Budel fest, hinter der ein Rayonsinspektor beflissen nach Paßformular und dazugehörigem Merkblatt kramte. Auch der zivile Rottweiler wurde auf einmal sichtlich nervös.

Genau in diesem Augenblick öffnete sich die Tür zum Kommandantenzimmer und heraus stürzte Tex, geradewegs auf seinen „Konkurrenten“ zu, der sich da in seinem, Texens, ureigensten Machtbereich breitzumachen schien. Wie es einem Diensthund in einer solchen Situation zukommt, machte Tex von dem neuerdings auch gesetzlich verankerten Wegweiserecht Gebrauch, indem er die Lefzen hochzog und seinen Kontrahenten gnadenlos anknurrte.

Der andere Hund geriet in Panik, zerrte an seiner Leine – und dann geschah etwas, womit wirklich niemand gerechnet hatte. Die Paßwerberin klammerte sich verzweifelt an die Budel. Diese aber war unglückseligerweise nicht allzufest im Boden verankert.

Ihr Hund zerrte wie verrückt an der Leine, und dann begann die Budel auch schon bedenklich zu schwanken. Es herrschte wildes Gekläff und Knurren, indes, der Diensthundeführer kam zu spät, um das Unheil zu verhindern.

Die Hundebesitzerin hielt dem Zug ihres Rottweilers nicht stand, riß die Budel endgültig aus deren morscher Verankerung und stürzte mit einem schrillen Schrei rücklings zu Boden.

Mit einem mordsmäßigen Krach fiel das Möbelstück auf sie, glücklicherweise ohne sie zu verletzen. Ganze Stöße von Formularen, Anzeigen, Strafmandaten und sonstigem amtlichen Papierkram wirbelten durch die Gegend, während die Hunde in all dem Chaos miteinander herumtobten.

Schließlich gelang es dem Hundeführer, Tex wieder an die Leine zu bekommen. Da aber betrat der nächste Kunde das Wachzimmer, und der zivile Rottweiler nützte die unerwartete Gelegenheit, sich durch die halbgeöffnete Tür ins Freie abzusetzen. Hinterher stürmte sein Frauerl, das sich mittlerweile unter der umgestürzten Budel hervorgearbeitet hatte – und beide verschwanden auf Nimmerwiedersehen in Richtung Thaliastraße.

Vor den Augen des fassungslosen neuen Besuchers bemühte sich die ganze Wachzimmerbesatzung, der Verwüstung wieder Herr zu werden. Und das dauerte gute drei Stunden. So lange mußte der Besucher vertröstet werden: „Wir sind hier leider derzeit amtsunfähig."

Tex aber, hochzufrieden mit einer – aus seiner Sicht – überaus erfolgreichen Amtshandlung, begab sich gelassen auf Wildererjagd.

Der Opernball

Franziska Fast ist vielen noch als Volksanwältin in guter (und wirklich guter) Erinnerung. Die „Franzi“ ist eine waschechte und überzeugte Ottakringerin, man kann sie getrost ein Ottakringer Original nennen.

Zu ihrer aktiven Zeit als Politikerin (sie war auch SP-Staatssekretärin) war Fast auch aus anderen Gründen polizeibekannt. Zum einen, weil sie eingestandenermaßen eine große Freundin dieser Zunft ist, zum anderen, weil die Geschwindigkeit, mit der sie ihren fahrbaren Untersatz durch die Gegend drosch, fast immer nur die eine war: „Schneller als die Polizei erlaubt.“

Zapfs erster Kontakt mit der ebenso resoluten wie humorvollen Dame kam zustande, als sie noch in Sandleiten Betriebsrätin bei der Firma Austria Email war. Damals stand sie an der Spitze einer eigentlich illegalen, weil nicht ordnungsgemäß angemeldeten, spontanen Demonstration in Sachen – wie sagen doch die Gewerkschafter dazu? – Arbeitskampf.

Zapf war zu dieser Zeit Staatspolizist und wurde als Behördenvertreter zu der Zusammenrottung beordert. Dort hatte er die nicht ganz einfache Entscheidung zu fällen, die „wilde“ Veranstaltung aufzulösen – oder auch nicht.

Zapf entschloß sich zu letzterem, und das hat die „Franzi“ ihm Jahre später auf ihre Art und Weise gedankt. Sie wollte, daß er sie beim Opernball „vertrete“. Auf gut Deutsch: Sie selbst hatte nicht die geringste Absicht, das noble Ereignis mit ihrer Anwesenheit zu beehren, und wollte ihm eine kleine Freude machen, indem sie ihm ihre zwei Politiker-Pflichtkarten zur Verfügung stellte.

Nun war guter Rat teuer. Das Salär eines jungen Konzeptsbeamten ist nämlich durchaus nicht so angelegt, daß er sich, so mir nichts dir nichts, einen Frack und der besseren Ehehälfte eine dem (teuren) Anlaß entsprechende Abendrobe leisten kann.

„Dann geh'n S' halt in Uniform, zu was haben S' denn eine“, wußte die „Franzi“ sofort Abhilfe.

So einfach ist das aber wiederum auch nicht.

Geht nämlich ein Polizist – und noch dazu ein Konzeptsbeamter – in Uniform auf einen Ball, dann ist er automatisch „im Dienst“. Gerade der Opernball-Dienst aber ist in der Wiener Polizeidirektion seit urdenklichen Zeiten institutionalisiert. Demnach steht er ausschließlich drei altgedienten Hofräten vom Administrationsbüro, der Staatspolizei und vom Kommissariat Innere Stadt zu.

Womit der Fall für einen jungen Spund wie Zapf sofort – und zwar negativ – erledigt schien. Nicht aber für Franziska Fast.

„Des werd'n ma gleich ham“, verkündete sie fröhlich, „i red' mit dem Präsidenten und dann paßt's.“

Gesagt, getan, sie marschierte spornstreichs zu dem damaligen Polizeipräsidenten Karl Reidinger und machte ihm ihr, das heißt nunmehr Zapfs, Ballproblem unmißverständlich klar.

„I will, daß der junge Doktor statt mir auf den Ball geht.“

Dies untermauerte sie, wie man hört, mit einer sanften Erpressung, indem sie sibyllinisch etwas von angeblichen Prügelpolizisten murmelte, die sie ja eigentlich (als ehrliche Politikerin) anprangern müßte und auch würde, wenn nicht ...

Was blieb dem armen Präsidenten also anderes übrig, als das etablierte Hofratstrio durch den Oberkommissär Zapf zu sprengen. Was für Letzteren schwerwiegende Folgen zeitigte.

Zum einen mußte er seine Angetraute entsprechend ausstaffieren. Mit Stola und Boa und so. Die „Franzi“ hatte da genaue Vorstellungen. Zahlen durfte natürlich er ...

Selbiges freilich hatte auch jener der drei institutionalisierten Opernball-Hofräte schon dürfen, der – ausgerechnet! – für die Einteilung der Theaterdienste zuständig war.

„Was soll das heißen“, empörte er sich prompt, als Zapf ihn mit der allerhöchsten Entscheidung konfrontierte. „Jetzt hab' ich meiner Frau schon ein Abendkleid für 12.000 Schilling gekauft – und alles für die Katz'? Na, Sie werden schon sehen ...“

Ein Langzeitfeind, vielleicht auf ewig, war ihm sicher.

„Und daß Sie's gleich wissen“, fuhr eben dieser „Feind“ fort, „bis morgen schreiben Sie ganz allein den Bescheid. Aber picobello, wenn ich bitten darf.“

Besagter Opernball-Bescheid umfaßt sage und schreibe 24 Seiten und hat jeden nur erdenklichen Aspekt der illustren Festivität zu berücksichtigen: von der Inspektion der Kanalisation bis zur Verkehrsregelung auf dem Ring, von der Feuerwehr bis zur Straßenbeleuchtung.

Was der gute Hofrat nicht einkalkuliert hatte, war freilich, daß – wie ein von Zapf hastig durchgeführter Vergleich früherer Varianten ergab – der ominöse Bescheid seit Kaisers Zeiten (und bis heute) praktisch unverändert geblieben ist und jeweils nur die aktuellen Daten eingesetzt werden. Zapf schrieb also flugs die 24 Seiten vom Vorjahr ab, aktualisierte sie flüchtig – und ging auf den Ball.

Es war wirklich ein schönes Fest. Die Plauderei mit einem nebenan sitzenden ausländischen Botschafter gestaltete sich überaus amüsant, die Preise in der für die Polizei zugänglichen Kantine waren durchaus erträglich – nur das dicke Ende kam wie befürchtet.

Der nächste, ansonst durchaus beliebte Theaterinspektionsdienst sah den Oberkommisär Zapf bei einem kulturellen Ereignis der besonderen Art. Er durfte in einer entlegenen Floridsdorfer Volkshochschule eine Aufführung des Theaters der Jugend beaufsichtigen. Man gab den unerhört spannenden Klassiker „Der gestiefelte Kater“ ...

Die falsche Golda

Eigentlich ist ja – obwohl er sie gar nicht kannte – die frühere israelische Ministerpräsidentin Golda Meïr mittelbar daran schuld, daß der Doktor Zapf von der Staatspolizei weg und hinaus, auf ein Vorstadtkommissariat, versetzt werden wollte. Das kam so.

1974 war's, und alle hatten noch frisch die kaum ein Jahr zurückliegende Geiselnahme in Marchegg in Erinnerung. Damals hatten zwei bis an die Zähne bewaffnete palästinensische Terroristen in der Grenzstation zwei jüdische Sowjetemigranten und einen österreichischen Zöllner aus dem Zug her-

aus gekidnappt und anschließend fast einen Tag lang auf dem Schwechater Flughafen als Geiseln gehalten.

In der Folge wurde die Gendarmerie-Antiterroreinheit „Cobra“ geschaffen, und Bundeskanzler Bruno Kreisky kündigte an, die Durchgangslager für die nach Israel auswandernden Sowjetjuden zu schließen. Außerdem ließ er durchblicken, daß er die PLO anzuerkennen gedenke.

Das war zuviel für die resolute Regierungschefin Israels. Ganz spontan setzte sie sich ins Flugzeug nach Wien, um dem „unbotmäßigen“ österreichischen Kanzler – wie sie meinte – die Leviten zu lesen.

Die Ankündigung dieses inoffiziellen Spontan-Staatsbesuches erfolgte so kurzfristig und überraschend, daß die Staatspolizei davon erst erfuhr, als sich die El-Al-Sondermaschine mit Golda Meïr bereits dem österreichischen Luftraum näherte.

Höchste Alarmstufe! Golda war das Sicherheitsrisiko schlechthin.

Nicht nur, daß man im Polizeipräsidium von ihrer Ankunft erst eineinhalb Stunden zuvor erfahren hatte, wußte auch kein Mensch, wie lange sie in Wien bleiben würde.

War es zunächst gelungen, die Landung der Israelin geheimzuhalten, so bekamen die Medien doch von dem höchst brisanten Besuch nur allzubald Wind. Journalistentrauben belagerten das Bundeskanzleramt. In den Nachrichten hatte die Meldung von Golda Meïrs Zusammentreffen mit Kreisky natürlich die höchste Priorität. Und seit Marchegg war die Angst vor einem weiteren Terroranschlag allgegenwärtig. Nicht auszudenken, was passierte, würde Golda auch nur ein einziges Haar gekrümmt!

In der Polizeidirektion rauchten die Köpfe. Jetzt ging es darum, die Ministerpräsidentin möglichst ungesehen wieder zurück zum Flughafen zu „schmuggeln". Aber wie? Die hartnäckig lauernde Journalistenmeute ließ wenig Hoffnung aufkommen.

Der Inhalt des Vier-Augen-Gesprächs zwischen Golda Meïr und Bruno Kreisky tut hier nichts zur Sache. Bekanntgewordene Tatsache ist nur, daß die Ministerpräsidentin ebenso zornig war wie der Bundeskanzler unbeirrbar. Der „Staatsbesuch" wurde nach einigen Stunden mehr oder weniger abrupt beendet.

Aber da stand die staatspolizeiliche Strategie schon fest. Den Journalisten – und natürlich auch den potentiellen Attentätern – mußte ein „Türk' gebaut" werden. Im Klartext: Eine falsche Golda mußte her!

Sie fand sich in Gestalt des Staatspolizisten Dr. H., dessen Gesichtszüge, wenn man so wollte, eine vage Ähnlichkeit mit dem herben Profil Goldas hatten, und auch von der Statur her gab es eine gewisse Ähnlichkeit.

Wer aber sollte in aller gebotenen Eile die Ausstattung besorgen können? Da nun sprangen selbstloserweise die Kostümwerkstätte und die Maskenbildner des Wiener Burgtheaters ein. Und kurze Zeit später war aus dem Kollegen H. ein geradezu perfektes Double der Golda Meïr geworden.

H. trug nun ein weites, nicht gerade elegantes Kostüm, wie es auch die Frau Ministerpräsident zu tragen pflegte. Auf die unordentliche „Knödel"-Frisur à la Golda (natürlich eine Perücke) hatte man ihm einen schauderbaren Hut gedrückt, und ein Gesichtsschleier ließ der falschen Golda – wie übrigens auch der echten – markante Nase gerade noch sehen.

Jetzt konnte es losgehen. Die Motorradlotsen der Verkehrsabteilung nahmen Aufstellung, ein kugelsicherer Mercedes rollte aus dem Kanzleramt, und mit Sirenengeheul und Höllentempo wurde die falsche Golda auf der „offiziellen Route", also über Ring, Schwarzenbergplatz, Rennweg und Simmeringer Hauptstraße, zum Flughafen Schwechat gekarrt.

Während ein Rattenschwanz von Reportern versuchte, mit dem Konvoi Schritt zu halten, fuhr die echte Golda – natürlich ebenfalls wohl-, aber viel weniger auffällig beschützt – über die „Maschekseit'n", nämlich die Donaukanallände entlang, an den Simmeringer Gasbehältern vorbei und über Mannswörth nach Schwechat.

Dort erlebten die mittlerweile reichlich frustrierten Journalisten, wie Golda Meïr II vulgo Staatspolizist Dr. H. zu einem weit draußen auf der „Platte" abgestellten El-Al-Jet geführt wurde und mit wehenden Rockschößen eilends und grußlos im Inneren der Maschine verschwand.

Dieses Flugzeug war die reguläre Linienmaschine Wien – Tel Aviv, deren (vorwiegend israelische und daher derlei Verzögerungen gewohnte) Passagiere kurzfristig informiert worden waren, daß ihnen ein „Delay", ein Zwangsaufenthalt, von ungewisser Dauer bevorstünde.

Das eigentliche Staatsflugzeug, noch weiter abseits „geparkt", nahm gleichzeitig und völlig unbeachtet die echte Golda Meïr auf und startete unbehelligt gen Osten.

Nun endlich durfte der Dr. H. seine ungewohnte „Kluft" ablegen und wieder aussteigen. Womit auch dem Abflug der Linienmaschine – mit eineinhalbstündiger Verspätung – nichts mehr im Wege lag.

Der Dr. H. aber überlegte noch lange danach mit einem gewissen unguten Gefühl, wie groß wohl das Attentatsrisiko für ein so „prominentes“ Double, wie er es gewesen war, sein mochte. Und weil er – wie im übrigen auch der Dr. Zapf – nicht gerade unbedingt für attentatsgefährdete Politiker als deren Double und Kugelfang einspringen wollte, war die Liebe der beiden zur Staatspolizei plötzlich ein wenig erkaltet.

V.
Gauchos, Gecken, Grammelknödeln

Ein Ex-Millionär mixt an der Adria Putzmittel.
In Betonmischmaschinen.
Auch am Slibowitzschmuggel verdient er ganz gut.
Glücklich ist er dennoch nicht.
Ihn quält die Sehnsucht nach echter Wiener Hausmannskost.
Leider läuft gegen ihn ein Haftbefehl.

Der Blade

Seinen richtigen Namen kannten nur die wenigsten. Er hieß schlicht und einfach „der Blade“. Und das war, weiß Gott, keine Übertreibung, denn der gute Mann wog knapp an die 200 Kilo. Dieses überaus stattliche, natürlich in Ottakring beheimatete „Bröckerl“ – damals ein Mittdreißiger – betrieb in den siebziger Jahren in der Effingergasse einen bestens florierenden Großhandel.

Der „Blade“ belieferte ganz Österreich mit nicht nur formschönen, sondern auch recht preisgünstigen Lampen made in Italy – Luster, Stehlampen, Badezimmerleuchten, kurzum mit allem, was Licht ins traute Heim bringt.

Der geschäftliche Erfolg war dem äußeren Erscheinungsbild unseres Helden angepaßt: gewaltig. Der „Blade“ war nämlich ein äußerst geschickter und obendrein weitgehend seriöser Kaufmann, vor allem aber war er bald Millionär.

Sein Körpervolumen kam nicht nur von einer zweifellos angeborenen Veranlagung her, sondern auch davon, daß er wahre Unmengen an Essen und Trinken in sich hineinschaufelte bzw. -goß. Und alles mußte vom Besten sein. Er war also schlichtweg verfressen, ein rund um die Uhr mampfender Zwitter aus Gourmet und Gourmand.

Der „Blade“ liebte außerdem den Luxus. Wobei die Nahrungsaufnahme finanziell am wenigsten ins Gewicht fiel.

So beliebte er zum Beispiel mit einem Auto durch die Gegend zu kutschieren, von dem nur ausgepichte Motorfreaks je gehört haben dürften. Er nannte einen Schlitten der Marke „De Tomaso“ sein Eigen, der ihn gut und gerne zwei Millionen Schilling gekostet hatte. Vor mehr als zwanzig Jahren war das ein schöner Batzen Geld.

Aber er konnte es sich leisten: nicht nur das vierrädrige Vehikel, sondern auch ein anderes, das – wenn er nicht gerade damit in der Adria herumkreuzte – im istrischen Pola, dem ehemaligen k. u. k. Kriegshafen, friedlich vor sich hin dümpelte.

Es handelte sich dabei um die schmucke 25-Meter-Motorjacht „Maria“, die er sich in Hamburg hatte bauen lassen. Die „Maria“ lag in der Marina Veruda vor Anker und fuhr – für die Gegend eher ungewöhnlich – unter der Flagge einer Bananenrepublik.

Der „Blade“ war nämlich geschäftlich – wenn auch nur mittels Briefkastenfirma – in Mittelamerika vor Anker gegangen.

So viel nur zur Person dieses in mehrfacher Hinsicht ungewöhnlichen Ur-Ottakringers, von dessen Aufstieg und Fall, Glück und vorläufigem (und wie wir sehen werden, für ihn gar nicht unbedingt so unglücklichem) Ende wir nun berichten wollen.

1. Der millionenschwere „Zund“

Der „Blade“ war, wie erwähnt, zunächst ein durchaus respektabler Geschäftsmann gewesen. Nichts Nachteiliges war gegen ihn bekannt – außer, daß er es mit den Verkehrsvorschriften nicht so genau nahm. Ob seiner gewaltigen Leibesfülle ging er nämlich nur jene paar Schritte zu Fuß, die absolut unvermeidlich sind, also etwa zwischen Bett und Klo.

In der frischen Luft hingegen pflegte er jeden nur erdenklichen Meter mit seiner italienischen Luxuskarosse zurückzulegen und diese dann dort abzustellen, von wo aus er wiederum nur den allerkürzesten Fußmarsch zurückzulegen hatte. Dies war leider fast immer eine Park-, Halteverbots- oder Kurzparkzone.

So wurde der (strafrechtlich) unbescholtene „Blade“ rasch polizeibekannt. Seine Vormerkungen an Verwaltungsstrafen füllten im Kommissariat einen dicken Ordner, doch der notorische Parksünder kam seinen Zahlungsverpflichtungen stets pünktlich nach.

Ob schlichtes Strafmandat oder geschmalzene Anzeige – der „Blade“ mußte nie gemahnt werden. Als Multimillionär konnte er sich derlei Lappalien locker leisten. Hauptsache, er mußte niemals weit zu Fuß gehen.

Eines Tages tauchte er völlig freiwillig im Kommissariat auf. Nein, nicht um sich zu beschweren, beileibe nicht. Der Herr Lampengroßhändler bewarb sich vielmehr um einen Waffenpaß: Er müsse, so führte er als Begründung an, oft Geld zur Bank bringen, und die Summen, die er da transportiere, seien meistens nicht eben klein. Dabei könnte es ja sein, daß ... Und überhaupt, ihm, als anständigem Bürger, stehe ein solches Dokument ja rechtens zu.

Argumente, die – man wußte ja über die Vermögensverhältnisse des praktisch über Nacht reich gewordenen „Bladen“ Bescheid – eigentlich absolut ausreichend für eine positive Erledigung gewesen wären. Wenn es da nicht leider die vermaledeiten Verkehrsstrafen gegeben hätte. Nicht ein paar, sondern hunderte ...

Als verantwortungsbewußter Beamter mußte man notorisches und vom „Täter“ noch dazu freizügig eingestandenes, bewußtes Ignorieren der Straßenverkehrsordnung in die Kategorie „Unzuverlässigkeit” einstufen und demnach die Ausfolgung eines Waffenpasses verweigern.

Der junge Sicherheitsreferent Dr. Zapf hatte – wieder einmal – für den schwergewichtigen Dauerparksünder irgendwie Verständnis, und so machte er dem „Bladen“ eines dieser berühmt-berüchtigten Gegengeschäftsangebote, ohne indes auch nur eine Sekunde lang zu glauben, daß es angenommen werde.

„Wenn Sie ein volles Jahr ohne auch nur ein einziges Verkehrsdelikt hinter sich bringen, kriegen Sie von mir den Waffenpaß.“

Der „Blade“ nickte dankbar und ging davon.

Nicht, daß der protzige Luxusschlitten, den ja jeder Wachmann im Bezirk kannte, nicht auch weiterhin Tag für Tag irgendwo wegen Falschparkens „angefallen" wäre. Aber des „Bladen" Weste blieb fortan wirklich rein.

Er hatte nämlich einen Chauffeur angeheuert, auf dessen Konto nunmehr alle – vom Chef angeordneten und auch der Polizei gegenüber weiterhin pünktlich abgegoltenen – Vergehen gingen.

Während also nun auch der Akt des Chauffeurs in atemberaubendem Tempo anschwoll, ging das Jahr vorüber und unser Freund stand, kaum war es abgelaufen, grinsend und mit aufgehaltener Hand in der Tür. „Na, was is', Herr Doktor, krieg' ich jetzt das Papierl?"

Nun gut, versprochen ist versprochen. Der schlaue Fuchs hatte eben den Juristen geschickt „übernommen".

Nichtsdestoweniger war man einander im Zuge der Verhandlungen wegen des begehrten grünen Dokuments, das seinen Besitzer zum Führen einer Faustfeuerwaffe berechtigte, auch menschlich ein wenig näher gekommen. Und da hatte der Lampengroßhändler dem Konzeptsbeamten sein – neben dem Waffenpaß – vordringlichstes Anliegen zu Gehör gebracht.

„Wissen Sie mir keine Arbeiter? Ich brauche dringend Leute, die schnell die Lkw entladen, mit denen aus Italien die Lampen gebracht werden, und das Zeug dann ins Lager schlichten. Ich zahle gut, sehr gut sogar."

Bedauerlicherweise ist ein Polizeikommissariat aber nun einmal keine Stellenvermittlung, und so konnte dem „Bladen" in dieser Hinsicht nicht geholfen werden. Auch dann nicht, als er mit einem reichlich verwegenen Vorschlag aufkreuzte.

„Was ist, wenn ihr mir ein paar von euren Häfenbrüdern borgt? Anstatt, daß die untätig in der Zelle sitzen, können s' doch bei mir arbeiten und noch was verdienen. Ich zahl' den vollen Lohn, die eine Hälfte kriegen die Pülcher, die andere die Polizei. Wär das nix?"

Auf derlei konnte man sich natürlich nicht einlassen, allein schon deshalb nicht, weil die Burschen ja bewacht hätten werden müssen – und für so etwas gab es nun wirklich keine Leute.

Der „Blade" freilich hätte auch in dieser Hinsicht einen Ausweg gewußt: „Ich zahl' selbstverständlich auch den Beamten alle Überstunden und so, das spielt ja überhaupt keine Rolle ..."

Doch auch auf diese Weise war die „Aktion Häfenbruder" nicht zu verantworten.

Immerhin sann Zapf – mittlerweile hatte man einander schon das Du-Wort gegeben – nach einer Möglichkeit, wie man dem Notstand des Lampengroßhändlers abhelfen könnte. Schließlich wurde ein Kompromiß ausgearbeitet:

Leute, die nur die Ordnung gestört, also etwa in betrunkenem Zustand randaliert hatten, oder jene kleinen „Pülcher", die wegen minderer Delikte nur kurze Zeit einsaßen, sollten, wenn sie sich arbeitswillig zeigten und für die Zukunft ein anständiges Leben zu führen versprachen, per Handzettel an den „Bladen" rekommandiert werden. Dieser seinerseits verpflichtete sich, für die – nunmehr in milderer Form verhängten – Geldstrafen seiner neuen Arbeitskräfte aufzukommen. Vorausgesetzt, die Burschen erfüllten wenigstens drei Tage hindurch pünktlich und gewissenhaft ihre (Entlade-)Pflicht.

Unter den im Kommissariat Einsitzenden machte sich bei Bekanntwerden dieses Sachverhalts eine ungewöhnliche Arbeitsfreudigkeit, fast hätte man sagen können Arbeitswut, breit. Der „Blade" jedenfalls war hochzufrieden.

Allerdings, man hätte es ja eigentlich wissen müssen, die „Arbeitsbienen" waren und blieben nun einmal eine „Pülcherpartie". Doch der „Blade" war keiner, der sich der Polizei gegenüber undankbar gezeigt hätte. Er wußte sehr wohl, welche Früchterln er da beschäftigte, und sperrte deshalb seine Augen und Ohren, wann und wo immer es ging, weit auf.

So erfuhr er manch dubioses Vorhaben und gab sein Wissen prompt weiter. Er wurde für die Ottakringer Polizei zu einem überaus brauchbaren „Zund", dem noch dazu diese – natürlich unbezahlte – Konfidententätigkeit auch einigen Spaß machte. Nebst kleineren „Hack'n", die in seiner Lagerhalle ausbaldowert wurden, sollte eine besonders spektakulär werden.

„Ich hab' gehört", meldete der „Blade" eines Tages, „daß ein paar von meinen Burschen heute um Mitternacht bei der Firma A. auf dem Richard-Wagner-Platz einbrechen wollen."

Die zuvor mit dem millionenschweren Konfidenten gemachten Erfahrungen ließen es geraten erscheinen, die Sache ernst zu nehmen. Also legten sich rechtzeitig Kriminalbeamte in einem Hinterraum des als Tatort auserkorenen Autozubehörgeschäfts auf die Lauer.

Wie erwartet, vernahmen sie um Mitternacht verdächtige Geräusche. Die Eingangstür wurde aufgebrochen, und drei Gestalten schlichen ins Büro. Dort machten sie sich im Schein von Taschenlampen mittels eines Autogenschweißgerätes daran, den Tresor zu öffnen und auszuräumen. Mitten in der schönsten, weil schon erfolgversprechenden Arbeit ging dann freilich das Licht an, und gleich darauf klickten die Handschellen. Der „Blade“ hatte wieder einmal ganze Arbeit geleistet ...

2. Sehnsucht nach Ottakring

So kometenhaft der geschäftliche Aufstieg gewesen war, so schnell kam der Absturz: 1981 ging der „Blade“ in Konkurs. Und das war nicht unbedingt allein seine eigene Schuld.

Hauptursache war wohl eine andere Pleite, nämlich die einer großen Möbelfirma. Der hatte er eine riesige Menge seiner italienischen Lampen geliefert, doch nun sah er dafür keinen Groschen mehr. Also wurde er selbst insolvent. Dazu kam persönliches Ungemach.

Auch seine Frau verließ ihn. Der „Blade“ stand vor dem Nichts. Firma kaputt, Haus und Prunkkarosse verpfändet, das Eheweib mit einem anderen über alle Berge ... Aber er war nicht einer, der sich unterkriegen lassen hätte. Er war den Luxus gewöhnt gewesen und nun wollte er möglichst rasch wieder ans große Geld kommen. Mit allen Mitteln – wenn’s sein mußte, auch mit kriminellen.

Und so ersann er, der nie zuvor in seinem Leben etwas mit der Strafjustiz zu tun gehabt hatte, einen Coup, der so simpel, ja so primitiv war, daß er einfach gar nicht wahr sein durfte. Der „Blade“ wollte nämlich an der Eitelkeit, Ahnungslosigkeit und Dummheit seiner Mitmenschen verdienen. Wider jede Logik funktionierte das zumindest am Anfang gar nicht so schlecht.

Zunächst stieg er von den Lampen auf die bildende Kunst um. Er trieb sich bei Altwarenhändlern, Pfandleihern und kleinen Versteigerungen herum, besuchte auch manche Galerie und kaufte alles mögliche (und unmögliche) an Bildern, die ihm – mit Gewinn natürlich – verhökernswert erschienen.

In seinem Bekanntenkreis wußte er so manchen, der sein Wohnzimmer gern mit einem alten Meister geschmückt hätte, sich diesen aber weder leisten konnte, noch wußte, wie ein solcher aussah oder wo man ihn bekam. Dem beschloß unser Freund abzuhelfen.

Als Grundlage für seine neue Beschäftigung hatte er sich eine stattliche Menge einschlägiger Fachliteratur gekauft und darin die Werke, Stile und Besonderheiten großer und weniger großer Maler studiert. So wußte er leidlich Bescheid, wenn er auf Einkaufstour ging, und erwarb grundsätzlich Bilder ebenso unbedeutender wie unbekannter Künstler, wenn sie nur wenigstens eine entfernte Ähnlichkeit mit einem van Gogh, Renoir, Toulouse-Lautrec oder anderen hatten. Am wichtigsten aber war: Die Bilder durften keine Signatur tragen.

Dann verbreitete er in seinem nur mäßig kunstsinnigen Bekanntenkreis die Nachricht, er könne da zu einem „echten" Meister kommen, der gut und gern eine Million Schilling wert, aber aus bestimmten, nicht näher erklärbaren Gründen zum absoluten Dumpingpreis von, sagen wir, 200.000 Schilling zu haben sei.

Der Schmäh zog besser als erwartet. Die von jeglicher profunder Sachkenntnis unbeleckten Kunstliebhaber griffen bei manch „einzigartiger Gelegenheit" zu und erfreuten sich ihres „Meisterwerkes".

Wie der Krug so lange zum Brunnen geht, bis er einmal bricht, so bekam auch der „Blade" nicht genug – bis er über einen von ihm nach der bewährten Methode verkauften „echten Schiele" stolperte. Den erwarb nämlich ein vorsichtiger Sammler, der endlich Verdacht schöpfte und sich stante pede nach Tulln begab. Dort befindet sich bekanntermaßen nicht nur – im Bahnhof – Egon Schieles Geburtshaus, sondern auch ein ihm gewidmetes Museum. Dessen Kustos warf nur einen flüchtigen Blick auf das angebliche Meisterwerk und begann dann hellauf zu lachen ...

Der übers Ohr gehauene Kunstfreund erstattete nun postwendend Anzeige, und so kam der „Blade" erstmals massiv in die Mühlen des Gesetzes. Er wurde, als bald auch die anderen Fälschungen ruchbar wurden, wegen schweren, gewerbsmäßigen Betruges zur Verhaftung ausgeschrieben.

Die Fahndung nach ihm blieb indes ergebnislos. Der „Blade" war, trotz seiner doch eher auffälligen Erscheinung, wie vom Erdboden verschluckt. Vermutlich hatte er von dem Haftbefehl Wind bekommen und sich rechtzeitig abgesetzt. Wohin, glaubte die Ottakringer Polizei zu wissen.

Im Zuge des Konkursverfahrens war der damalige Lampengroßhändler zwar seines gesamten Vermögens verlustig gegangen – nur seine Luxusyacht „Maria" war ihm geblieben. Denn die stand ja, wie erwähnt, unter mittelamerikanischer Seehoheit und war demnach jeglichem Zugriff heimischer Finanzfahnder entzogen. Ganz abgesehen davon, daß zu Anfang der achtziger Jahre die Zusammenarbeit mit den Sicherheitsbehörden des damaligen Jugoslawien eher mühsam war.

Der Ottakringer Polizei blieb also nichts anderes übrig, als auf eigene Faust dem „Bladen" auf die Spur zu kommen. Das ging nur, indem alle Beamten, die die Absicht äußerten, an die Adria auf Urlaub zu fahren, ersucht wurden, bei Gelegenheit doch an der Marina Veruda in Pola vorbeizuschauen und dort nach der Yacht „Maria" und gegebenenfalls auch nach deren Skipper Ausschau zu halten.

Diese privaten Ermittlungen brachten zwar relativ raschen, aber keineswegs den gewünschten Erfolg. Die „Maria" sei, so erfuhr einer der Kollegen in Pola, zwei Tage nach Erlassen des österreichischen Haftbefehls mit unbekanntem Ziel ausgelaufen.

Routinemäßig erging ein internationaler Haftbefehl auch nach Jugoslawien, das war aber auch schon alles. Es gab nicht die geringste Reaktion.

Nach etwa einem Jahr berichtete immerhin einer der wieder einmal in Kroatien urlaubenden Wiener Polizisten, er habe die „Maria" in Dubrovnik gesehen. Also wurde erneut ein Fernschreiben nach Jugoslawien losgeschickt, doch blieb die Leitung in umgekehrter Richtung weiterhin tot.

Schon wollten die Ottakringer die Hoffnung aufgeben, jemals noch etwas vom „Bladen" zu hören, da tauchte eines schönen Tages die Tochter des vormaligen Millionärs im Kommissariat auf.

Die junge Frau ersuchte den Dr. Zapf um nicht mehr und nicht weniger, als daß er doch um Himmels willen nicht länger ihren armen Vater verfolge. Dieser habe sich nämlich mit der jugoslawischen Polizei arrangiert und werde nicht ausgeliefert, weil er inzwischen in Kroatien eine Wasch- und Putzmittelfabrik aufgebaut habe. Der jugoslawische Staat habe an derlei „Investitionen" höchstes Interesse ...

Zum Beweis dieser für Jugoslawien angeblich so ungeheuer wichtigen Firmengründung zauberte des „Bladen" Töchterlein schließlich sogar eine Flasche mit dem vom Papa fabrizierten Saubermacher auf den Tisch. Die Flasche kam dem Konzeptsbeamten und seinen Mitarbeitern sofort äußerst bekannt vor, zeigte sie doch einen glatzköpfigen Riesen und die Aufschrift eines Waschmittels.

Das seltsame Produkt glich aufs Haar einem auch in unseren Breiten erhältlichen, nur wird da der Markenname deutsch geschrieben.

Auf die Frage, ob solches denn eigentlich mit dem Muster- und Markenschutz vereinbar sei, erklärte die „Bladen"-Tochter fröhlich, derlei Kleinigkeiten kümmerten die Jugo-Behörden aber auch schon überhaupt nicht, da sie ja schließlich selber von diesem – und natürlich auch so manchem anderen – Markenraub profitierten.

Jegliche Antwort auf Fragen nach dem Aufenthaltsort des Herrn Papa blieb die junge Dame zwar schuldig, wollte dafür aber hartnäckig wissen, wie lange denn der Haftbefehl aufrecht bleiben werde. Die Auskunft „30 Jahre" dürfte sie nicht eben befriedigt haben. Es schien aber offenkundig, daß sie vom „Bladen" zum Sondieren der Lage geschickt worden war.

Drei weitere Jahre zogen ins Land, und an den nunmehrigen Waschmittel-Fabrikanten dachte im Kommissariat Ottakring kaum noch jemand. Tat es doch einmal einer, fand sich sofort ein anderer, der mit Worten wie „Vergiß' ihn, der kommt eh nimmer" das Thema vom Tisch fegte.

Dann aber läutete beim Doktor Zapf das Telephon. Am anderen – scheinbar weit entfernten – Ende der Leitung sagte eine Stimme: „Servas, i bin's, der Blade. Was g'schieht mit mir, wann i z'ruckkomm'?"

Da fiel dem Sicherheitsreferenten fast die geliebte Pfeife aus dem Mund.

„Dann muß ich dich, trotz aller Freundschaft, verhaften", verkündete er, nachdem er sich wieder gefangen hatte.

Irgendwo im fernen Süden hörte man Schlucken. Dann wieder des „Bladen" Stimme: „Gibt's denn da keine Möglichkeiten, a Amnestie oder sowas?"

Da weder „sowas" noch etwas anderes in Frage kam, wollte Zapf im Gegenzug wissen, wo in drei Teufels Namen sein Gesprächspartner denn eigentlich sei.

Darauf der „Blade": „Das will ich dir lieber nicht sagen. Nur so viel: Ich bin in einem südlichen Land."

„Jaja, das wiss' ma eh, in Kroatien. Und wie geht's dir dort mit deinem Waschmittel?"

„Oh, mit dem geht's mir gut. Der Verkauf läuft blendend. Das Produkt hat ja dank der heimgekehrten Gastarbeiter in Jugoslawien einen guten Namen."

Und dann begann der „Blade" kichernd von seiner „Fabrik" zu erzählen.

„Ich hab' da ein Haus und zehn Betonmischmaschinen. In denen rühr' ich Wasser, Salmiak und Soda zusammen, füll' das Zeug in Flaschen. Die macht mir eine italienische Plastikbude originalgetreu um wenig Geld. Dann pick' ich die in Jugo gedruckten Etiketten drauf und verkauf's denen Tschuschen."

Umweltschutzauflagen gab es sowieso nicht die geringsten, und das „Arrangement" mit den Behörden klappte augenscheinlich aufs beste.

Aber der „Blade" entwickelte mittlerweile auch andere Aktivitäten.

„Irgendwann einmal hab' ich da mit einem schwedischen Urlauber in einem Beisl einen exzellenten Slibowitz gesoffen", berichtete der Übergewichtige. „Dem Schweden hat der Schnaps so gut geschmeckt, daß er mich gefragt hat, ob ich ihm nicht gleich eine größere Lieferung hinauf, nach Skandinavien, schicken könnte. Zu moderaten Preisen natürlich, denn Alkohol ist dort ja sündhaft teuer ..."

Der langen Rede kurzer Sinn: Der „Blade" und der Schwede heckten ein Geschäft aus, das dem „Bladen" wieder eine schöne Stange Geld einbringen sollte. In Kroatien wurde billiger Slibowitz eingekauft und über die Route Ungarn – (damals noch) ČSSR – (damals ebenfalls noch) DDR auf die Reise gen Norden geschickt.

Die hochprozentige Ladung war in die schon bekannten, fast echten Waschmittel-Flaschen abgefüllt und nunmehr als Reinigungsmittel deklariert.

Hätten irgendwelche Zöllner – was sie aber de facto nicht taten – den jugoslawischen Laster kontrolliert, wären sie freilich zunächst wirklich auf echtes Reinigungsmittel gestoßen. Allerdings nur in der vordersten Lage. Dahinter nämlich war der Lkw bis oben vollgepackt mit billigem Jugo-Slibowitz, der sich im trinkfreudigen, aber einigermaßen prohibitionsgeplagten Schweden gewiß zu einem stolzen Preis verscherbeln ließ.

Den Reingewinn aus dieser äußerlich wie innerlich einsetzbaren „immensen Putzkraft" teilten sich der „Blade" und der Schwede redlich.

Derlei also erzählte unser Ottakringer Kaufmannstalent frank und frei und ohne die mindeste Angst davor, daß etwa sein Telephon abgehört werden könne. Ehe er sich von seinem Freund im Kommissariat verabschiedete, ließ der „Blade" aber immerhin durchblicken, daß er eine gewisse Sehnsucht nach der Heimat habe.

„Weißt", sagte er, „die ganzen Fische und Meerestiere da schmecken ja herrlich, Wein und Schnaps sind exzellent, und fesche Hasen gibt's auch. Aber irgendwann einmal hängen einem die Ćevapčići und Pleskavica halt beim Hals heraus."

Zapf stieg sofort in das Thema ein: „Jaja, ich kann dich versteh'n. Ich hab' gestern bei einem Wirten herrliche Grammelknödeln mit Sauerkraut gehabert. Wirklich gut."

Irgendwo an der Adriaküste stöhnte einer auf: „Grammelknödln, Grammelknödln, aaah ...“ Dann legte der „Blade“ grußlos auf.

Zwei Tage später rief der sichtlich schwer Gepeinigte schon wieder an.

„Hörst“, sagte er zu Zapf, „ich tät' ja eh gern heimkommen, aber verschütten möcht' ich mich net lassen. Geld' hab ich genug ...“

Der Doktor ging darauf nicht näher ein, begann statt dessen aber erneut von den kulinarischen Genüssen der Heimat zu schwärmen.

„Heut' geh' ich am Abend zum Palkovics, weißt eh, zum ‚Herrgott aus Stan‘. Es gibt Eiernockerln, Krautfleckerln, G'selchtes und einen frischen Kümmelbraten. Mir rinnt jetzt schon das Wasser im Mund zusammen.“

„Mir aa“, schluchzte da der „Blade“ auf. Und unterbrach wieder abrupt das Gespräch.

Anderntags – Zapf hätte wetten können, daß es so kommen werde – meldete sich ein nun schon völlig „mürber“ Putzmittelfabrikant.

„Bitte, sag' mir einen Rechtsanwalt, der mir freies Geleit verschaffen kann. Mir ist völlig wurscht, was er verlangt, ich halt's da nimmer aus. I möcht' die ganzen alten G'schichten vergessen und endlich wieder daheim, in Ottakring, zum Heurigen geh'n und Grammelknödln essen können, wann's mir paßt. Das alles geht mir da so ab. ... Apropos: Wie war denn gestern das Kümmelfleisch ...?“

Ein entsprechender Rechtsanwalt war rasch gefunden. Gegen ein saftiges Honorar und nach Hinterlegung einer noch saftigeren Kaution verschaffte er dem heimwehkranken Putzmittelpantscher tatsächlich das freie Geleit.

Der „Blade“ kehrte also glückstrahlend heim und lud zunächst einmal, gratis und franko, die ganze Ottakringer „Kieberei“ zum „Herrgott aus Stan“ ein. Dort ließ er auffahren, was gut und teuer war, und fraß sich selbst wie weiland Obelix durch das Riesenbuffet. Natürlich mußte er wenig später vor Gericht. Dort war er absolut geständig und versprach volle Schadenswiedergutmachung. Dazu hatte er schweren Herzens vor seiner Abreise aus Jugoslawien sogar seine Yacht verkauft.

Nicht zuletzt stimmte auch die rührselige Geschichte vom „Heimweh nach Grammelknödeln“ den Richter milde. Das Urteil lautete auf 18 Monate bedingt. (Die Markenschutzaffäre um das Waschmittel und der Alkoholschmuggel quer durch Europa waren mangels Anklage und Kompetenz gar nicht erst zur Debatte gestanden.)

Nun war der einstige Millionär zum zweiten Mal bettelarm, doch das war ihm letztlich egal. Hauptsache, er saß nicht hinter Gittern.

Der „Blade“ lebt heute in einer kleinen Zimmer-Küche-Wohnung. Seine Gesundheit läßt zu wünschen übrig, Diabetes und hoher Blutdruck machen ihm zu schaffen, aber seit er nicht mehr in ständiger Angst vor dem Gefängnis leben muß, hat er seinen Speisenkonsum reduziert und einiges abgespeckt.

„Jetzt muaß i mi ja nimmer haftunfähig fressen“, grinst er.

Das Konsulat

Der nunmehrige Kommerzialrat Hubert M. – in Wirklichkeit heißt er ein wenig anders – war nicht nur das, was man einen Selfmademan nennt, sondern auch ein Musterexemplar an Eitelkeit. Er, der sich aus bescheidensten Anfängen zum stolzen Firmenchef hochgearbeitet hatte, wäre allzu gern auch Träger eines Titels gewesen.

Nur ein solcher, davon war er überzeugt, konnte ihm das, was er unter Gesellschaftsfähigkeit verstand, vermitteln. Geld hatte er ja genug, also war er logischer „Patient“ für jene Spezies von Mitbürgern, die an derlei Marotten zwar unredlich, aber nichtsdestoweniger gut verdienen.

Als M. in einer Zeitung ein Inserat erspähte, das ihm den vergleichsweise kommoden Erwerb des Ehrendoktorates einer obskuren amerikanischen Universität verhieß, war er natürlich sofort Feuer und Flamme. Alles was er zu tun hatte, war, einem Mittelsmann die Kleinigkeit von 100.000 Schilling als „Förderungsbeitrag“ für besagtes Bildungsinstitut hinzublättern.

Wenig später schon durfte er freudestrahlend eine pompöse Urkunde entgegennehmen, die ihn tatsächlich – wie er meinte – zum „Doctor of Divinity“ promovierte.

Die Ernüchterung kam postwendend, nämlich dann, als er das beeindruckende Schriftstück dem einschlägigen Ministerium vorlegte, um das Doktorat hieramts nostrifizieren zu lassen. Er erntete bedauerndes Achselzucken und kaum verhohlenes hämisches Grinsen, war er doch, wie er nun erkennen mußte, einem Betrüger aufgesessen.

Es gab weder die angeführte Universität, noch den mysteriösen Titel „Doktor der Göttlichkeit“.

So wandte sich der verhinderte Akademiker, gleichermaßen entrüstet wie enttäuscht, an die Ottakringer Polizei, auf daß die ihm angetane himmelschreiende Schmach gesühnt sowie der daran Schuldige ausgeforscht und bestraft werde.

Was aber nicht hieß, daß Hubert M. aus Schaden klug geworden wäre. Als er nämlich nicht viel später abermals ergrimmt Anzeige erstattete, kam folgende, nicht minder kuriose Geschichte zutage.

Wiederum war Hubert M. von den Verlockungen eines ihm per Inserat verheißenen Titels so geblendet worden, daß er abermals 100.000 Schilling locker machte, diesmal, um in einen exklusiven Ritterorden aufgenommen zu werden, dessen Sitz laut Annonce „beim Vatikan“ war. Und wiederum langte – nach getätigter Barzahlung, versteht sich – eine prächtige Urkunde ein. Diesmal durfte sich Herr M., so meinte er zumindest, „Chevalier“ nennen.

Die Freude indes währte, wie nicht anders zu erwarten, neuerlich nur kurz. Als nämlich der frischgebackene „Chevalier“ bei der päpstlichen Nuntiatur zu Wien vorstellig wurde, um die Früchte seiner Ritterschaft zu ernten, stieß er nur auf schallendes Gelächter.

Den Orden gab es zwar tatsächlich, jedoch verlieh er keine Ehrentitel, schon gar nicht auf dem Postweg ...

Der Beinahe-Doktor h. c. und Leider-nicht-Chevalier hatte indes noch immer nicht genug.

Es begab sich einige Zeit nach diesen peinlichen Reinfällen (die Urheber wurden übrigens ausgeforscht und zu saftigen Strafen verurteilt) gerade zufällig, daß ein angesehener Wiener Geschäftsmann und Gesellschaftslöwe, seines Zeichens Honorargeneralkonsul einer mittelamerikanischen Republik, aus dem Leben schied.

Die trauernde Witwe wußte nun nicht, was sie mit den bunten, für sie nutzlosen Emailtafeln, die ihre Villa fälschlicherweise noch immer als Diplomatensitz kennzeichneten, anfangen sollte. Kurzerhand ließ sie die Tafeln abschrauben und trug sie aufs Kommissariat.

Dort war guter Rat teuer. Also wurde die, wie man wähnte, für derlei kompetentere Staatspolizei eingeschaltet. Aber auch dort wußte man mit den Tafeln nichts anzufangen, worauf sie wie vieles andere im Keller des Kommissariats landeten.

Man erinnerte sich ihrer erst wieder, als ein – leider allzufrüh verstorbener – jederzeit zu einem Schabernack aufgelegter Jurist der Staatspolizei, der spätere Hofrat Gustav H., in Erfahrung brachte, daß der nun schon zweifach verhinderte Würdenträger Hubert M. sich um das vakant gewordene Honorargeneralkonsulat beworben hatte. Magister Gustav H. verständigte umgehend seine Kollegen in Ottakring ...

Nun wurde gemeinsam ein Plan ausgeheckt, dessen Folgen Herrn M. anderntags fast die Augen aus dem Kopf trieben. Ausgerüstet mit Tafel, einigen Hunderter-Nägeln und einem Hammer begab sich eine illustre Polizeiabordnung in finsterer Nacht zu dem damals noch in einem bescheidenen Ottakringer Altbau untergebrachten Firmenlokal des Hubert M. und nagelte neben dessen Tür das ominöse Konsulatsschild an die Wand.

Der Geschäftsmann, der von diplomatischen Usancen keinen blauen Dunst hatte, war völlig verunsichert. Seit er sich um die Zuerkennung des begehrten Titels bemüht hatte, waren Wochen und Monate ohne Nachricht vergangen. Und über Nacht nun diese Tafel ...?!

Dezente Erkundigungen brachten nur weitere Verunsicherung. Nein, derlei sei absolut nicht üblich, ja gewissermaßen undenkbar, eigentlich ausgeschlossen, bedeutete man ihm in der Protokollabteilung des Außenministeriums. Ohne offizielle Verständigung und feierliche Dekretverleihung gehe gar nichts. Außerdem entziehe sich derlei ..., Herr M. möge Verständnis haben.

Kompliment, Ergebenster.

Der „Stoßtrupp“ hatte seine nächtliche Aktion schon fast vergessen, da flatterte den Staatspolizisten ein Schreiben mit pompösem Briefkopf auf den Tisch. Herr Honorargeneralkonsul Hubert M., stand da zu lesen, gebe sich die Ehre, den Herren mitteilen zu dürfen, daß er nunmehr Honorargeneralkonsul sei.

Wenige Tage nach dem polizeilichen Mitternachtsscherz hatte die besagte Republik den Titelfetischisten – er ist übrigens Held einer weiteren Episode – tatsächlich zu ihrem Honorargeneralkonsul gemacht. Und wenn er nicht gestorben ist, dann ist er das noch heute.

Der Gaucho

Der Adi Gaiswinkler, aus dem Weinviertel gebürtig und gelernter Tischler, war an die zwei Meter groß und, weiß Gott, nicht zart gebaut. Mit 18 Jahren zog es ihn in die weite Welt; er wanderte nach Südamerika aus. Wahrscheinlich wollte er, so meinten seine Freunde, erforschen, ob die argentinischen Steaks wirklich die besten auf der Welt sind.

Weil er gewohnt war, anzupacken, wo Not am Mann war, verdingte er sich auf einer Hazienda in den argentinischen Pampas als Rinderhirte oder, wie man dort sagt, als Gaucho. Dazu mußte er zunächst einmal lernen, wie der Teufel zu reiten, und – mindestens ebenso wichtig – mit der Bola umzugehen.

Was dem Cowboy das Lasso, ist dem Gaucho die Bola: ein dünner Riemen, an dessen Enden schwere Lederkugeln befestigt sind. Will man ein Rind einfangen, muß man diesem die

Bola mit äußerster Präzision gegen die Hinterläufe schleudern, und zwar so, daß der Riemen sich mit großer Geschwindigkeit gegenläufig herumwickelt und so das Tier zu Fall bringt.

Der Adi war in beiden Fertigkeiten sehr bald Meister.

Zudem lernte er Eliza, eine hübsche Argentinierin, kennen und lieben, heiratete sie und kehrte mit ihr, nach vier Jahren in der Fremde, in seine österreichische Heimat zurück.

Was er sich als Gaucho erspart hatte, reichte indes auf die Dauer nicht zum Lebensunterhalt, und so beschloß unser Adi, Polizist zu werden. Seine Lehrjahre als solcher absolvierte er im rauhen Bereich des Kommissariats Favoriten, ehe er zum Kriminalbeamten ausgebildet wurde und in Ottakring landete.

Es war die Zeit, in der in Wien Karate groß in Mode kam. Überall schossen Kampfsportklubs aus dem Boden, in denen die gerade aktuellste Version der Selbstverteidigung gelehrt wurde.

Besonders aufmerksame und gelehrige Schüler waren nicht selten Zuhälter, die damals wenigstens noch „ehrliche" Handkanten- und Fußarbeit den heute in Kreisen eher bevorzugten Killerhunden vorzogen. Und manche von ihnen schafften es sogar, eigene Karateklubs zu eröffnen.

Ein solches Institut gab es zu Anfang der achtziger Jahre in der Neulerchenfelder Straße. Mit seinem Besitzer, einem höchst gewalttätigen Strizzi, legte man sich besser nicht an. Er war Träger eines höheren Dan-(= Meister-)Grades und pflegte in den einschlägigen Beiseln am äußeren Gürtel nur allzu gern mit seiner Kampfstärke zu renommieren.

„Die Kieberer ham ka Chance gegen mi", prahlte er, „die mach' i alle auf." Und seine Trabanten nickten beifällig.

Das Schicksal wollte es, daß besagter Karate-Strizzi eines Tages zur Verhaftung ausgeschrieben wurde. Der Reserve-Kung-Fu hatte wieder einmal jemanden „gefährlich bedroht". Mit der Vollstreckung des Haftbefehls wurde ein bewährtes Duo beauftragt: Adi, der Ex-Gaucho, und sein Freund, der Kriminalbeamte Peter Zenker, allgemein „Pezi" genannt.

Vorsorglich wurden die beiden ermahnt, besondere Vorsicht walten zu lassen, da mit dem renitenten Zuhälter wirklich nicht gut Kirschen zu essen sei. Der Adi griff daraufhin grinsend an die Wand neben seinem Schreibtisch und angelte sich von dort die, wie er sich auszudrücken beliebte, „mindergefährliche Waffe": sein liebstes Souvenir aus Argentinien, die Bola.

Solcherart ausgerüstet, marschierten die beiden – Dienstwagen waren damals rar – zu Fuß in die Neulerchenfelder Straße und bauten sich vor dem in einem Souterrainlokal untergebrachten Karateklub auf. Nachdem sie sich davon überzeugt hatten, daß der zu Verhaftende auch wirklich anwesend war, riefen sie sodann in die Tiefe: „Kumm auffa, Polizei, stell' di!"

Die Aktion lockte natürlich sofort eine Schar Neugieriger an, die nun gespannt der weiteren Entwicklung der Lage harrten.

Auf nochmalige Aufforderung hin hörte man endlich die Stimme des Zuhälters: „Z'erscht müaßt's mi amal ham." Gleich darauf tauchte er im Türrahmen auf. Er trug sein Karate-Gewand, dazu den schwarzen Meistergürtel und ging sofort in Kampfstellung.

Gutes Zureden half nichts, auf einen Nahkampf wollten es Adi und Pezi aber ebensowenig ankommen lassen wie auf einen Schußwaffengebrauch. Ergo mußte eine andere Lösung gefunden werden, um den Burschen hinter Schloß und Riegel zu bringen.

Jetzt spielte der „Gaucho" seine in den Pampas erworbenen Fähigkeiten aus. Er schleuderte aus fünf Metern Entfernung die Bola so wuchtig gegen des Angreifers Beine, daß dieser, wie vom Blitz gefällt, auf den Rücken fiel. Das Anlegen der Handschellen war dann nur noch Formsache.

Und unter dem lautstarken Beifall der Zaungäste schleppten Adi und Pezi den bloßfüßigen, nunmehr gebändigten Karate-Strizzi im Triumphzug quer durch den Bezirk zum Kommissariat.

Jetzt ist der Adi in Pension. Nachdem er Dienstmarke und Pistole abgeben hatte müssen, übersiedelte er mit seiner Frau Eliza wieder in deren argentinische Heimat. Die beiden kauften sich 300 Kilometer nördlich von Buenos Aires eine Farm und „Don Alfredo" ist stolzer Haziendero.

Und wenn er ganz besonders gut aufgelegt ist, zeigt er seinen Nachwuchs-Gauchos, wie er vor vielen Jahren im fernen Ottakring einen berüchtigten Gewalttäter mit der Bola zur Strecke gebracht hat.

Der Lebensretter

„Sag' ihr, ich laß' sie grüßen ..." Knacks.

„Sag' ihr, ich laß' sie grüßen ..." Knacks.

„Sag' ihr, ich laß' sie grüßen ..." Knacks.

Udo Jürgens hatte offenbar Ladehemmung. Die Bewohner des Ottakringer Hauses hörten nun schon lange genug – und zunehmend verärgert – die Anfangstakte des Refrains eines gerade überaus populären Schlagers. Die Lautstärke war zu hoch und die Schallplatte hatte offenbar einen ordentlichen Kratzer, der die Nadel immer und immer wieder aus der Rille springen ließ. Nur die junge Frau, aus deren kleiner Wohnung die nervtötenden Klänge kamen, schien das nicht zu stören ...

„Entschuldigen Sie", sagte die Stimme am Telephon, „aber ich glaube, in unserem Haus ist etwas passiert. Da läuft schon seit Stunden in der Nachbarwohnung eine Platte und bleibt immer an der selben Stelle hängen. Es macht aber niemand auf. Vielleicht ist ein Unfall passiert oder am Ende gar ..."

Der Telephonist im Polizeikommissariat Ottakring schickte eine Funkstreife vorbei. Auf das Klopfen der Beamten antwortete niemand. Also verschafften sie sich gewaltsam Zutritt.

Die junge Frau kauerte auf einer Couch und röchelte. Auf dem Tisch lag eine leere Medikamentenpackung, eine halbgeleerte Schnapsflasche stand daneben.

Und da war auch noch der Zettel: „Ich schaffe es nicht mehr, weiterzuleben ..."

Das alte Lied: Liebeskummer. Ein Selbstmordversuch wie so viele andere.

Die Rettung war schnell da. Die Lebensmüde hatte Glück. Die Tablettendosis war nicht tödlich gewesen. Nach dem Magenauspumpen blieb nur ein schrecklicher Katzenjammer zurück. Und nun – wie sicherheitshalber in solchen Fällen üblich – sollte die junge Frau ein paar Tage in der Psychiatrischen Klinik beobachtet werden.

Der Reporter Martin W. war wie immer auf der Jagd nach einer interessanten Story. Also klapperte er telephonisch die Wiener Polizeikommissariate ab. „Gibt's nicht ein G'schichterl für einen armen Journalisten, irgendwas wenigstens?" bettelte er. Der übliche Einserschmäh.

Gescheiterte Selbstmordversuche sind eigentlich nicht das, was für die Öffentlichkeit bestimmt ist. Aber der Martin W., den der Sicherheitsreferent Zapf da am Rohr hatte, war nicht nur ein Quälgeist, sondern nebenbei auch ein netter Bursch', mit dem man gut zusammenarbeiten konnte. Also ließ Zapf, eher beiläufig, ein paar Sätze über die Geschichte mit der hängenden Schallplatte und der ins Leben zurückgeholten jungen Frau fallen.

Reporter Martin W. schien wenig beeindruckt. Er bedankte sich knapp und legte auf. Was aber stand anderntags in Balkenlettern in seiner Zeitung?

„Udo Jürgens rettet Lebensmüde!“

Das las im fernen München auch der Manager des heutigen Herrn Professors. Umgegend informierte er Jürgens über die von diesem ohne eigenes Zutun vollbrachte Heldentat. Solches schrie natürlich geradezu danach, ordentlich ausgeschlachtet zu werden.

Also wurden in aller Eile die wesentlichen Illustrierten und Regenbogenblättchen alarmiert, und dann ging's auch schon im Jet ab nach Wien.

Mit einem Mal stand der vielbewunderte Schlagerstar im „Guglhupf“, wie die Wiener ihre Psychiatrie zu nennen belieben. Er trat ans Bett der nun gar nicht mehr so lebensmüden jungen Frau, gab ihr ein Küßchen, sprach ihr Trost zu, drückte ihr einen Tausender in die Hand und erreichte beim diensthabenden Arzt sogar, daß die Patientin gegen Revers heimgehen durfte.

Nicht genug damit, Udo Jürgens führte den von ihm „geretteten“ Schützling auch in ein großes Modenhaus in der Thaliastraße und ließ ihn dort picobello einkleiden. Zum Abschied gab es für die mittlerweile schon wieder recht Glückliche einen Riesen-Blumenstrauß. Dazu wurde – wie denn auch nicht? – eine Pressekonferenz einberufen.

Und unablässig klickten die Kameraverschlüsse, raschelten die Kugelschreiber über die Notizblöcke ...

Alle waren sie glücklich: Die junge Frau, daß sie noch lebte; der Udo Jürgens und sein Manager ob so viel unverhoffter Publicity; der Reporter Martin W., weil er für die Sologeschichte von der hängengebliebenen Schallplatte ein dickes Lob von seinem Lokalchef eingeheimst hatte; und die Regenbogenpresse ob der vielen schönen, ach so rührenden Bilder.

Nur einer war unfroh: der Oberkommissär Dr. Zapf, der der eigentliche Verursacher der allseitigen Euphorie gewesen war.

Die einzigen, die von der ganzen Geschichte nichts gewußt und sie erst aus der Zeitung erfahren hatten, waren nämlich die Kollegen von der Pressestelle der Bundespolizeidirektion Wien gewesen. Weil ihnen der Dr. Zapf „wegen so eines kleinen Selbstmordversuches“ gar nicht erst ein Fernschreiben geschickt hatte.

Und genau deshalb hatte ihn jetzt der Herr Präsident ganz gehörig zusammengestaucht.

Das Etikett

Der schon erwähnte spätere Kommerzialrat und Honorargeneralkonsul Hubert M. (jener, der in diesem Buch nicht ganz genauso heißt) schmückt sich nicht nur leidenschaftlich gern mit Titeln. Er fährt auch sündhaft teure Autos und trägt ebensolche Kleider. Das Beste ist ihm gerade gut genug.

So nahm es auch nicht wunder, daß er – damals noch aufstrebender Jungunternehmer – seine Garderobe beim Wiener Modezaren Fred Adlmüller anfertigen ließ.

Muß noch besonders erwähnt werden, daß er die exquisiten Roben stolz zur Schau trug und jeden – egal, ob der wollte oder nicht – wissen ließ, wer der Schneider seiner himmlischen Hosen, Sakkos und Mäntel war?

Deshalb traf ihn auch fast der Schlag, als er eines Tages ins Büro kam und auf den Kleiderständer blickte. Dort hingen die

Sakkos seiner fünf engsten Mitarbeiter. Und jedes Sakko trug unverkennbar das Etikett des weltberühmten Salons in der Wiener Kärntner Straße!

Hubert M. konnte einfach nicht fassen, daß seine Angestellten, über deren eher bescheidenes Salär er ja wohl am besten Bescheid wußte, sich derlei Luxusgüter leisten konnten. Da mußte, so folgerte er messerscharf, etwas faul sein. Und er glaubte auch bald schon zu wissen, was.

Wieder führten ihn seine Schritte ins Polizeikommissariat Ottakring, wo er seinen ungeheuerlichen Verdacht loswurde. Es konnte ja gar nicht anders sein, meinte er, als daß sich seine Untergebenen irgendwelche Malversationen zuschulden kommen ließen. Ohne solche hätten sie sich ja – wie er immer wieder kopfschüttelnd versicherte – Einkäufe bei Wiens teuerstem Modeschöpfer nie und nimmer leisten können.

Vermutlich wiesen sie irgendwelchen „Karteileichen", also Angestellten, die in Wirklichkeit gar nicht (mehr) existierten, Lohnzahlungen an, um diese sodann selbst zu kassieren.

Diskrete Nachforschungen der Kriminalbeamten vermochten indes Hubert M.'s Verdacht nicht zu bestätigen. In der Firma ging augenscheinlich alles mit rechten Dingen zu. Weiß der Himmel, woher die Burschen das Geld hatten, dachten sich die in Modeangelegenheiten eher wenig bewanderten Polizisten, aber schließlich konnte ja jeder sein Klamotten kaufen, wo er wollte.

Irgendwie ließ ihnen die Sache aber doch keine Ruhe, und sie unternahmen einen letzten, geradezu verzweifelten Versuch, den immer nervöser werdenden Firmenchef zu beruhigen. Es gelang ihnen, für wenige Stunden eines der ominösen Adlmüller-Sakkos habhaft zu werden und es dem Maestro höchstpersönlich zur Begutachtung vorzulegen.

Der Herr Fred nahm das gute Stück mit spitzen Fingern entgegen, um es schon nach einem flüchtigen Blick verachtungsvoll fallen zu lassen.

„Glauben Sie wirklich, daß solch billiger Ramsch mein Haus verläßt?" näselte er indigniert und wollte den Beamten schon seinen eleganten Rücken kehren, als ihn diese auf das Etikett aufmerksam machten.

Da wurde der Modezar denn doch stutzig und mußte zugeben, daß es sich zweifelsfrei um sein, Fred Adlmüllers, Original-Namensschild handelte. Und er beschloß, der Sache selbst auf den Grund zu gehen.

Eine junge Schneiderin gestand wenig später dem Meister unter Tränen, wie alles gekommen war.

Einer von Herrn M.'s Prokuristen, in den sie unsterblich verliebt war, hatte sie um einen „unbedeutenden" Gefallen ersucht. Sie möge doch, so hatte der Galan gebeten, ein paar Adlmüller-Etiketten abzweigen und diese in seine und seiner Kollegen Stangen-Sakkos und -Mäntel nähen. Man wolle nur dem eitlen, neureichen Chef einen Streich spielen.

So geschah es denn auch. Die „aufgewerteten" Kleidungsstücke, in Wirklichkeit in einem Konfektionsgeschäft gekauft, wurden, mit dem Futter nach draußen, auf den Kleiderständern so auffallend drapiert, daß Hubert M. die protzigen Adlmüller-Signets ganz einfach sehen mußte ...

Fred Adlmüller konnte sich trotz des nunmehr eingestandenen „Sakrilegs" eines Schmunzelns nicht erwehren und ließ es – weil er die junge Schneiderin ja längst als überaus tüchtige Kraft schätzen gelernt hatte und ihm weiter kein Schaden entstanden war – nur bei einer sehr strengen Rüge bewenden.

Hubert M. aber konnte, nicht zuletzt dank der Hartnäckigkeit der Ottakringer Kriminalisten, endlich wieder ruhig schlafen.

VI.
Herren, Huren, heiße Hintern

Zugegeben, ihr Gewerbe ist nicht eben angesehen.
Aber auch die Mädeln vom „Strich"
haben ein weiches Herz.
Und eine Oma als Betriebsrätin.
Aber weshalb ist Renate auf einmal der Reinhard?
Und wieso halten im Strip-Lokal Männer
Händchen?

Die Sexualbetriebsrätin

Daß – ein Wiener Unikat – altersbedingt ausgediente „Strichkatz'n" von der Thaliastraße und vom Gürtel heute in den Genuß einer Rente kommen, haben sie dem guten Einvernehmen zwischen der Ottakringer Polizei und der bereits mehrfach erwähnten ehemaligen Volksanwältin Franziska Fast zu verdanken.

Es ist schon etliche Jahre her, da hatten die Vertreterinnen des horizontalen Gewerbes – von einer „Prostituiertengewerkschaft" war noch lange keine Rede – eine Sprecherin, die ziemlich regelmäßig im Kommissariat aufkreuzte. Hier brachte sie ihre Anliegen vor, ließ aber auch manchen wertvollen Tip fallen. Diese erste „Sexualbetriebsrätin" hieß Berta und war 70 Jahre alt.

Kein Mensch wäre auf die Idee gekommen, daß es sich bei ihr um eine in die Jahre gekommene Prostituierte handelte. Die gute Berta sah nämlich mit ihrem selbstgestrickten Häubchen, dem schlichten Mantel und dem geflochtenen Einkaufskorb (in dem sie freilich für den Fall des Falles immer auch einige Präservative verwahrte) wie die zarte, gütige, liebe Oma aus dem „Rotkäppchen" aus. Ungeachtet ihres Alters war sie immer noch aktiv, wenngleich natürlich nicht mehr mit ihrer früheren Kapazität.

„Schaun S', Herr Dokta", pflegte sie zu dem für sie zuständigen Sicherheitsreferenten Zapf zu sagen, „man muß ja nicht immer schnackseln. Ich hab' viele Stammkundschaften, für die nicht unbedingt der Sex im Mittelpunkt steht. Die wollen einfach mit einem Menschen reden, wollen nur, daß ihnen jemand zuhört. Und wenn s' dann auch noch zahlen dafür ..."

Beiläufig erzählte sie dann auch von den mitunter doch absonderlichen Gelüsten ihrer Kunden. Einer von ihnen zum Beispiel fand anstatt im Geschlechtsverkehr seine Befriedigung darin, daß er der guten, alten Berta ein Mundvoll Staubzucker ins Ohr blasen durfte. Und ein anderer wiederum verlangte partout jedesmal von ihr, daß sie vor seinen Augen ihr großes Geschäft auf ein Blatt Papier verrichtete.

In der Regel beschwerte die „Oma“ sich indes über das Überhandnehmen der „Soliden“, wie im Branchenjargon die Geheimprostituierten heißen. Diese, so führte sie nicht zu Unrecht Klage, gingen ja ohne „Deckel“ (Gesundheitsbuch) und damit ohne regelmäßige Kontrolle durch das Gesundheitsamt ihrem verbotenen Gewerbe nach. Sie stellten damit ein Ansteckungsrisiko ersten Ranges dar – auch wenn von Aids damals noch lange nicht die Rede war.

Zudem jammerte sie über die zunehmende Brutalität der Zuhälter und nicht zuletzt – womit wir beim Kern unserer Geschichte sind – über das Elend, das im Alter über nutzlos gewordene Liebesdienerinnen hereinbricht.

Da diese naturgemäß ja nicht pflichtversichert sind und ihnen bis dahin auch eine freiwillige Sozialversicherung verwehrt war, hatten sie auch keinerlei Rentenanspruch – und Ersparnisse, von denen sie hätten zehren können, waren eher die Ausnahme denn die Regel.

Eine vorsichtige Anfrage bei der Selbständigen-Krankenkasse verlief negativ: Ansuchen um freiwillige Versicherung würden, hieß es, aus prinzipiellen Erwägungen abschlägig beschieden, da die Prostituierten ja auch keine Umsatzsteuer zahlten und keinerlei Belege über ihr Einkommen vorweisen könnten.

Da wußte, wie so oft, die von der Polizei eingeschaltete Volksanwältin Franziska Fast einen Ausweg. In einem Sechs-Augen-Gespräch (Fast – Zapf – „Oma“ Berta) kam in der „Franzi“, dieser gestandenen Ottakringer Gewerkschafterin, so etwas wie Solidarität mit der Interessenvertreterin der leichten Damen auf, und sie versprach, sich bei Gelegenheit mit den Sozialversicherungsträgern ins Einvernehmen zu setzen.

Drei Wochen später lag das Ergebnis vor.

„Eine jede von euch hat doch wohl irgendwann einmal in ihrem Leben, wenn auch nur kurz, ordentlich gearbeitet, in der Landwirtschaft, als Serviererin oder so“, meinte Franziska Fast zur alten Berta und baute damit deren Schutzbefohlenen eine goldene Brücke. „In einem solchen Fall gibt es sehr wohl die

Möglichkeit einer Weiterversicherung. Man müßte nur wissen, wie es um die einzelnen Mädchen steht, damit man jeden Fall individuell behandeln kann."

Jetzt kam die „Sexualbetriebsrätin" auf Touren und erstellte mit jeder interessierten „Kollegin" einen Finanzierungsplan. Je nach Alter, Dauer der früheren Beschäftigung und aktuellem Einkommen wurden Nachzahlungsraten festgelegt. Die „Akten" sandte Berta der Volksanwältin und diese wiederum sorgte dafür, daß die „Damen" nicht nur großzügig ihre Sozialversicherungsnummern bekamen, sondern daß auch ihre Finanzierungswünsche samt und sonders akzeptiert wurden.

Weil aber – wir kommen immer wieder darauf zurück – alles auch eine Gegenleistung erfordert und „Oma" Berta allen Grund zur Dankbarkeit haben mußte, wurde sie prompt zu Hilfe geholt, nachdem es im Kommissariatswachzimmer in der Grubergasse zu einem wüsten Vorfall gekommen war.

Dort saß nämlich gerade ein berüchtigter Ober-„Beschützer" ein, als ein „Nachwuchsgalerist" mit vorgehaltener Pistole in das Wachlokal stürmte und solchermaßen seinen „Boß" befreien wollte. Dem allein anwesenden Wachzimmerkommandanten gelang es zwar, ihm die Waffe aus der Hand zu schlagen, dem Junior-Strizzi aber glückte die Flucht.

Nun war es für die Ottakringer Polizei eine Prestigeangelegenheit, des vorderhand unidentifizierbaren Strolches habhaft zu werden. Dafür mußte „Oma" Berta herhalten. Sie sollte in ihren Kreisen Umschau halten und für zielführende Tips sorgen oder, wie der Doktor Zapf sich auszudrücken beliebte, den Burschen „auf dem Silbertablett servieren". Käme dies nicht zustande, sehe sich die Polizei leider zu einer „Aktion scharf" im Milieu genötigt.

Indes, die gute Berta dürfte wohl zunächst die Angelegenheit nicht allzu ernst genommen haben oder sie zeigte sich aus anderen Gründen zu wenig kooperativ. Also mußte die angekündigte „Aktion scharf" anlaufen.

Während der folgenden 48 Stunden waren ganze Polizistenrudel in der Nähe aller bekannten Standplätze der „Damen" postiert. Und jeder Autofahrer, der in ihrem Bereich zufuhr –

sei es potentieller Freier oder kontrollierender Zuhälter –, wurde einer massiven Lenkerkontrolle und beim geringsten Verdacht auch gleich einem Alkotest unterzogen. Daß auch ein paar zutiefst erschrockene oder aber auch erboste Anrainer sowie „ganz normale“ Alkosünder ins Netz gingen, ließ sich leider nicht vermeiden.

Die Folgen waren verheerend: Dutzende Führerscheine wurden entzogen, das Geschäft mit der Liebe kam völlig zum Erliegen.

Jetzt hatte Berta verstanden. „Morgen um 15 Uhr kommt er und meldet sich“, verkündete sie noch vor Ablaufen der „Aktion scharf“.

Tatsächlich tauchte zur angegebenen Zeit der wenig hoffnungsvolle Jüngling im Kommissariat auf. „Ich bin gekommen, um ein Geständnis abzulegen“, sagte er – hier sinngemäß ins Hochdeutsche übersetzt – in der ihm gegebenen schlichten Pülchersprache.

Gleich darauf hatte er die sicher nicht erbetene „außergewöhnliche Ehre“, vom Sicherheitsreferenten höchstpersönlich in die Zelle geführt zu werden.

Herrgott aus (1000 Jahr') Stan

Daß der „Herrgott aus Stan“ in der Speckbachergasse beheimatet war, weiß man spätestens seit dem Tag, an dem Karl Hodina ihn erstmals vor einem begeisterten Wienerlieder-Publikum besungen hat. Die Statue – es gibt sie ja wirklich – steht mittlerweile im Hof eines Heurigenlokals, das selbstverständlich auch nach ihr benannt ist und „Zum Herrgott aus Stan“ heißt, aber zu einem anderen in Österreich nicht minder bekannten Stein eine ganz besondere Beziehung hatte.

Prinzipal dieses vielbesuchten Etablissements war vor Jahren ein gewisser Palkowitz. Unter seinem Regime bürgerte sich beim „Herrgott aus Stan“ eine Sitzordnung ein, die von allen Gästen nolens volens akzeptiert zu werden hatte.

Im Hause Palkowitz gab es drei Abteilungen. In der einen traf sich das „normale“ Publikum zu Speis’ und Trank, in der anderen die Ottakringer „Galerie“, in der dritten etliche, in der Regel schlichtes Zivil tragende Polizeibeamte, die des Abends sich hier bei einem (oder mehreren) Vierterl(n) von des Tages Müh’ und Plag’ erholten. Als „Galeristen“ sind jene einzustufen, die üblicherweise Stammgäste in den Akten der Vorgenannten sind.

Der „Galerie“ Beziehung zum Ottakringer Herrgott bestand vorwiegend darin, daß ihr zwar nicht der verehrungswürdige Stein, wohl aber eine gleichnamige Verwahrungsanstalt in der Wachau ein fester Begriff war. Dort nämlich hatten die jeweils in der einschlägigen Wirtshausabteilung Anwesenden, zusammengerechnet und grob geschätzt, wenn schon nicht tausend, so zumindest ein paar hundert Jährchen gezwungenermaßen logiert.

Im zwischen den so unterschiedlichen Gästegruppen gelegenen Schankraum musizierte jedenfalls – um es nicht zu vergessen – der vielgeliebte Hodina-Karl und erfreute mit seinem überaus gekonnten Harmonikaspiel und seinen gefühlvollen Liedern Krethi und Plethi. Und der Prinzipal wachte mit Argusaugen darüber, daß nur ja alles seinen rechten und ruhigen Gang ging, „weil a Urdnung muaß sein“.

Galeristen und Polizisten standen, oder – richtiger gesagt – saßen einander, zumindest prinzipiell, durchaus nicht spinnefeind gegenüber. Man kannte und respektierte einander den bekannten Umständen entsprechend, und es wäre gelogen, zu behaupten, die weinseligen Kieberer seien immer bar jeglicher Hintergedanken zum „Herrgott aus Stan“ gepilgert.

Es ist nämlich so, daß die Gesetzeshüter mitunter auch auf einen „Zund“ oder „Wams“, also eine vertrauliche Mitteilung von der Gegenseite zurückgreifen müssen, um eine Straftat der irdischen Sühne zuführen zu können.

Umgekehrt wiederum erwartet diese „verwamsende“, also ihre eigenen Zunftkollegen verpfeifende Gegenseite, mit kleinen polizeilichen Gefälligkeiten bei Laune gehalten zu werden.

Wie solches abzulaufen pflegt, wurde schon in einer anderen Episode („Der Nerz“) erzählt; der geneigte Leser möge sich mit der Tatsache abfinden, daß solches in aller Welt üblich und durchaus kein auf Wien beschränktes Phänomen polizeilicher Verlotterung ist.

Der „Herrgott aus Stan“ jedenfalls war für derartigen Gedanken- und Interessenaustausch ein denkbar geeigneter Ort der Begegnung. Im Kommissariat Ottakring wuchsen damals manchem Sachbearbeiter schon graue Haare. In der

Thaliastraße häuften sich nämlich Geschäfts- und Auslageneinbrüche, die offenbar weder zu verhindern noch zu klären waren.

Auch verstärkte Streifentätigkeit – der latente Personalmangel bei der Polizei (man weiß ja!) setzt solchen Unterfangen freilich Grenzen – brachte nichts ein. Und in der hochwohllöblichen Polizeidirektion wurde man schon unruhig.

Es mußte also etwas geschehen, bevor einem selber etwas geschah.

So nahm es kaum wunder, daß die leidigen Thaliastraßen-Einbrüche am „herrgöttlichen" Kieberer-Stammtisch immer häufiger das Hauptgesprächsthema waren. Prinzipal Palkovics, der – und so war es ja eigentlich auch eingeplant – für alles ein offenes (und stets gespitztes) Ohr hatte, meldete sich prompt und gar nicht unerwartet als Vermittler zu Wort.

„I wer' amal mit die Haberer reden", verkündete er, „mir werd'n scho' a Lösung finden."

Es dauerte nicht lange und der Wirt brachte einige Herren von der Polizei mit Vertretern jener „Peitscherlbuam"-Gilde, die von der „Beschützung" gewisser Damen gut zu leben pflegt, an einem Tisch zusammen. Die Beratung dauerte lange, aber sie war letzten Endes erfolgreich und das Ergebnis geradezu genial.

Die Herren Strizzi versprachen – gegen gewisse polizeiliche Zugeständnisse, versteht sich –, ihre „Pferdchen" dazu zu verhalten, den „Strich" auf die bis dahin in dieser Hinsicht weitgehend „saubere" Thaliastraße zu verlegen und sich dort nach einem genau kalkulierten Schlachtplan an bestimmten Stellen zu postieren.

Die Hübschlerinnen sollten nächtlicherweile (bei Tag kommt ja erfahrungsgemäß selten ein Auslageneinbrecher) in abgesprochenen Abständen und Entfernungen voneinander „patrouillieren" und solchermaßen die gefährdeten Geschäfte im Auge behalten.

Das war zwar nicht unbedingt im Sinne der von der Absprache ahnungslosen Bewohner und Anrainer der Thaliastraße, hatte aber einen enorm kriminalpräventiven Erfolg. Die Einbrüche hörten schlagartig auf!

Die vordem so geplagten und verunsicherten Geschäftsleute wußten dies überaus zu schätzen, und sie zeigten sich auf ihre Art erkenntlich. Um den Damen deren anstrengenden Doppelberuf wenigstens im Winter zu erleichtern, installierten sie unter den Auslagenfenstern Heizgeräte. An diesen konnten sich die nun sozusagen als Hilfs-Nachtwächter eingesetzten vormaligen „Gürtel-Hasen" ihre dünnbestrumpften „Hufe" und kaltgewordenen „heißen Hintern" wärmen.

Womit wieder einmal bewiesen war, daß zwischenmenschliche Beziehungen nur einer Devise zufolge vertieft werden können: Eine Hand wäscht die andere.

Die Aussteigerin

Ramona war das, was man in Wien gemeinhin eine Weltkatz' zu nennen pflegt. Sie hatte langes, pechschwarzes Haar, eine herrliche Figur und ein hübsches Gesicht, das noch nicht die unausbleiblichen Spuren ihrer strapaziösen Profession trug. Wiewohl sie in der Gürtelszene ihrem (horizontalen) Gewerbe nachging, war sie weit von dem entfernt, was man unter dem Billig- und Vulgärbegriff „Gürtelhure" versteht.

Sie wußte sich nicht nur teuer, sondern auch dezent und geschmackvoll zu kleiden; die Kosmetika, zu denen sie griff, verwendete sie mit Zurückhaltung. Und sie vermochte zudem charmant und gescheit zu plaudern. Immerhin hatte sie die Handelsschule absolviert und einen kaufmännischen Beruf erlernt.

Ramona war also eine Ausnahmeerscheinung und verdiente dementsprechend überdurchschnittlich. Ihre Kundschaft legte Wert auf eine gewisse Qualität.

Natürlich hatte sie auch einen Zuhälter. Und mit diesem beschloß sie, einen Sextempel für zahlungskräftige Verwöhnte zu eröffnen. Ein Kellerlokal an der oberen Thaliastraße wurde aufwendig mit allem ausgestattet, was zu derlei gehört: strenge Kammer, Doppelbadewanne, elegantes „Arbeitszimmer" usw.

Das Etablissement hatte nur einen Nachteil: es war nur 80 Meter von der Familienkirche entfernt – und das widersprach eindeutig dem Prostitutionsgesetz. Dieses schreibt nämlich vor, daß die Ausübung des horizontalen Gewerbes im Umkreis von 200 Metern von Kirchen, Schulen, Kindergärten etc. streng verboten ist.

Selbstverständlich trat bald der Pfarrer auf den Plan und erhob energisch Einspruch gegen die neuen Nachbarn. Ramona wurde in der Folge zahllose Male abgestraft und das immer empfindlicher. Doch das konnte sie nicht an der Weiterführung ihres Sextempels hindern.

„Ich habe schon so viel in das Geschäft hineingesteckt, daß ich das jetzt auch abarbeiten muß", erklärte sie dem Strafreferenten im Kommissariat Ottakring.

Als sie wieder einmal in dieser Angelegenheit vorstellig wurde, sagte sie aber plötzlich: „Ich habe jetzt einfach genug. Ich höre auf. Mein Zuhälter schlägt mich, weil ich zu wenig verdiene, und die Hälfte meiner Einkünfte muß ich ohnehin schon an die Polizei abführen. Dabei ist jeder Groschen, der in dem Geschäft steckt, von mir."

Sie wollte indes nicht nur aus dem „Geschäft", sondern überhaupt aus der Prostitution aussteigen. „Ich hab' eine solide Ausbildung, ich möchte wieder in meinem früheren Beruf arbeiten."

Aber Ramona hatte panische Angst vor ihrem Zuhälter, dem sie als „Paradepferd" ja doch zu einem stattlichen Einkommen verholfen hatte.

„Er wird mich überallhin verfolgen und hat schon gedroht, mir einen Fahrer zu machen, wenn ich ihn verlasse", vertraute sie sich den Polizisten an. (Der „Fahrer" ist ein in der Regel mit einem Rasiermesser geführter Schnitt, durch den das Gesicht verunstaltet wird. Eine von Zuhältern häufig geübte Praxis.)

Es stand also die Frage einer Namensänderung im Raum.

Nun soll man Mädchen (noch dazu so hübsche wie Ramona eines war), die vom Pfad der Tugend abgekommen sind, dorthin aber wieder zurückkehren möchten, nach Möglichkeit unterstützen. Das dachte man auch bei der Ottakringer Polizei und handelte mit der Aussteigerin eines der üblichen Gegengeschäfte aus.

„O. k.“, sagte der Sicherheitsreferent, „wenn du einen Meldezettel, eine Bescheinigung deiner neuen Firma und eine Lohnsteuerkarte vorlegst, kriegst du am Tag X eine neue Identität und für deine Wohnadresse wird die Meldeauskunft gesperrt. Da ist nur noch eines: Du mußt uns vorher auch noch sagen, wo dein Zuhälter sein Rauschgiftversteck hat.“

Von einem Tag auf den anderen verschwand Ramona aus dem Blickfeld ihres Zuhälters, der – ahnungslos – sogar Abgängigkeitsanzeige erstattete. Als Kriminalbeamte ihn (vorgeblich deshalb) aufsuchten, brachten sie gleich einen Hausdurchsuchungsbefehl mit und fanden eine größere Menge des „Stoffs“ tatsächlich an dem von Ramona angegebenen Platz.

Also wanderte der schlagfreudige „Beschützer“ aus mehreren Gründen hinter schwedische Gardinen. Denn wenn schon einmal aufgerechnet wird, dann gründlich. So kamen ja auch noch Körperverletzung und gefährliche Drohung dazu. Und da er einschlägig vorbestraft war, faßte er eine tüchtige Portion „Schmalz“ aus.

Ramona indes hatte den Aus- oder besser gesagt Rückstieg auf einen ehrsamen Beruf problemlos geschafft und sich, weit von Ottakring entfernt, ihr neues Zuhause behaglich eingerichtet. Geschmack hatte sie ja immer gehabt.

Nach eineinhalb Jahren flatterte dem Sicherheitsreferenten Zapf eine Hochzeitsanzeige ins Haus: „Brigitte und Karl Z. beehren sich, zur Hochzeit und dem anschließenden geselligen Beisammensein geziemend einzuladen.“

Brigitte Z. war niemand anderer als unsere Ramona, und jetzt verlangte auch sie eine Gegenleistung. Die war handschriftlich beigefügt: „Mein Mann darf unter keinen Umständen erfahren, daß ich einmal eine Hur’ war.“

Ausgerüstet mit einem Strauß Blumen wanderte der Oberkommissär also auf das Standesamt – und begann dort erstmals am berühmten Geschmack der vormaligen Ramona zu zweifeln. Neben der strahlend schönen Braut stand ein unscheinbares, ja mickriges Männchen – der Ehemann. Und ebenso ahnungslos wie frisch verliebt blickte der seriöse Buchhalter zu der ehemaligen Strichkatz', die nun seine Frau wurde, auf ...

Die Geschlechtsumwandlung

Die Dame, die ins Paßreferat gestöckelt kam, war grell geschminkt und auch sonst recht aufgetakelt. Im krassen Gegensatz zu ihrer äußeren Erscheinung stand freilich ihre Stimme: ein sonorer Baßbariton. In einem anderen Bereich des Kommissariats Ottakring wären die Gesichtszüge der Dame wohl bekannt gewesen, nicht aber im kriminalistisch eher „weltfremden" Paßreferat.

Bei der Paßwerberin handelte es sich schließlich um den sattsam bekannten Reinhold G., Besitzer eines nicht eben gut beleumundeten Striptease-Lokals auf dem Gürtel. Und dieser Reinhold G. verlangte nun einen Paß auf den Vornamen Renate ausgestellt zu bekommen. „I hab' ma nämlich a Geschlechtsumwandlung machen lassen", dröhnte er.

Nun, ganz so einfach mit der Namensänderung sei das nicht, bedeutete man ihm/ihr, dafür sei das Magistratische Bezirksamt zuständig. Dazu bedürfe es auch einer ärztlichen Bestätigung und des Erlags einer Verwaltungsgebühr von gut und gerne 6000 Schilling, beides für Reinhold/Renate indes kein wirkliches Problem.

Kaum war die Geschlechtsumwandlung – nicht zuletzt durch die Zuerkennung eines neuen Reisepasses – amtlich anerkannt, machte auch die Striptease-Bar eine seltsame Mutation durch. Quasi über Nacht wandelte sie sich vom Treffpunkt ebenso einsamer wie lüsterner Männerherzen in einen veritablen Homosexuellenstützpunkt.

Der vormalige Doyen, nunmehr die mehr oder minder elegante Doyenne, konnte sich alsbald eines Umsatzes erfreuen, dessen er/sie in dieser Höhe nie zuvor teilhaftig geworden war. Die „Bachenen" der Umgebung stürmten das Etablissement geradezu. Es herrschte ein wildes Gedränge an Solotransvestiten, schmusenden Männerpärchen und gemischten Paaren, bei denen aber die unterschiedliche Kleidung nur wenig Aufschluß darüber gab, wer da wirklich der „Mann“ und wer die „Frau“ war.

Sieht man von auch in diesen Kreisen immer wieder vorkommenden, eifersuchtsbedingten „Ehestreitigkeiten“ ab – sie münden nicht selten in gefährliche Drohung und Körperverletzung –, war der Ruf des „Warmentreffs“ bald wesentlich besser als der der vormaligen Fleischbeschau.

Und Reinhold/Renate entpuppte sich als willige(r) und nicht ungeschickte(r) Vermittler(in) zwischen Polizei und dem Milieu. Die Geschlechtsumwandlung war also auch für das Kommissariat durchaus nicht von Nachteil gewesen.

Der Vibrator

Frau Helga war eine stramme Vertreterin des horizontalen Gewerbes und weithin bekannt dafür, daß sie – entsprechende Bezahlung vorausgesetzt – auch die absonderlichsten und ausgefallensten Kundenwünsche zu erfüllen pflegte. Wenn die Kassa stimmte, war ihr keine Perversion zu groß. Was sie indes

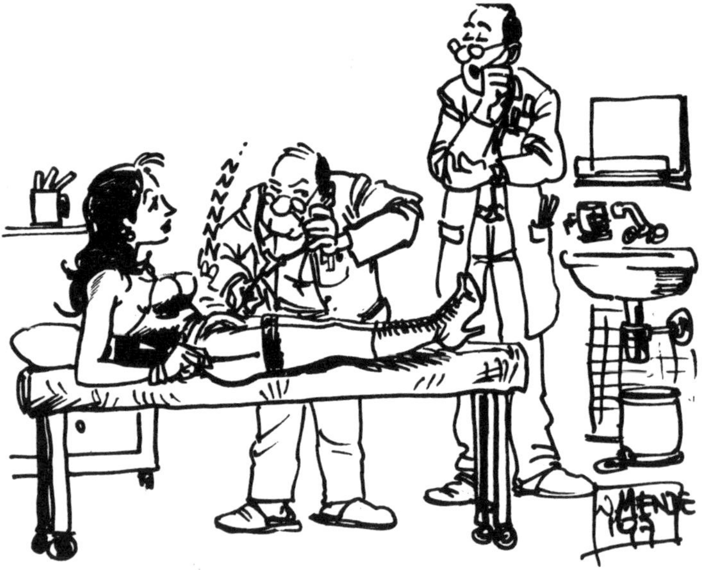

eines Tages schleunigst den Polizeiarzt aufsuchen ließ, war denn doch auch nach ihren Begriffen „jenseits von Gut und Böse“.

Ein gut zahlender (und natürlich längst unbekannterweise abhanden gekommener) Freier, so beichtete Frau Helga einigermaßen verschämt dem Doktor, habe ihr zwecks Befriedigung seiner sexuellen Gelüste einen sogenannten Vibrator in den After eingeführt und sich dann, sichtlich zufrieden, verabschiedet. Jetzt sitze das gute Stück im Darm und sei nicht wieder herauszubekommen, wiewohl es dank einer relativ langlebigen Batterie noch immer rhythmische Schwingungen von sich gebe.

Der sichtlich überforderte amtliche Mediziner, ein gelernter Kinderarzt übrigens, wußte sich nun wirklich keinen Rat und beschloß, das komplette Ottakringer Amtsärzte-Konsilium einzuberufen. Alsbald beugten sich drei Doctores – neben dem Kinderarzt nun auch ein Gynäkologe und ein Praktiker – über das leicht erhitzte Hinterteil der Gunstgewerblerin, in dessen Innerem das Lustgerät fröhlich weiter vibrierte. Dem Abhilfe schaffen konnten sie freilich auch nicht.

Also blieb ihnen nichts anderes übrig, als die mittlerweile schon einigermaßen beunruhigte Dame ins Wilhelminenspital zu verfrachten, wo man den vermaledeiten Vibrator dann mittels eines chirurgischen Eingriffs zurück ans Tageslicht beförderte.

„Unangenehm war's ja eigentlich net“, sagte Frau Helga nachher, „aber mein' Oasch låß i ma wegn sowas net no amål aufschneiden ...“

VII.
Muatterln, Machos, Mafiosi

Oma fängt mit 12 Kilo Mehl einen Dieb.
Der schwarze Poldi-Onkel stempelt in Nigeria falsche österreichische Visa.
Die Fremdenlegion vertreibt die Mafia aus Ottakring.
Schöne Frauen zahlen für einen Gemeindestier Strafmandate.
Auf jeden Fall: Höchste Vorsicht geboten!

Der Onkel Leopold

Die nigerianische Stadt Benin City erfreut sich, so kann man in Meyers Großem Handlexikon nachlesen, einer seit dem 12. Jahrhundert nachweisbaren hochentwickelten Kultur. Dies ist vor allem auf die dort früher üblichen kunstvollen Elfenbeinschnitzereien und Bronzegußarbeiten zurückzuführen. Seit geraumer Zeit jedoch übt sich ein Teil der Beniner Bevölkerung vor allem in einer zeitgemäßeren und wohl auch einträglicheren Kunst: nämlich im Rauschgiftschmuggel. Was sich nicht zuletzt in der Wiener Polizeistatistik mit großer Auffälligkeit niederschlägt.

Um Benin City möge man tunlichst einen großen Bogen schlagen, empfehlen denn auch jene honorig gebliebenen Nigerianer, die mittlerweile in Österreich ansässig geworden sind.

Als die Gifttransporteure aus Benin City Wien förmlich zu überschwemmen begannen und die ersten von ihnen ins polizeiliche Netz gingen, fiel sofort mehrerlei auf:

1. Die von ihnen vorgewiesenen Pässe waren in aller Regel „frisiert“ oder überhaupt total gefälscht.

2. Die Giftler-Brüder hatten durch die Bank Namen (welches der Vor- und welches der Zuname ist, weiß man ja ohnehin nicht so genau), die mit „O“ begannen: Obumba, Okawubu, Okeole usf.

Und 3.: In ganz Nigeria gibt es, wenn man den Paßeintragungen weiter folgen durfte, offenbar nur einen einzigen Beruf – Elektriker.

Aber es kam noch besser.

Befragt, wer ihnen denn die falschen Pässe (die Herrschaften gaben sich ob dieser ihnen vorgehaltenen Tatsache natürlich völlig ahnungslos und/oder entsetzt) verschafft habe, erklärten die Nigerianer wie aus einem Mund: „Der Onkel Leopold!“

Weil das einfach zuviel des Zufalls war, beschloß die Ottakringer Polizei, dem ominösen „Onkel Leopold“ auf die Schliche zu kommen. Wozu hat man denn, erinnerte sich da der Doktor Zapf, einen Schulkollegen im Außenamt sitzen? Also wurde der heutige Botschafter Dr. Peter Moser eingeschaltet.

Ein Anruf in der österreichischen Botschaft in Nigerias Hauptstadt Abuja brachte alsbald zutage, daß genau vis-à-vis der rotweißroten Niederlassung ein Etablissement mit dem schönen Namen „Onkel Leopold“ existiert. In diesem Beisl (es fungiert auch als Übersetzungsbüro) treffen sich traditionellerweise alle, die ein Visum für Österreich anpeilen, um mit gegenseitiger und anderer Hilfe das Ausfüllen der einschlägigen Formulare zu bewältigen.

Im Falle der – zwangsläufig sehr häufigen – Abweisung führt der erste Weg von der Botschaft schnurstracks zurück zum „Onkel Leopold“. Und von dem kommen die Visumwerber alsbald fröhlich wieder heraus. Mit Paß und nunmehr auf wundersame Weise eingestempeltem „österreichischem“ Einreisesichtvermerk.

Aber dagegen konnte man zunächst nichts machen, weil die nigerianische Polizei den „Onkel Leopold“ absolut ungeschoren ließ. Der Familienname des ebenso wohl- wie wundertätigen Mannes begann natürlich – erraten! – mit „O“.

Onkel Leopold Obumwe.

Ausgestattet mit diesen sehr aufschlußreichen Erkenntnissen, wurden von den Kriminalbeamten nun die nigerianischen Dealer an die Brust genommen und ihnen auf den Kopf zugesagt, daß sie ihre „Blüten“ von einem gewissen Obumwe hätten. Sie sollten also gefälligst mit dem Lügen aufhören und sagen, wer das sei.

Da aber verfielen die Afrikaner zusehends, bekamen Schweißausbrüche und Händeflattern und verweigerten jegliche Auskunft bis auf diese eine: „Wir sagen gar nichts, denn das könnte unser Tod sein.“

Der gute „Onkel Leopold“ schien also entweder ein ganz dicker Pate der nigerianischen Mafia zu sein oder in dieser Firma zumindest eine Schlüsselposition inne zu haben. Auf jeden Fall mußte er ein gefährlicher Mann sein.

Die polizeiliche wie gerichtliche Behandlung der Nigerianer bereitete den Ottakringer Kriminalisten indes auch einige andere, vordergründigere Probleme.

Die schwarzen Burschen sahen einander nämlich nicht nur zum Verwechseln ähnlich, es hörten sich auch und vor allem ihre für unsereinen nur schwer aussprechlichen O-Namen gleich an. Also mußten diese für den Amtsgebrauch zurechtgebogen werden. Eine Königsidee, wie sich bald herausstellte.

In der Aktenregistratur schienen die Nigerianer fortan mit dem abgekürzten Kennungsvornamen „O.“ und einem x-beliebigen österreichischen Familiennamen auf. Der Verdächtige Ogabawu hieß also fortan „O. Müller“, sein Giftlerkollege Odibamwe „O. Meier“ usf.

Die vermutlich sowieso falschen nigerianischen „Echtnamen“ wurden nunmehr durch österreichische „Aliasnamen“ ersetzt. Eine gewaltige Verwaltungsvereinfachung, gewissermaßen nach mathematischen Regeln: Minus mal minus gibt plus ...

Dies freute nicht zuletzt auch im Wiener Landesgericht den Untersuchungsrichter L., dem damals routinemäßig alle Akten mit O-Namensträgern zufielen. Er hatte sich ja auf einmal einer ebenso unüberschau- wie unidentifizierbaren, weil so gut wie nicht zu unterscheidenden Afrikanertruppe gegenüber gesehen. Solchermaßen wußte er auch bald vor Arbeit nicht mehr aus noch ein.

Nach der handstreichartigen Austrifizerung der Nigerianer-Namen wurden die Akten der Giftschmuggler, getreu deren neuen Anfangsbuchstaben, ab sofort natürlich auch auf anderen Schreibtischen abgelagert. Und der U-Richter L. pries die Ottakringer Polizei in höchsten Tönen.

Die Falle

Die alte H. war, so schien es zumindest, der geradezu klassische Fall von dem, was man im Polizeijargon eine „Psychose" nennt. Und darunter ist so ziemlich alles zu verstehen, was man landläufig als „Pecker" oder „Klamsch" kennt: von der verkal-

kungsbedingten Wunderlichkeit bis zu Schizophrenie oder Paranoia, vom hysterischen Anfall bis zum Selbstmordversuch.

Die alte H. war Stammgast im Kommissariat Ottakring.

Zugegeben, leicht hatte es die Witwe Hermine H. im Leben ja nie gehabt, wiewohl sie eine durchaus gutsituierte Frau war. (Um es genau zu sagen: Sie besaß in der Plumsergasse ein mehr oder weniger stattliches Zinshaus, von dessen Ertrag sie gut lebte.) Aber jetzt war bei ihr Feuer am Dach.

Irgendein „G'fraßt", wie sie sich auszudrücken beliebte, bediente sich nämlich heimlich an ihren Ersparnissen, die sie nach einem unerforschlichen Plan in der ganzen Wohnung versteckt hatte. Und das passierte fast jede Woche.

Und ebensooft kam die alte H., um eine Anzeige zu erstatten.

Bei den angeblich entfremdeten Summen handelte es sich um auch für damalige Begriffe – man schrieb das Jahr 1976 – Bagatellbeträge. Einmal waren es fünfzehn Schilling, dann zwanzig und gelegentlich, wenn es hoch kam, vielleicht einmal sogar dreißig. Das reichte damals für zwei, drei Krügel Bier.

Deshalb waren im Kommissariat auch alle längst der Meinung, sie bilde sich die marginalen Seriendiebstähle nur ein. Notabene die Sache ja wirklich einen besonderen Haken hatte.

Die Wohnung der alten H. war, wie diese zu Protokoll gab, bei Entdeckung der Freveltaten stets feinsäuberlich versperrt gewesen. Der oder die „u. T." (unbekannten Täter) mußte(n) also einen Zweitschlüssel haben. Genau das aber schloß die alte H. entschieden aus: „Ich hab' doch nur einen einzigen Schlüsselbund!"

Zugleich weigerte sie sich standhaft, ihre Ersparnisse in einer Bank zu deponieren.

Zu der allgemeinen (also eher abfälligen) Meinung von der alten Dame trug auch eine von dieser anläßlich jeder Vorsprache in aller epischen Breite erzählte Geschichte bei, die von ihrem weiland Herrn Gemahl handelte. Der war nämlich, ehe er an den Folgen einer im letzten Krieg erlittenen Verwundung starb, offenbar – wenngleich in ganz anderer Hinsicht – mindestens ein ebensolches „G'fraßt" gewesen wie der unbekannte Dieb.

Irgendwo in Polen nämlich, wo der verblichene Herr H. nicht ganz freiwillig für Führer, Volk und Vaterland im Felde stand, habe er sich, so erzählte die Wittib mehr als dreißig Jahre später ein ums andere Mal, mit „so einem polackischen Schlampen" eingelassen.

Nicht genug damit, diese „ausg'schamte Frauensperson" habe es auch gewagt, ihrer mittlerweile weiter gen Osten marschierten Kriegsbekanntschaft via Feldpost einen Liebesbrief zu schreiben. Und der erreichte bedauerlicherweise zwar nie den Adressaten, dafür aber seine Frau in Wien. Die Feldpost arbeitete da mit teutonischer Gründlichkeit, und so kam der Brief, wenngleich mit einiger Verspätung, eines Tages in der Plumsergasse an. Wo er prompt von der damals noch nicht ganz so alten H. geöffnet wurde.

Diese nervenzerfetzende Erzählung also mußte sich jeder anhören, ehe die alte H. zum eigentlichen Zweck ihres jeweiligen Besuchs kam, nämlich zur Anzeigeerstattung gegen „u. T.".

Also gingen ihr alle tunlichst aus dem Weg – mit Ausnahme des jungen, um Freundlichkeit bemühten Oberkommissärs Zapf. Denn einer hat ja bekanntlich immer das Bummerl, in diesem Falle eben er.

Zapf hörte sich also wieder einmal mit mühsam zur Schau gestelltem Interesse die bis zum Überdruß bekannte Geschichte vom Uralt-Frontpantscherl des seligen H. an, ehe er die gerade aktuelle Diebstahlsmeldung Nr. 35 zur Kenntnis nahm.

Dann schritt er, wie schon einige Male zuvor, zur Tat. In forschem Ton befahl er der Schriftführerin, alle Maßnahmen für eine „kleine Anzeige" zu treffen. Der alten H. aber versprach er, die Diebstahlsmeldung – wie immer – so gewissenhaft wie angesichts der dürren Beweislage nur möglich zu verfolgen.

Die „kleine Anzeige" freilich entsprang einem von Zapf mit der Schreibdame ausgemachten Geheimcode. Demnach wurde irgendetwas auf nichtamtliches Papier geschrieben und dieses spätestens eine Sekunde, nachdem die alte H. das Zimmer verlassen hatte, im Papierkorb versenkt.

Unbeschadet der erfolglosen Aufklärungsarbeit „ihres Doktors“ schloß die alte H. diesen immer mehr ins Herz – und kam zu seinem Leidwesen nur noch häufiger. Er war sozusagen ihre einzige Vertrauensperson im Kommissariat, denn die anderen Kollegen gingen ihr ja geflissentlich aus dem Weg.

Dennoch, so beschloß Zapf, mußte das permanente Lamento der Hausbesitzerin einmal ein Ende haben. So oder so.

Als nun die alte H. wieder einmal aufkreuzte, hatte er schon einen, wie er meinte, diabolischen Plan ausgeheckt. Zunächst aber versuchte er es noch einmal mit gutem Zureden.

„Liebe Frau“, so sprach er mit dem ihm – wenn er will – eigenen süßlichen Unterton, „ich glaub’ Ihnen ja alles. Aber wir können doch nicht die ganze Plumsergasse verhaften, weil Ihnen auf geisterhafte Weise aus der versperrten Wohnung ein bisserl was wegkommt. Tragen S’ das Geld halt auf die Bank.“

Da kam er aber schön an.

„Kan Groschen seh’n die von mir, das G’sindel. Zweimal, nach jedem Krieg, bin i schon um mei Geld umg’fallen, a drittes Mal nur über mei Leich’“, zeterte die Geschädigte los.

„Na gut“, seufzte Zapf und startete die „Aktion Mehlfalle“.

„Da wir selber nicht weiterkommen, müssen Sie uns helfen, den Dieb zu finden. Wir brauchen dazu aber handfeste Spuren. Wissen S’ was? Am besten, Sie streuen im Vorzimmer ein bisserl Mehl auf, ganz dünn, und wenn der Dieb kommt, werden wir ihn dann anhand der Fußabdrücke identifizieren.“

Beglückt und mit vielen Dankesbezeugungen für den „wertvollen“ Ratschlag, ging die alte H. nach Hause und ward wochenlang nicht mehr gesehen.

„Die sind wir los. Der ist die Mehlwirtschaft sicher zu blöd geworden“, frohlockte man im Kommissariat ob des scheinbaren Erfolges der Kriegslist.

Oh, diese Ahnungslosen!

Eines Tages nämlich stand die alte H. wieder in der Tür.

„Des is er“, sagte sie und zeigte auf einen an ihrer Seite erschienenen Mann in mittleren Jahren, „mei Hausmaster.“

Und der nickte gottergeben: „Ja, i war's wirklich.“

Was war geschehen?

Auftragsgemäß hatte die alte H. die staubige Falle aufgebaut. Nicht mit einem „bisserl“ freilich, sondern mit sage und schreibe 12 Kilo Mehl, die sie in einer dicken Schicht über den ganzen, vier Quadratmeter großen Vorzimmerboden verteilte. Für sie selbst ließ sie, „immer an der Wand lang“, nur eine fußbreite „Notverkehrszone“ frei und legte sich auf die Lauer.

Vorerst geschah nichts. Als sie aber dann einmal vom Einkaufen in ihre – natürlich wohlversperrte – Wohnung zurückkehrte, prangte inmitten der Mehlwiese ein riesenhafter Fußabdruck. Und da ging ihr endlich ein Licht auf: Der Dieb konnte nur ihr eigener Hausmeister sein. Denn wer denn sonst in der Umgebung hatte schon Schuhgröße 47?

Und ihm, so fiel ihr nun auf einmal ein, hatte sie ja vor geraumer Zeit die Wohnungsschlüssel anvertraut, damit er, während sie ein paar Tage auf Verwandtenbesuch war, auf ihre Blumen schaue.

Den Rest erzählte der Hausmeister selbst.

Ja, er hatte sich Zweitschlüssel anfertigen lassen, mit deren Hilfe er sich an den während der seinerzeitigen Blumenbetreuung ausgekundschafteten Monetendepots der alten H. ein wenig gütlich tat. (Unvorsichtigerweise hatte die Hausherrin ihn auch von ihrer Abneigung den Geldinstituten gegenüber informiert.)

„Es war ja eh immer nur für a paar Bier“, versicherte der Majordomus treuherzig.

In seiner kinderreichen Familie war nämlich seit langem Schmalhans Küchenmeister. Und das Geld, das der Portier tagsüber redlich als Bauhilfsarbeiter verdiente, holte seine bessere Hälfte – sicherheitshalber – an jedem Freitag gleich selber bei der Auszahlung ab. Da blieb für den Stammtisch nicht sehr viel übrig.

Auch wenn Zapf selbst einem gepflegten Bierchen durchaus nicht abgeneigt ist und daher der ehelichen Notlage des Hausmeisters einiges Verständnis entgegenbrachte, war an einem nicht zu rütteln: Die Einschleichdiebstähle mittels Nachsperre waren ein – noch dazu eingestandenes – Faktum. Und somit ein Fall fürs Gericht.

Das nun wiederum stimmte nicht nur den ungetreuen Hausbesorger überaus traurig, sondern auch die alte H. Denn sie schätzte ihn ja eigentlich über die Maßen.

„Er is ja so brav, an solchenen kriag i nie wieder", beteuerte sie ein ums andere Mal und zeigte sich alsogleich bereit, ihm nicht nur zu verzeihen, sondern auch auf jegliche Bestrafung und Schadenswiedergutmachung zu verzichten.

Einzige Voraussetzung: Er mußte schwören, seinen hausmeisterlichen Pflichten auch in Zukunft so gewissenhaft wie ehedem nachzukommen.

Das rührte sogar Staatsanwalt und Richter. Da auch seitens des Kommissariats Ottakring ein gutes Wort für ihn eingelegt wurde, kam der Majordomus mit einer läppischen Strafe davon und durfte alsogleich wieder für seine Hausfrau werken.

Diese wiederum war von dem Happyend so angetan, daß sie der Besatzung des Kommissariats eine großzügige Geldspende antrug, die freilich aus dienstlichen Rücksichten mit Bedauern abgelehnt werden mußte.

Aber da kam dem „Dokta" eine, wie er meinte, neue „geniale" Idee. Es gab nämlich ein paar junge Beamte, die sich nichts sehnlicher wünschten als eine kleine, aber eigene Wohnung.

„Wenn einmal bei Ihnen etwas frei wird", sagte er also zu der alten H., „könnten Sie ja an einen von meinen jungen Kollegen denken ..."

Und wie sie dachte, die gute, dankbare Seele.

Schon bald zog ein strammer Jungwachmann in das Haus Plumsergasse 6 ein. Gar nicht lange danach – es war wieder einmal eine Partei „hinausgestorben" – rückte der nächste ein. Die alte H. hatte nämlich mittlerweile beschlossen, nur noch an Wachleute (letztendlich sollten es dann sieben sein) zu vermieten – ohne Ablöse und zum Friedenszins.

Zuletzt fand man in Wien wahrscheinlich kaum noch ein vergleichbar „sicheres" Zinshaus.

Schwierigkeiten gab es nur einmal.

Da kamen die wackeren Ordnungshüter einander ins Gehege. Einer von ihnen hatte nämlich eine Türkin geheiratet und mit dieser nicht weniger als sieben (zum Großteil gemeinsame) Kinder. Da es aber pro Stockwerk nur ein einziges Gangklo gab, war dieses mehr oder minder ganztägig von der „türkischen" Polizistenfamilie belagert. Was zu heftigen Auseinandersetzungen mit den ebenfalls von menschlichem Rühren geplagten Kollegen führte ...

Die alte H. weilt längst im Hausherrenhimmel, mit ihrem verwichenen, fremdgeherischen Gemahl vereint. Das „Polizeihaus" in der Plumsergasse aber hat sie – nicht ohne es vorher vergeblich „ihrem" heute längst zum Hofrat avancierten „Dokta" gegen eine bescheidene Leibrente angeboten zu haben – dem Tierschutzverein vermacht.

Der Gemeindestier

Er war ein hinreißender Siegfried-Typ mit ebenso gewelltem wie gepflegtem Blondhaar. Von stattlichem Körperbau, weltmännischem Auftreten, mit einer ordentlichen Portion Charme und einem „g'sunden Weana Schmäh" ausgestattet, hatte er nur einen kleinen Fehler: er war absolut arbeitsscheu. Das hinderte ihn indes nicht, ein durchaus kommodes Leben zu führen.

Da er als totaler Macho auch im Rufe einer angeblich geradezu sagenhaften Potenz stand, fanden sich immer wieder Verehrerinnen, die es sich nicht nehmen ließen, den „Künstler" (er selbst behauptete gelegentlich von sich, Maler zu sein) großzügig finanziell zu unterstützen.

In Ottakring war er weithin als „der Gemeindestier" bekannt.

Man sorgte für sein Essen und Trinken, auch für seine Miete und fürs Auto, einschließlich der in schöner Regelmäßigkeit zu bezahlenden Strafen. Zu der Zeit, in der diese Geschichte spielt, kümmerten sich gleichzeitig zwei durchaus attraktive Damen aufopfernd um ihn. Wie es sich gehört, war die eine blond, die andere schwarz.

Der Blondine erzählte der „Gemeindestier“, er sei als Vertreter die ganze Woche über in Westösterreich unterwegs und habe daher für sie nur am Wochenende Zeit; der Schwarzhaarigen machte er weis, er verdinge sich übers Weekend als Mietwagenchauffeur, stehe dafür aber die ganze Woche zur Verfügung.

Die Damen akzeptierten dies widerspruchslos und kamen gemeinsam, wenngleich ohne voneinander zu wissen, für des „Gemeindestiers“ Lebenshaltung auf.

Im Ottakringer Kommissariat begannen die Beamten des Strafreferates schon Wetten darüber abzuschließen, welche der beiden Verehrerinnen wohl die nächste, wie das Amen im Gebet fällige Verkehrsstrafe des „doppelten Galans“ blechen werde.

Der „Gemeindestier“ hatte nämlich die Angewohnheit, sämtliche Zahlungsaufforderungen so lange zu ignorieren, bis er die unvermeidliche Aufforderung zum Antritt einer Ersatzarreststrafe zugeschickt bekam. Schließlich besaß er ja offiziell keinerlei Vermögen oder Einkünfte.

Ehe er aber ins Kittchen mußte, wußte er eine seiner beiden Geldgeberinnen stets dazu zu bewegen, im Kommissariat vorstellig zu werden und ihm die Bürde des drohenden Strafantrittes abzunehmen.

Zu diesem Behufe quartierte er sich in einem nächst der Polizeistation gelegenen Beisl ein, das jedermann nur als „Der Sumpf“ kannte. Hier verkehrten im übrigen auch nicht wenige Kriminalbeamte, die – daher der etwas seltsame Name – gelegentlich nach Dienstschluß (wie andere Sterbliche ja auch) in dem Wirtshaus zu „versumpfen“ pflegten.

Der „Gemeindestier“ war also wieder einmal fällig und wartete im „Sumpf“ bei einem Viertel Wein darauf, daß ihm die gerade an der Reihe befindliche Schwarzhaarige die positive Zahlungserledigung vermelden werde.

Während sie sich aber noch im Polizeigebäude aufhielt, ging die Tür auf und herein spazierte – der (Weibs-)Teufel schläft ja nicht – ihre blondgelockte Konkurrentin. Diese wunderte sich sehr, ihren Galan, den sie doch unter der Woche irgendwo in

Tirol oder Vorarlberg vermutete, hier anzutreffen. Sie ließ sich indes nicht mehr abschütteln und bestand darauf, sich zum „Gemeindestier" zu setzen.

Der wurde immer unruhiger, und es kam, wie es kommen mußte. Freundin Schwarzhaar, vom Kommissariat in den „Sumpf" zurückgekehrt, begehrte nun zu wissen, wer denn die Blondine eigentlich sei. Nachdem diese sie darüber aufgeklärt hatte, dauerte es nur noch Sekunden, ehe die Damen wie Furien übereinander herfielen.

Die gerade anwesenden Kriminalbeamten sahen tatenlos, wenngleich interessiert zu, kannten sie doch alle des „Gemeindestiers" Doppelverhältnis.

Da die resche Wirtin die beiden Kämpferinnen kurzerhand des Lokals verwies, verlagerte sich der Tumult vor das Wirtshaus. Baß erstaunte Fußgänger wurden dort Zeugen eines wahren Titan(inn)enkampfes, an dessen Ende Kleiderfetzen, ausgerissene Haarbüschel und unsanft gepflückte Ohrringe auf dem Trottoir herumlagen.

Die Blondine, zerzaust und völlig kampfunfähig, bedurfte einer dringenden Labung. Das hinderte aber den „Gemeindestier" nicht, sich Arm in Arm mit der siegreichen, wenngleich kaum minder gerupften Schwarzhaarigen zu trollen.

Diese kam noch einige Zeit jenen Zahlungsverpflichtungen nach, die eigentlich ihrem „Haberer" zugestanden wären, doch nach nicht allzulanger Zeit kühlte das Verhältnis ab.

Die nächste Dame, die im Kommissariat Ottakring für unseren Freund eine Verkehrsstrafe erledigte, hatte leuchtend rotes Haar.

Es geht eben nichts über Abwechslung.

Die Katzenomi

Das alte Muatterl war gern gesehener und nicht selten bemitleideter Gast im Kommissariatswachzimmer Grubergasse. Gern gesehen deshalb, weil die Frau, wenn sie zu einem „bisserl Schmähführen" hereinschaute, vor allem die jungen

Beamten immer wieder mit köstlichem Selbstgebackenem erfreute. Bemitleidet deshalb, weil jeder zu wissen glaubte, daß sie mittellose Mindestrentnerin war und keinerlei Anhang hatte.

Das alte Muatterl wohnte in der Hasnerstraße in einer jener Gründerzeit-Mietskasernen, hinter deren schöner, reich geschmückter Fassade sich mehrere Höfe und „Stiegen" befinden, die, je weiter man in den Bauch eines solchen Bauwerks eindringt, immer trister und verwahrloster werden.

Im zweiten Hof dieses Elendsbaus also bewohnte das alte Muatterl eine ebenerdige, armselige Zimmer-Küche-Wohnung.

Weil ja auch das Herz eines Wachmanns nicht unbedingt aus Stein ist, tüftelte die Besatzung des Wachzimmers daran herum, ob man der Stammbesucherin nicht eine Freude bereiten könnte. Einer fragte sie bei Gelegenheit ganz beiläufig, ob sie sich denn nicht wenigstens durch Fernsehen von ihrer Einsamkeit ein wenig ablenken könne.

„Ja, wo denkst denn hin?" sagte da das alte Muatterl traurig. „Eine Mindestrentnerin wie ich kann sich doch keine solche Flimmerkist'n leisten."

Weihnachten kam immer näher, und im Wachzimmer Grubergasse hatten alle längst beschlossen, Christkindl zu spielen und die betagte Dame mit einem Fernseher zu überraschen.

Jeder steuerte etwas bei, im ganzen Kommissariat wurde gesammelt. Sogar das Paßreferat erklärte sich bereit, den Inhalt seiner „Kaffeekassa" – in Wirklichkeit freiwillige Spenden jener Kunden, die ihre Paßangelegenheiten rascher als üblich erledigt haben wollten – zur Verfügung zu stellen. Und ein großes Ottakringer Radiogeschäft versprach besonders günstige Konditionen.

Der Überraschung stand also nichts im Wege.

Als eine Funkstreifenbesatzung am Heiligen Abend mit einem kleinen Bäumchen und einem großen, kunstvoll verpackten Paket in der Souterrainwohnung aufkreuzte und „Frohe Weihnachten" wünschte, standen dem alten Muatterl Tränen in den Augen.

Ein Stamperl des von ihr selbst angesetzten Likörs durften die Polizisten keinesfalls ablehnen, deren Wunsch aber, doch einmal nachzuschauen, was der Inhalt des Pakets sei, widerstand sie hartnäckig.

„Nein“, meinte sie, „das wird erst am Abend aufg’macht, wenn das Christkind kommt.“

Eines fiel der Funkstreifenbesatzung aber gleich auf: In der Wohnung tummelten sich unverhältnismäßig viele Katzen, die via Fensterbrett und (trotz winterlicher Kälte offenem) Fenster einen regen „Wildwechsel“ in den Hof hinaus und wieder zurück vollführten.

Auf die Frage, wie sie denn mit ihrem wenigen Geld für all diese Tiere sorgen könne, sagte die „Katzenomi“ nur: „Das sind lauter arme, verstoßene Katzerln, um die sich sonst keiner kümmert. Da eß’ ich lieber ein bisserl weniger und geb’ ihnen dafür auch etwas ab.“

In dem wohltuenden Bewußtsein, einem armen, einsamen und noch dazu so tierfreundlichen Menschen eine besondere Weihnachtsfreude bereitet zu haben, nahmen die Beamten ihre Streifentätigkeit wieder auf.

Danach kam das alte Muatterl nur noch selten ins Wachzimmer, bedankte sich aber dabei immer wieder herzlich für die unverhoffte Weihnachtsfreude – und blieb dann eines Tages aus.

Es sprach sich blitzartig im ganzen Kommissariat herum, als die Nachricht von ihrem Tod kam.

Jedweder Tod eines Menschen, der in seiner Wohnung stirbt, hat das Ausrücken einer „Leichenkommission“ zur Folge. Diese Kommission, bestehend aus einem Polizeijuristen, einem Amtsarzt und einem Kriminalbeamten, hat nun darüber zu entscheiden, ob die Leiche einer Obduktion zuzuführen oder zur Beerdigung freizugeben ist. 17 Kriterien sind dabei zu überprüfen, ergeben sich auch nur in einem Ungereimtheiten, ist eine gerichtsmedizinische Leichenöffnung unvermeidlich.

Der leblose Körper der alten Dame lag beim Eintreffen der Kommission zwischen schäbigen Decken auf einer Art niedrigem Diwan, umgeben von zahllosen jämmerlich miauenden Katzen. Als man nun zwecks Feststellung allfälliger Verletzungen vorschriftsmäßig daran ging, die Leiche umzudrehen, glitt diese samt den Decken zu Boden.

Da stellte sich nun zu aller Überraschung heraus, daß es sich gar nicht um einen Diwan handelte, sondern um fünfzehn gleich hohe Stapel größtenteils uralter Zeitungen. Das war also das triste Lager der armen, alten Katzenomi gewesen.

Aber das sollte nicht die einzige Überraschung bleiben. Als man nämlich die oberste, seltsam eingedellte Schicht eines genau in der Mitte der unkommoden Bettstatt befindlichen Zeitungspackens abhob, kamen darunter ganze Bündel von Papiergeld zutage – insgesamt 900.000 Schilling.

Umfragen ergaben bald, daß die Mindestrentnerin über viele Jahre hinweg eine regelrechte Katzenpension betrieben hatte und sich die vorübergehende Betreuung der ihr wegen Urlaubs oder Krankheit anvertrauten Tiere von deren Besitzern angemessen honorieren hatte lassen.

Sie selbst hatte sich ja wirklich nichts gegönnt, aber pathologischer Geiz hatte sie zum Horten von all dem Geld gebracht.

Übrigens: Das Paket mit dem von den Wachleuten gestifteten Fernsehapparat stand noch wohlverpackt auf dem Wohnzimmertisch ...

Schutzengel, gibt's die?

Wenn ein Wachzimmer, wo auch immer in Wien, geschlossen oder verlegt wird, steigt sowohl bei den Leuten, die dort unmittelbar wohnen, als auch bei den Polizisten, welche das Grätzl betreuten, eine eigenartige Stimmung auf. Mit Wehmut denkt so mancher darüber nach, wie sich die Zeiten ändern. Jetzt fehlt der Greißler am Eck, bei dem schon die Frau Mutter einkaufen war, die Trafikantin „oben in der Goss'n", wo man plaudern konnte und viel Tratsch aus der Gegend erfuhr. Und nun auch noch das Wachzimmer! Nicht, daß es immer, als es noch existierte, von allen heiß geliebt wurde, aber jetzt, da es nicht mehr da ist, geht es ja doch ab. Auch die Polizisten, die in diesem Wachzimmer und in diesem Grätzl tagaus tagein, bei Tag und in der Nacht, bei Regen, Sturm, Schnee und Sonnenschein ihren Dienst – der eine besser der andere schlechter – versahen, müssen nun in einer anderen Gegend, wo man seine schwarzen Schafe noch nicht kennt, sowie bei neuen Kollegen sich umstellen, anpassen und neue Erfahrungen gewinnen.

Dieses harte Los traf eines Tages in den 70er Jahren in Ottakring das Wachzimmer Grundsteingasse und mit ihm einen Revierinspektor W. Dieser war in seinen Jugendjahren Ringer gewesen und als solcher vertrat er sogar Österreich bei Olympischen Spielen in der Disziplin „Ringen im griechisch-römischen Stil". Danach entschloß er sich, zur Polizei zu gehen. Der sportlich durchtrainierte, kräftige und athletisch gebaute junge Mann schien durchaus ein Gewinn zu sein, obwohl seine Leistungen in der Polizeischule in den theoretischen Fächern mäßig, manchmal sogar nur sehr mäßig waren. Nach seinem gerade noch erfolgreichen Abgang aus der theoretischen Ausbildung, wobei er das Fach „Gesetzeskunde" fast nicht geschafft hätte, kam er ins Wachzimmer Grundsteingasse und versah dort jahrelang seinen Dienst.

Unser Revierinspektor W. sah sich dort – der Lerchenfeldergürtel war fünfzig Meter weit entfernt – mit zwei polizeilichen Hauptaufgaben konfrontiert: 1. Überwachung des Gürtelstrichs und 2. Autoverkehr. Zum ersten heimste er bald Erfolge ein, da sein martialisches Auftreten manchen Zuhälter veranlaßte, seine Fehde mit einem Mitkonkurrenten in einen anderen Bezirk zu verlegen. Zum zweiten waren die Erfolge spärlich. Die Ursache dafür dürfte die bereits in der Polizeischule – wie oben erwähnt – zutage gekommene Schwäche gewesen sein.

Nach Auflösung des Wachzimmers Grundsteingasse wurde W. ins Wachzimmer Wilhelminenstraße versetzt und sah sich hier mit ganz neuen Aufgaben konfrontiert, bei deren Lösung er seine Höchstform entwickelte und von manchen Mitmenschen als „Schutzengel" bezeichnet wurde.

Das Wachzimmer Wilhelminenstraße befindet sich mitten im Heurigengebiet Ottakrings. Die Polizeiaufgaben sind hier viel diffiziler, verlangen sehr großes menschliches Einfühlungsvermögen und einen sicheren Blick für den jeweiligen Zustand, in dem sich ein Heurigenbesucher befindet. Natürlich bleibt es beim Heurigen wie auch oft anderswo nicht aus, daß dieser oder jener Gast, allein oder in angenehmer Gesellschaft, ein oder mehrere „Vierterln" über den Durst trinkt. Die sich daraus ergebende selbstvergessene Beschwingenheit läßt das Heute viel wichtiger als den Morgen erscheinen. Ein Wachmann, der einige Zeit in einem solchen Heurigengebiet Dienst versieht, erkennt mit kurzem diagnostischem Blick aus der breiten Variationsmöglichkeit, mit welcher Spezies Betrunkenen er zu tun hat.

Schon der Schottenschulmeister Johannes Rasch widmet in einem der ersten Weinfachbücher aus dem Jahre 1582 („Von Bau, Pflege und Brauch des Weines") der „argen Seuche der Trunkenheit" einen längeren Abschnitt:

„Es hat auch die Trunkenheit einen großen Unterschied nach den Eigenschaften der Natur. Ein Sanguinicus, der singt, springt und lacht ist fröhlich; ihn mag man mit den Kindern vergleichen, die gerne lachen, und mehrteils nicht wissen, warum. Wenn sie das eine Weile getrieben haben, begehren sie zu schlafen, und haben dessen ein völliges Genügen. Die Cholerischen zürnen, toben, hadern, rumoren, greifen zu den Waffen, wollen von niemandem gestraft noch ermahnt sein; man kann sie nicht zu Bett bringen, sie schwätzen viel und sind freudig wie die Löwen. Die Phlegmatici werden matt, träge, schläfrig, unbeweglich und werden in summa gleich wie die trägen Schweine... Die Melancholici sind unmutig, beweinen etwa ihre Sünden, abgestorbene Freunde, das ist ihr trunkenes Elend, werden gleich wie die Affen. Darin aber sind sie alle gleich, daß sie mit der Zunge stammeln, im Schwang einhergehen und nicht bei rechter Vernunft sind."

Im niederösterreichischen Weinviertel kennt man vier nach Qualitäts- (oder Quantitäts-?) Stufen sich unterscheidende Varianten der Trunkenheit. Der Poysdorfer Weinbauer Leopold Berndl hat sie 1939 in seinen Erinnerungen „... es wird ein Wein sein" festgehalten: „Im Weinland wird das ‚Zuviel' in vier Grade eingeteilt. Der erste Grad heißt ‚ongstrat' (angestreut), der zweite ‚hochgradig', der dritte ‚schief aufgeladen' und der vierte ‚fix und fertig'. Solche Leute, die mit einem dieser vier Grade behaftet sind, begegnen einem nach der Lese oft, und ein jeder will die Geschichte verheimlichen und strengt sich an, schön aufrecht zu gehen, aber es geht nicht! Wenn Männer unsicher gehen oder gar auf der Erde herumkriechen, geht das noch an, weil es eben Männer sind; aber wenn Weiber so unsicher dahergehen oder gar auf Erden liegen, da hört sich dann allerhand auf."

Solche und ähnliche Weisheiten über Betrunkene werden natürlich in keiner Polizeischule der Welt den Schülern vermittelt. Sie werden eher der Erfahrung, der Intuition und der in der Praxis erlernten angewandten Psychologie überlassen. Daher verfügen viele Polizisten, die lange genug in einer der vielen Heurigengegenden Wiens ihren Dienst versehen, über einen Erfahrungsschatz, der sie schnell erkennen läßt, ob ein Alkoholisierter in die Kategorie des „ongstraten Sanguinikers" oder des „schief geladenen Cholerikers" oder woanders hin einzureihen ist. Danach muß sich auch das polizeiliche Einschreiten, wenn es notwendig ist, richten.

Unser Freund Revierinspektor W. dürfte diese Praxislektionen sehr schnell erlernt haben. Nach kurzer Zeit fiel dem Sicherheitsreferenten Dr. Zapf auf, daß die Ausnüchterungszelle im Polizeikommissariat leer blieb, wenn W. Nachtdienst hatte. Da nicht anzunehmen war, daß keiner der Heurigenbesucher am Nachhauseweg laut gesungen oder randaliert oder durch „Glöcklerpartien" (wahlloses Anläuten in Wohnhausanlagen) friedlich schlummernde Menschen mitten in der Nacht lärmgegeißelt hätte, oder daß niemand mehr nach überreichlich genossenem Alkohol von diesem umgeworfen am Gehsteig gelegen wäre, galt es, dieser Sache nachzugehen.

Ein Blick in die Tagesrapporteintragungen des Wachzimmers Wilhelminenstraße zeigte eigenartige verschlüsselte Kurznotizen des Revierinspektors W.:

23.43 Uhr, Johann-Staud-Straße 51, „Betrunkener gängig gemacht", sodann 00.14 Uhr, Wilhelminenstraße 116, „Betrunkener gängig gemacht", weiters 00.30 Uhr, Paltaufgasse 22, „Betrunkener gängig gemacht" und so weiter.

Die angegebenen Adressen zeigten ganz genau die Ottakringer Heurigengeografie auf. Gerade dort befanden sich und – befinden sich noch immer – jene Lokale, wo wahre und leidenschaftliche Heurigengeher Buschenschenken im alten Stil antreffen. Diese Buschenschenken halten sich noch immer an die Josefinische Zirkularverordnung von 1784, die „jedem die Freyheit, die von ihm selbst erzeugten Lebensmittel, Wein und Obstmost, zu allen Zeiten des Jahres, wie, wann und zu welchem Preis er will, zu verkaufen oder auszuschenken“ gab.

Mit dieser Erkenntnis ausgestattet, sprach Dr. Zapf den Revierinspektor W. bei nächster Gelegenheit an, da er nur zu gerne wissen wollte, was die Kurzformel „gängig gemacht“ im Klartext bedeutete. Die Auskunft war verblüffend, entbehrte jedoch nicht einer zutiefst menschlichen Logik: „Schauen Sie, Herr Doktor, wenn ein Betrunkener, sagen wir einmal am Gehsteig liegt, so helfe ich ihm auf und schau, wo er hin will. Meistens bekomme ich das heraus. Ich stütze ihn ab und begleite ihn dann entweder zum 10er, 46er, J-Wagen, zum Autobus oder zum Taxi. Lieber zehn Minuten Abstützen als eine Stunde Meldung schreiben über die Arrestabgabe eines Alkoholisierten. Sie wissen ja, welchen komplizierten Gesetzestext ich dabei schreiben muß. Aber nicht nur mir, sondern auch ihnen, Herr Doktor, ist damit geholfen. Sie brauchen am nächsten Tag niemanden abstrafen und können sich einer wichtigeren Arbeit widmen. Vergessen Sie aber bitte nicht den Betrunkenen: Er hat vielleicht einen lustigen Abend verbracht, zu viel getrunken, das kann schon vorkommen, und den Morgen über das Heute vergessen. Wenn der in der Ausnüchterungszelle aufwacht und Sie ihn dann strafen, bricht für ihn eine Welt zusammen, wer weiß, welche Folgen sich für ihn auftun.“

Durch diese ausführliche Erklärung wurde nun klar, daß der Mangel an Gesetzeskunde, wie er bereits in der Polizeischule zutage trat, den Revierinspektor W. dazu brachte, lieber kräftig zu helfen als zu schreiben, und welche tiefsinnige Bedeutung die einfachen Worte „gängig gemacht“ hatten. Diese Vorgangsweise unseres Revierinspektors sprach sich bald auch unter den Heurigenwirten herum, die oft lächelnd in ihrem Lokal erwähnten, daß der Schutzengel von der Polizei heute abend wieder Dienst hatte. Wen würde es wundern, daß viele den Revierinspektor W. nicht mehr mit seinem Namen oder Dienstgrad, sondern ganz einfach mit „der Schutzengel" bezeichneten!

Eines Tages kam es jedoch noch besser, „der Schutzengel" wuchs, wörtlich genommen, über sich hinaus. Als Dr. Zapf in Alt-Ottakring, in der Nähe der 10er Marie, dem ältesten Heurigen Wiens (übrigens benannt um 1740 nach der hübschen Tochter des Heurigenbesitzers), spätabends spazieren ging, kam ihm ein Wesen entgegen, das entfernt an die Bremer Stadtmusikanten erinnerte. Beim Näherkommen entpuppte sich dieses Wesen als der Revierinspektor W., welcher – in Uniform – auf seinen Schultern den Schulmeister Augustin C., der betrunken, jedoch glückselig herunterlachte, sitzen hatte. C. war ein schmächtiges Männchen und sicher kein Problem, vom athletisch gebauten ehemaligen Ringer W. auch über weitere Strecken getragen zu werden!

Im Vorbeieilen rief Revierinspektor W. dem fassungslos staunenden Sicherheitsreferenten zu: „Den bring i ham zu seiner Alten."

Was aber stand am nächsten Tag im Tagesbericht des Wachzimmers Wilhelminenstraße? „23.10 Uhr, Alter Ort, Betrunkener gängig gemacht"!

Häfenelegie

Einen nicht alltäglichen, wahrhaft elegischen Wunsch hatte die 69jährige Pensionistin Anna M. Sie wollte unbedingt einmal in den „Häfen", um der Tristesse zu entfliehen.

Um dieses zu bewerkstelligen, nahm sie in einem Selbstbedienungsladen in der Neulerchenfelder Straße eine Flasche Haarfestiger und ein Paar Würstel an sich. Freilich tat sie dies sehr langsam und bewußt auffällig und – vor allem – direkt vor den Augen der Kassierin. Die schlug denn auch sofort Alarm, worauf ein geradezu glückseliges Lächeln das Gesicht der alten Dame verklärte.

„Komm' ich jetzt auf die Polizei?" fragte sie erwartungsfroh, und als man ihr dies bestätigte, sagte sie nur: „Fein."

Anna M. war, wie ihr taubstummer „Arbeitskollege" (siehe Episode „Der Feinspitz"), im Besitze eines schönen Zinshauses und hatte solch läppische Ladendiebereien wahrlich nicht nötig. Sie war auch keine Kleptomanin.

Aber hatte sie es vielleicht nicht doch faustdick hinter den (gepflegten) Ohren?

Bei der ersten Einvernahme hatte es fast den Anschein. Sie gab nämlich zuerst einmal statt des eigenen den Namen ihrer Schwester an. Aber das hatte sie, wie sich bald herausstellte, nur in der Aufregung – oder sollte man sagen: freudigen Erregung – getan.

Denn das Motiv für ihren „Fehltritt" war ja nun auch für Polizisten, denen im Laufe der Jahre manch Unwahrscheinliches unterkommt, nicht alltäglich.

„Wissen Sie", sagte Anna M., „in meinem Haus hab' ich ja leider keinen Kontakt zu meinen Nachbarn. Ich habe aber gehört, daß man heutzutage im Gefängnis die Häftlinge sehr gut behandelt. Da hab' ich mir halt gedacht, ich könnt' ja da einmal versuchen, mit anderen Menschen in Kontakt zu kommen. Und deshalb hab' ich was anstellen müssen."

Anstatt die alte Dame, wie in solchen Fällen eigentlich üblich, einem Psychiater zuzuweisen, begnügten die Ottakringer Ordnungshüter sich mit angewandter Psychologie und schickten sie nach einer freundlichen Belehrung straflos heim.

Nur den Wunsch nach „zwischenmenschlichen Kontakten im Häfen" konnten sie ihr beim besten Willen nicht erfüllen.

VIII.
Schelme, Scherben, Journalisten

100.000 Nachttopfhenkel in einem Schmuggelwaggon für die Türkei.
Hustende Kästen.
Überschäumende Sammelkanäle.
Morde ohne Leichen.
Verdächtige Priester.
Wo „Konerl & Co.“ am Werk sind, bleibt kein Auge trocken.

Die Polizeireporter

Ob in Ottakring oder anderswo, wo die Polizei agiert, ist die Journalistenmeute – Karl Kraus, obwohl ihr eigentlich selbst angehörend, pflegte stets nur abfällig von „Journaille“ zu reden – meist nicht weit.

Das ist eine durchaus natürliche Angelegenheit. Die Polizei ist auf eine möglichst loyal-kooperative Kriminalberichterstattung (die deshalb nicht unkritisch sein muß) angewiesen, und die Lokalreporter wären ohne Polizeistories auch eher arm dran.

Natürlich kann keiner es dem anderen recht machen. Beklagt die Polizei sich über unseriöse oder spekulative Berichterstattung, kontern die Reporter mit Beschwerden über „sinnlose Nachrichtensperren“ und Pressefeindlichkeit.

Die Vernünftigen auf beiden Seiten kommen indes seit eh und je gut miteinander aus. Und manche leben wie alte Ehepaare, oft auch durch so etwas wie Haßliebe miteinander verbunden, jahrzehntelang miteinander.

In den sechziger und siebziger Jahren war dieses „Eheleben“ freilich ein anderes als heute. Jeder kannte jeden, nicht einmal der einfache Funkstreifenpolizist konnte in der Anonymität verschwinden, und in Wien wußte jeder Polizist, welche Journalisten zu den „Guten“ und welche zu den „Bösen“ gehörten.

Polizeireporter zu sein, machte noch Spaß. Und viele der heutigen Chefredakteure sind zumindest eine gewisse Zeit durch diese harte, aber lehrreiche Schule gegangen.

Heute fühlt jeder gerade dem Schnupperkurs für Journalisten entronnene Jung-Schreiber sich zum Leitartikler berufen. Nächtelang auf Verdacht „Funk fahren“ wäre ebenso undenkbar wie, im übrigen, auch nutzlos. Presse(filter)stellen und ministerielle Abschirmdienste versorgen die heutigen Schreibtisch-Reporter – wohldosiert – mit fast allem, was notwendig ist, damit man nicht mehr an die frische Luft muß.

Eigentlich ist es heutzutage nicht mehr lustig.

Wo sind die Zeiten, als man jeden einzelnen Wiener Funkstreifenpolizisten persönlich kannte? Damals war pro Bezirk ein grüner VW-Käfer unterwegs, besetzt mit zwei oder drei Mann, die im damaligen „Dreierradl" (24 Stunden Dienst – 48 Stunden frei) Dienst versahen. Sie funkten auf einem einzigen Kanal und der war, wenn man einen geschickten Radiobastler zur Hand hatte, mittels Kofferradio relativ leicht abhörbar.

Das ärgerte zwar so manchen Beamten – zumal dann, wenn die Reporter womöglich früher als sie selbst an einem Tatort auftauchten, aber es hatte auch so seine Vorteile.

Der Chronist dieses Buches erinnert sich noch gut an einen lange zurückliegenden Heurigenabend in Grinzing, der über Gebühr ausgedehnt wurde – so lange, bis keine Tramway mehr fuhr. Das Salär des damaligen freien Mitarbeiters einer längst dahingegangenen Tageszeitung reichte nicht fürs Taxi. Aber da gab es ja die Freunde und Helfer.

Am Grinzinger Platzl machte gerade der Bezirksstreifenwagen „Richard" Pause. Also wurden die natürlich persönlich bekannten Polizisten um Assistenz gebeten. Schließlich war der Weg zur Wohnung auf dem Laaer Berg ein sehr „breiter".

„Wo ist das Problem?" fragte der Wagenkommandant, klemmte sich den Funktelephonhörer ans Ohr und rief den Nachbarbezirk.

„Paula von Richard! Kommen Sie Kontrollpunkt zwecks Übergabe eines Dienststücks!"

„Paula – verstanden."

„Paula" rief „Otto", dieser wiederum „Norbert" ... Und so ging's weiter durch's nächtliche und gottlob außergewöhnlich ruhige Wien, bis das überaus dankbare „Dienststück" vor seinem Wohnhaus auf dem Eisenstadtplatz von der Funkstreife „Heinrich" wohlbehalten abgeliefert wurde.

So viel zum Thema „Polizei und Journaille vor 35 Jahren".

Damals prägten zwei Journalisten auf besondere Art das Bild des Wiener Polizeireporters. Anderswo wären solche Typen nämlich gar nicht denkbar. Jeder von ihnen war – wie so manche Polizisten auch – eine Institution, ja schon bei Lebzeiten fast Legende.

Im Charakter so unterschiedlich wie nur überhaupt vorstellbar, hatten sie jedenfalls eines gemeinsam: sie waren fanatische Reporter. Hatte die Polizei mit ihnen gewiß auch ihre liebe Not gehabt – als der beiden Lebensuhr (in jedem Fall viel zu früh und auf reichlich tragische Weise) abgelaufen war, standen, vom Polizeipräsidenten abwärts, Vertreter des ganzen Korps hinter ihren Särgen.

Da war einmal der Hans Konitschek, langjähriger Polizeireporter der „Kronen-Zeitung". Er wurde mit seinem echten Familiennamen nur dann angesprochen, wenn einer auf ihn sehr böse war. Sonst war er überall nur schlicht der „Konerl".

Er war eher unscheinbar, hager, fahrig, um nicht zu sagen schusselig. Wenn er aufgeregt oder hektisch war (und eins von beiden war er fast immer) stotterte er leicht. Und er war von einer grenzenlosen, eigentlich höchst leichtfertig zu nennenden Gutgläubigkeit.

Hans „Konerl" Konitschek starb mit dreiundfünfzig Jahren. Trotz eines Gehirntumors hatte er sich bis wenige Tage vor dem Tod in seine geliebte Redaktion geschleppt.

Ihm wollen wir das Abschlußkapitel widmen.

Sein großer Kontrahent war Peter Müller, seines Zeichens Chefreporter des „Neuen Österreich". Von ihm und seinen Streichen soll zuerst die Rede sein.

Der Müller-Peter

Müller, blutjung in den Krieg gezogen (worden) und zum Flieger ausgebildet, war ein bulliger Typ und von – zumindest nach außenhin zur Schau getragenem – gesundem Selbstbewußtsein. In Wirklichkeit war er überaus selbstkritisch und zudem ein „Mimoserl".

So hätte er niemandem gegenüber eingestanden, daß er Konerl als Konkurrenz betrachtete. Dabei war er der erste, der die Abend-„Krone" an sich riß und fieberhaft nach Konerls Geschichten oder auch nur Details davon fahndete, die er selbst im Laufe des Tages nicht erfahren hatte.

Wurde er fündig, tat er das als „wahrscheinlich a Linke" (Falschmeldung) ab, war er „Sieger" geblieben, informierte er

Gott und die Welt davon. Das sollte bedeuten: „Seht her, wie gut ich bin. Was würdet ihr ohne mich tun?“

Müller war ein unerhört vifer Rechercheur, wahnsinnig schneller Schreiber und produzierte neben seiner Reportertätigkeit auch am laufenden Band vielgelesene Sachbücher, vor allem über technische Themen.

Wenn er einmal zu wenige Streicheleinheiten bekommen hatte oder ihm gar Unrecht angetan worden war, pflegte er den stereotypen Satz von sich zu geben: „Leckt's mich am Arsch und macht's euch den Dreck allanich. I geh' ham und schreib' mei Büachl.“

Ungeahnten Einfallsreichtum aber entwickelte der Müller-Peter, wenn es darum ging, jemanden – und dieser Jemand war in aller Regel ein Berufskollege – „einfahren“ zu lassen. Kollegen, wie es damals auch hieß, zu „schicken“, war sein liebstes Hobby. Nur eines war tabu: ihn selbst „anrennen“ zu lassen. Da verlor er jeglichen Humor.

Am Telephon, das bei seinen Aktionen die stärkste Waffe war, verstand er es ausgezeichnet, Stimme, Tonfall und Wortschatz der von ihm imitierten Personen zu treffen. Hier einige Kostproben:

1. Der Sammelkanal

Einen Redaktionskollegen, zuständig für Kommunalpolitik, schickte er einmal, vom Nebenzimmer aus telephonierend, als „vertraulicher Informant aus dem Rathaus“, nach Floridsdorf.

„Herr Redakteur“, flüsterte er ins Telephon, „ich kann's nur ganz kurz machen, weil ich vielleicht abgehört werde: Wir haben einen Sammelkanal mit einem falschen Neigungswinkel gebaut und jetzt staut sich dort die Scheiße. Beim Floridsdorfer Spitz kommt's schon bei den Kanaldeckeln heraus.“

Der arglose Kommunalredakteur, einer scheinbaren Skandalstory auf der Spur, rückte per Straßenbahn aus und durchstreifte dann stundenlang schnüffelnd – und natürlich ergebnislos – Spitz und transdanubische Umgebung, ehe ihn ein Anruf in der Redaktion belehrte, daß er einem der berüchtigten Müller-Späße aufgesessen sei.

2. Die Stimme aus der Gruft

Am Tag, nachdem der damalige Wiener Vizebürgermeister Karl Honay gestorben war, rief Müller den stellvertretenden Chefredakteur P. in der Rathauskorrespondenz an. Diese hatte noch keine Todesmeldung gebracht.

„Hier Honay", schalt er P. mit dumpfer, gedehnter Stimme. „Sag'n S' amal, wieso schreibt denn ausgerechnet mei eigene Pressestelle nix über mein' Tod?"

„Entschuldigen Sie, Herr Vizebürgermeister", setzte P., wie üblich, sofort zu einer Ausrede bereit, an, „aber wir haben selber erst heute die Meldung bekommen."

Plötzlich hielt er inne. „Herr Vize ... von wo sprechen Sie denn?"

„Aus der Gruft, Sie Trottel", sagte Müller/Honay und legte auf.

3. Der Blitzzähler

Ein andermal ging über Wien ein heftiges und schier nicht enden wollendes Gewitter nieder. In der Lokalredaktion des

„Volksblattes“ hob Malte O., ein junger Reporter, heute wohletablierter außenpolitischer Redakteur im ORF, ab.

„Hier Doktor Schupfer von der Hohen Warte“, piepste die jedermann bekannte, ungewöhnlich hohe Stimme des diensthabenden Meteorologen aus dem Hörer. „Herr Redakteur, wir haben eine große Bitte. Bei uns ist gerade das automatische Blitzzählgerät ausgefallen und wir können ohne die Hilfe der Redaktionen die Blitzstatistik nicht führen. Sind S’ so lieb und registrieren Sie für uns alle Blitze in Ihrer Gegend, und, wenn’s bitte geht, getrennt nach Kugel- und nach normalen Blitzen.“

„Wird gemacht“, sagte beflissen der Malte O. Mit den sonst auch immer sehr entgegenkommenden Leuten von der Zentralanstalt für Meteorologie und Geodynamik mußte man sich ja gut stellen.

Und so machte er, sehr zum Erstaunen seiner Redaktionskollegen, Stricherl um Stricherl, nicht ohne gelegentlich in seinem breiten Kärntnerisch zu fluchen: „De Tocker (kärntnerisch: Dummköpfe) von der Hochn Warte mochn mi gonz fertig! Woos waaß denn i, ob des jetzt a Kugelblitz woar oder net.“

Als er nach Ende des Gewitters pflichtschuldigst und voller Stolz den Doktor Schupfer anrief, um diesem das Zählergebnis zu vermelden, wußte der natürlich von gar nichts. Da ging Malte O. ein Licht auf: Er gehörte nun auch zu den Müller-Opfern.

4. Notwehr-Krista

So wie der Konerl, den fast der Schlag traf, als sich eines Tages der berüchtigte Unterweltler Josef Krista, auch „Notwehr-Krista“ genannt, bei ihm telephonisch meldete.

„Hier Krista“, kam Müllers Stimme heiser und in breitestem Pülcherjargon aus dem Hörer. „San Se dieser Konitschek? Se hab’n in Ihnara Zeidung g’schrieb’n, i bin a Gangsta. Jetzt kumm i und mach Ihna an Fahrer!“

Und der Konerl traute sich mehrere Tage hindurch die Redaktion nur mit Bedeckung zu verlassen.

◆

Auch der Müller-Peter ging lange vor der Zeit von dieser Welt. In der Angst, zu erblinden, nahm er sich auf so unvorstellbare Art das Leben, daß zunächst die Mordkommission ausrückte, weil man ein grauenhaftes Verbrechen vermutete.

Einer der vielen Kriminalisten, die sich an seinem Sarg versammelten, sagte: „I glaub', der Peter hat uns sogar beim Sterben noch ein Ei legen wollen ..."

Der Konerl

Zu Hans Konitscheks unverwechselbaren „Markenzeichen" gehörte vielerlei, der immer ein wenig aus der hohen Stirn geschobene „Schmalranftler" ebenso wie der leicht schlurfende, hastige Gang.

Ein besonderes Charakteristikum aber war die gleichermaßen abgewetzte wie vollgestopfte Aktentasche, die er stets mit sich schleppte. Sie beinhaltete zweierlei: eine Riesenration „Aschanti" und einen dicken Packen Konzeptpapier.

Die Erdnüsse knabberte der Konerl nicht nur selbst in Unmengen, sondern versuchte sie auch jedem – ob der wollte oder nicht – aufzudrängen. Die „fliegenden Blätter" pflegte er im Zuge seiner Recherchen mit hieroglyphenartigen, für Fremde absolut undeutbaren Lettern zu bekritzeln, die so riesig waren, daß pro Seite bestenfalls zehn Wörter Platz fanden.

Zu Konerls Spezialitäten gehörte die Fähigkeit, mühelos und selbst aus großer Distanz seitenverkehrt zu lesen. Es dauerte Jahre, ehe man im Sicherheitsbüro draufkam, woher er so manche für seine und der Leser Augen keinesfalls bestimmte Information hatte. Er hatte scheinbar unverbindlich mit einem Referenten geplaudert, währenddessen einfach die vor diesem auf dem Schreibtisch gelagerten „Zirkel" (Zirkulare = Fahndungs- und Ermittlungsrundschreiben) gelesen und sich davon seine üblichen kryptographischen Notizen gemacht.

Neben seinen unbestreitbaren „Aufreißer"-Qualitäten hatte der Konerl zwei Schwachstellen. Einerseits stand er mit

Grammatik, Syntax und Orthographie auf Kriegsfuß, andererseits schaffte er es manchmal nicht, Wahres, Halbwahres, Vermutetes und Unwahres auseinanderzuhalten und in einen logischen Zusammenhang zu bringen.

So produzierte er Stilblüten am Fließband. Davon konnten Vorgesetzte und jene „Einrichter", die seine Rohmanuskripte zu redigieren hatten, stundenlange Klagelieder singen.

Ernst „Ernie" Plaue, auch einer der vielen aus dieser Gilde, die den Ruhestand nicht mehr erlebten, damals „Presse"-Chefreporter und selbst ein Original, hat einmal begonnen, eine Sammlung bemerkenswerter Konerl'scher Stilblüten anzulegen:

„Der Amtsarzt stellte fest, daß das Mädchen noch gelebt haben mußte, als es aus der Ohnmacht erwachte."

„Die Einbrecher schraubten unter heftigem Getöse das Türklapperl ab."

Oder gar: „Der Unhold (eines der von Konerl meiststrapazierten Wörter) schleppte sein Opfer hinter ein Gebüsch und dort zeigte er ihr sein wahres Gesicht."

Konerl hatte zwei ganz große Hobbies: klassische Musik und seine Modelleisenbahn. Ein Stück Schiene und eine ausgediente Lokomotive pflegte er stets im Redaktionsschreibtisch aufzubewahren. Sie dienten ihm für eine Art Voodoo-Zauber.

Hatte ihn jemand, wie es gelegentlich vorkam, vergrämt, fabrizierte er flugs aus der Schmolle einer Semmel oder einer Brotscheibe eine kleine Figur, holte das Schienenstück hervor und begann die auf diesem plazierte Brotpuppe mit der Lokomotive zu rädern.

Eines Tages hatte sich – so erzählt die Redaktionsfama – Chefredakteur Hans Dichand den Zorn seines Polizeireporters zugezogen. Als Konerl gerade mit einer seiner rituellen Handlungen beschäftigt war und wiederholt die Beschwörungsformel „Dichand, jetzt bist hin, du Hund!" murmelte, stand der „Geräderte" leibhaftig hinter ihm.

„Was machen S' denn da, Konitschek?" fragte ganz leise der Redaktionsgott.

Konerl fuhr zusammen. Aber er faßte sich rasch: „S-s-s-s-san ja net S-s-s-sie, Chef, i-i-i-is ja der Falk.“ (Anm.: Kurt Falk war damals Miteigentümer und Herausgeber der „Krone“.)

Doch nun einige besondere Highlights aus der unerschöpflichen Konerl-Saga:

1. Nachttöpfe für die Türkei

Österreich war noch ein besetztes Land, und der Konerl betrieb in Wien eine kleine Nachrichtenagentur, die die Zeitungen mit mehr oder minder gut recherchierten bzw. spannenden Stories aus dem Polizeibereich belieferte.

Dem Konerl sagte man damals übrigens nach, er sei nur deshalb Polizeireporter geworden, weil er anläßlich einer Bewerbung als für den aktiven Polizeidienst untauglich befunden worden war. Wie auch immer, der Konerl gierte nach jeglicher Information und war für jeden „Zund“ dankbar. Das Leben war ja hart genug.

Wien war in diesen düsteren Tagen Schmuggler- und Schleichhändlerparadies. So war es auch, zumindest aus

Konerls Sicht, durchaus vorstellbar, daß die vertrauliche Information, die – von wem, blieb immer im Verborgenen – an ihn herangetragen wurde, in ihrer ganzen Ungeheuerlichkeit vollauf stimmte.

„Gigantischer Schmuggel" vermeldete Konerls Agentur und berichtete von 100.000 auf dem Südbahnhof sichergestellten – henkellosen! – Nachttöpfen, die in die Türkei verschoben hätten werden sollen.

Etliche Blätter druckten die Meldung unverifiziert ab, die meisten freilich sahen bald ein, daß sie einer sogenannten Zeitungsente aufgesessen waren. Nur eine einzige Gazette ließ ihre Leser auch noch in den Genuß des vom gutgläubigen Konerl am darauffolgenden Tag veröffentlichten „Nachschlags" kommen:

„Weiterung im Nachttopf-Skandal! In einem Nachbarwaggon wurden jetzt die fehlenden Henkel gefunden. Sie hätten in der Türkei an der Innenseite der Töpfe befestigt werden sollen."

2. Der Selbstmord

Für die nächste „Linke" sorgte der Konerl sozusagen in eigener Sache.

Seine Agentur florierte so schlecht und recht, er war noch jung und auch den schönen Dingen des Lebens nicht abgeneigt. Die junge Dame freilich, mit der er damals „ging", begann ihm ob ihres ein wenig zu besitzergreifenden Wesens allmählich auf die Nerven zu gehen.

Konerl beschloß, das Problem auf seine Art in den Griff zu bekommen: Er inszenierte seinen eigenen, „perfekten" Selbstmord. Mit derlei berufsbedingt häufig konfrontiert, gewissermaßen ein Fachmann also, tüftelte er lange herum, ehe er sich für eine in dieser Zeit sehr gebräuchliche Art der Entleibung entschied: den „Gang ins Wasser".

Ein durchaus geeigneter Ort schien ihm dafür der damals noch allzu deutliche Kriegsspuren zeigende Donaukanal zu sein. Das Ufer unterhalb der Stadionbrücke war von wildem Gestrüpp überwuchert. Auf dieser später vom unvergessenen Rundfunk- und TV-Liebling Heinz Conrads als „schräge

Wies'n am Donaukanäu" besungenen Böschung deponierte Konerl einen Teil seiner Oberbekleidung.

Er war ja stets ein ordentlicher und vor allem sparsamer Mensch gewesen. Und wenn man ins Wasser geht, sollte man die damals sicher teure Kluft nicht unbedingt mitnehmen. Könnte ja vielleicht noch jemand anderer brauchen, nicht wahr?

Was er nicht vergaß, war, Spuren, die auf ihn selbst hinwiesen, zu hinterlassen. Ein Portemonnaie und eine Brieftasche mit seinem Ausweis, auch ein lapidarer Abschiedsbrief durften da nicht fehlen.

Nachdem er all dies mehr oder weniger malerisch unter einem Strauch drapiert hatte, fuhr er zum Westbahnhof und bestieg den Zug nach München. Dortselbst erwartete ihn eine Bekannte, die ihm für die nächste Zeit Unterschlupf und vielleicht auch anderes gewährte.

Die zurückgebliebene „Witwe" aber erstattete in Wien Abgängigkeitsanzeige, brach schließlich, nach Auffinden von Konerls Habseligkeiten, in angemessene Trauer aus und zündete für den „ertrunkenen" Bräutigam so manche Kerze an.

Der so rührend betrauerte Konerl hingegen fand nach einiger Zeit, die er im Exil verbracht hatte, daß er nun wieder nach Wien zurückkehren könne. In der Fremde, auch wenn es nur Bayern gewesen war, hatte es ihm ohnehin nie so recht getaugt.

Es dauerte freilich nicht lange, ehe das Schicksal den Totgeglaubten mit seiner „Ex" wieder zusammenführte.

Konerls Redaktion war damals am Fleischmarkt, und demgemäß häufig frequentierte er die Kärntner Straße. Eines regnerischen Tages – und deshalb mit einem durchaus massiven Schirm bewehrt – glaubte in eben diesem Straßenzug eine junge Frau plötzlich ihren Augen nicht zu trauen. Da kam ihr doch tatsächlich ...

„Hans!" schrie sie auf. Und der wurde jetzt wirklich leichenblaß. Aber nicht lange. Denn da sauste schon der Regenschirm auf sein Haupt nieder und auf Konerls damals noch nicht ganz so hoher Stirn blühte bald eine mächtige Beule.

3. Der Lauschangriff

In die heitere Abteilung der Wiener Polizeichronik ging zweifellos Konerls Lauschangriff im Büro des damaligen Sicherheitsbüro-Vorstandes Dr. Franz Heger ein.

Der legendäre Hofrat, der so manchen heiklen Mordfall mit bloßer Intuition – manche sagen „sechster Sinn" dazu – zu lösen pflegte, hatte die „Mordpartie" zu einer höchst vertraulichen Besprechung zu sich bestellt. Und Konerl, dessen Augen und Ohren überall waren und der noch dazu praktisch alle Kriminalbeamten zwischen Donaustadt und Ottakring persönlich kannte, hatte davon Wind bekommen.

Wie er es dann schaffte, rasch vor der höchst geheimnisvollen Sitzung, an den beiden Vorzimmerdamen vorbei, ins Heger'sche Zimmer zu gelangen, wurde nie restlos geklärt. Jedenfalls war er auf einmal allein im „Allerheiligsten" und Heger & Co. konnten jeden Augenblick eintreten.

Links von der Tür stand ein monströses, altväterisches, vor allem aber kaum benütztes Möbelstück, eine Kombination aus Akten- und Kleiderschrank. In diesen zwängte sich der Konerl, ließ die Milchglastür einen winzigen Spalt breit offen und durfte alsbald atemlos der Geheimkonferenz über einen gerade unerhört brisanten Mordfall lauschen.

Was würde das doch für eine Exklusiv-Story abgeben!

Zweifellos war Konerls Horchposten nicht eben der bequemste. Und die Besprechung dauerte, wenn auch interessant, ekelhaft lang. Dazu kam, daß die Kriminalistenrunde ausnahmslos der damals noch weitverbreiteten Gilde der Kettenraucher angehörte. Die Luft war also schon bald zum Schneiden dick – der Konerl aber überzeugter Nichtraucher.

So nahm das Verhängnis seinen Lauf. Die „eingeschlafenen" Glieder hätte der ungebetene Horcher ja noch in Kauf genommen, aber an dem Qualm drohte er schier zu ersticken. Schließlich bekam er einen Hustenanfall, den er nicht mehr zu unterdrücken vermochte.

Alles weitere kann man sich denken.

Der „hustende" Kasten wurde examiniert und heraus krabbelte, verlegen Entschuldigungen stotternd, unser

Konerl. Hätte man ihn und seine Marotten nicht so gut gekannt, wer weiß, ob es nicht mehr als ein strenges Hausverbot – es war nicht das erste und schon gar nicht das letzte – gesetzt hätte.

Aber der Konerl kam ins „SB“ nach Art eines Bumerangs immer wieder zurück. Schließlich konnte ihm ja auch keiner auf Dauer wirklich böse sein.

4. Leiche im Schnee

Die Floridsdorfer Brücke hieß noch Malinowski-Brücke, die Funkstreife war gerade in Aufstellung und dort, wo heute die Donauinsel ist, im damaligen „Inundationsgebiet“ also, lag meterhoch der Schnee.

Der Rayonsposten, der eines Winterabends die Brücke überquerte, entdeckte in der Schneewüste, auf Höhe des Treppelweges, einen fahlen, wandernden Lichtschein, der offenbar von einer Taschenlampe herrührte. Das war denn doch wohl ziemlich verdächtig!

Von einem der damals für derlei benützten Straßenmelder aus – Handfunkgeräte gab es ja keine – holte der Wachmann Sukkurs herbei, und ein Kollege stapfte alsbald auf das mysteriöse Licht zu.

Auf die Frage des Polizisten, was er denn hier in der Finsternis zu suchen habe, stammelte der Taschenlampenbesitzer: „Na-na-natürlich die na-na-nackerte Frauenleich'. Se-Se-Sexualmord. Wissen Sie no nix, Herr Inspektor?“

Der Konerl – denn um ihn handelte es sich, wie nun die Perlustrierung ergab, natürlich – war wieder einmal ganz aufgeregt. Der Polizist freilich auch.

Was er denn über den angeblichen Mord wisse, wollte der Wachebeamte wissen.

Da flüsterte Konerl nur: „A guater Zu-Zu-Zund, aber i kann's net sagen, wer.“

Und eine gute Geschichte, die er, wenn die Kollegen von der Konkurrenz nicht Wind davon bekamen, seinem Lokalchef „exklusiv“ würde anbieten können. Aber davon sagte er dem Inspektor sicherheitshalber nichts.

Der Polizist befahl Konerl, sich nicht von der Stelle zu rühren, hastete zur Brücke hinauf, und der dort wartende Kollege leitete das Übliche in die Wege.

Zuerst einmal wurde das eigene (Floridsdorfer) Kommissariat alarmiert. Die Kriminalbeamten vom Journal rückten aus, ihr diensthabender „Dokta“ folgte wenig später.

Von Konerls nackter Leiche fehlte jede Spur, aber die Suche wurde intensiviert. Schließlich hatte sich ja mittlerweile auch das SB, das Sicherheitsbüro, eingeschaltet. Und die „Überkieberer“ beflegelten nun die Floridsdorfer Kollegen, weil diese offenbar schon wieder einmal ihre Kompetenzen überschritten und nicht gleich Meldung erstattet hatten.

Nachdem auch die Zuziehung des Scheinwerferzugs der Feuerwehr nichts gebracht hatte, wurde die Aktion abgebrochen.

Konerl wurde noch einmal eindringlich zur Preisgabe seines verhängnisvollen „Zunds“ – es konnte ja eigentlich nur ein Polizist oder der Müller-Peter gewesen sein – verhalten. Als er dies verweigerte, bekam er, so erzählen betagte Polizeipensionisten noch heute, von einem der Beamten eine „Mordstrummwatsch'n“.

Die steckte der Konerl willig ein, weil solches eben Berufsrisiko ist. Dafür wurde die gegen ihn voreilig erstattete Anzeige wegen Irreführung der Behörde ad acta gelegt.

5. Die Monstranz

Zwei Peter – einer hieß Müller, der andere war der Chronist dieses Buches – waren damals als Redakteure beim „Neuen Österreich“ angestellt, der Konerl schon bei der „Krone“. Unbeschadet dessen „pfuschten“ alle drei gelegentlich an dienstfreien Sonntagen einträchtig bei der „Welt am Montag“, einer wie das „Neue Österreich“ und das ebenfalls erwähnte „Volksblatt“ längst dahingegangenen Zeitung.

Jeder recherchierte seine eigenen Storys, fiel dabei doch auch Interessantes ab, das man am nächsten Tag, wieder in die Stammredaktion zurückgekehrt, für neue Berichte weiterverwenden konnte.

Vom Konerl war bekannt, daß er nach Redaktionsschluß die im Papierkorb gelandeten Notizen und Manuskriptfragmente der Kollegen mit schöner Regelmäßigkeit nach brauchbaren Informationen zu durchforsten pflegte.

So kam es, wie es kommen mußte. Der Müller-Peter beschloß, dem Konerl „ein Ei zu legen“. Dem Chronisten fiel dabei die Aufgabe zu, die Polizeipressestelle – dort hatte gerade „Poldl“ Wallner, der unvergessene spätere Stadthauptmann von Penzing, Dienst – zum Mitmachen zu animieren.

Und dann ging es los.

Müller hackte mit seinen Pranken, wie gewohnt, auf seiner „Zimmerflak“ herum und sprach dabei laut, aber nicht sehr deutlich vor sich hin. Zu hören waren nur Bruchstücke: „Wertvolle Monstranz ... gestohlen ... Priester ... Verdacht ... Altwarenhändler ... Stift St. Florian ... Fahndung läuft ...“

Dazwischen führte der scheinbar hektische Schreiber simulierte „Verifizierungstelephonate“ – mit sich selbst.

Man konnte Konerls Ohren förmlich immer länger werden sehen.

Nach einer Weile, es war eigentlich schon fast Zeit zum Heimgehen, riß Müller das Manuskript aus der Schreibmaschine, zerknüllte es und warf es in den Papierkorb.

„A blöde G'schicht'“, sagte er dazu vor sich hin. „Vielleicht gut, aber an einem Sonntag einfach net zu recherchieren.“

Dann räumte er seinen Schreibtisch auf und meinte beiläufig: „Kommt's, gehen wir nach Haus'! 's ist schon spät genug.“

„I b-b-bleib no a bissl da“, replizierte, durchaus nicht unerwartet, der Konerl, und sein eine gewisse Erregung signalisierendes Stottern bewies, daß der Fisch bereits an der Leine zappelte.

Der Weg des vom Dienst abgetretenen Rests des Dreierteams führte blitzartig in die Polizeidirektion, die damals noch im schönen Deutschmeisterpalais am Parkring etabliert war. Dort hing der Doktor Wallner gerade an der Strippe.

„... Schau'n S', Konitschek, tun S' mi net quäl'n. I weiß nix, i weiß wirklich nix. Und wenn i was wissen tät, dürfert i's auch net sagen.“

Am Nachbartelephon konnte mitgehört werden.

Konerl: „I-i-i wa-wa-waaß eh, ihr steckt's alle mit den Pfa-ffa-faffen unter einer Decken! A-a-alles wird vertuscht.“

Wallner: „Konerl, net bös sein, aber rufen S' mi morgen wieder an.“

Anderntags riefen freilich auch viele andere an, nicht nur beim Presse- und Informationsdienst der Polizei, sondern auch beim Chef des Sicherheitsbüros, dem Hofrat Heger, ja sogar beim Polizeipräsidenten Holaubek, beim Landesgendarmeriekommando Oberösterreich, im Stift St. Florian und im Erzbischöflichen Ordinariat.

In der Morgenausgabe der „Krone“ prangte nämlich Konerls vermeintlicher „Super-Exklusivaufriß“: „Wertvolle Monstranz verschwunden – Priester unter Verdacht!“

Am vorangegangenen Freitag, so konnte man da Peter Müllers kryptische Fragmente wiedergegeben finden, sei kurz vor Geschäftsschluß bei einem prominenten Juwelier und Antiquitätenhändler am Graben ein Priester erschienen. Der Gottesmann habe eine augenscheinlich wertvolle Monstranz zum Kauf angeboten.

Dabei handle es sich mutmaßlich um ein aus dem Stift St. Florian verschwundenes Werk des berühmten Allgäuer Goldschmiedemeisters Jakob Perchtensinger aus dem 15. Jahrhundert. Der Juwelier habe unter dem Vorwand, die Monstranz auf ihre Echtheit prüfen zu müssen, das Kleinod bei sich behalten und die Polizei verständigt. Nach dem Priester werde fieberhaft gefahndet.

Und das waren die Facts: In St. Florian fehlte selbstverständlich keine Monstranz. Ein Allgäuer Meister Jakob namens Perchtensinger (allein der Name hätte den Konerl schon stutzig machen müssen!) war nicht einmal in den umfangreichsten Enzyklopädien der Kunstakademie aufzufinden. Und selbstverständlich gab es an der am Graben angegebenen Adresse auch nicht das erwähnte Antiquitätengeschäft.

Der Konerl aber hatte wieder und noch lange nicht zum letzten Mal eine „absolut hieb- und stichfeste Exklusivreportage" geliefert, für die ihm hernach keiner Dank wußte. Dafür hat er mittlerweile im Polizisten- und Reporterhimmel gewiß schon recht viele seiner früheren Informanten getroffen – wohlmeinende und sicher auch solche im Grunde liebenswerte G'fraßter wie den Müller-Peter.

Und vielleicht lesen die beiden dort droben gerade dieses Buch. Dann sagt der Konerl, wie er es früher so oft getan, ganz sicher zum Peter: „Müller, d-d-d-du Hund, du!"

IX.
Amtskappl mit Herz

(Nachwort)

Unser beider Wege kreuzten sich schon früh, genauer gesagt, in der 5. Klasse des Landstraßer Gymnasiums in der Kundmanngasse. Dort drückten wir dann bis zur Matura gemeinsam die humanistische Schulbank.

Dann trennte uns der Mäanderlauf des Lebens für einige Jahre, ehe wir – Zufälle gibt's! – Ende der sechziger/anfangs der siebziger Jahre in ein und demselben Ministerium Dienst versahen. Der Jurist werkte im Innenministerium bei der Administrativpolizei, der Journalist als Leiter der Pressestelle und Chefredakteur der Exekutiv-Postille „Öffentliche Sicherheit".

Aber davon wußte keiner von uns beiden etwas, denn wer liest denn schon den „Österreichischen Amtskalender"?

Doch das ehrwürdige Palais Dietrichstein in der Herrengasse war nur eine Zwischenstation. Der eine übersiedelte bald wieder (gern) zur Bundespolizeidirektion Wien, und auch der andere kehrte zu seinen Wurzeln, zur Tageszeitung, zurück.

Wir standen also von Beginn unserer Berufslaufbahn an in engstem Verhältnis zur Polizei – freilich jeder an einem anderen „Ufer des Flusses". Dennoch zogen wir – und ziehen noch immer – gemeinsam an einem Strang. Und der heißt: Dienst am Bürger.

Nach langen Jahren, es muß so 1994 gewesen sein, saßen wir wieder einmal bei einem gepflegten Krügerl Bier beisammen, plauderten über alte Zeiten und tauschten Schnurren und

Erfahrungen aus. Aus dem gemütlichen Treff zweier Schulkameraden wurde eine sowohl private als auch beruflich enge Beziehung.

Was lag also näher, als 35 in und mit der Polizei verbrachte Jahre in einem Buch aufleben zu lassen?

Polizisten und Polizeireporter haben eines gemeinsam: nichts Menschliches ist ihnen fremd. Sie kennen die Licht- wie die Schattenseiten des Lebens. Und dieses Leben ist so voller komischer, kurioser und skurriler Situationen, daß wir uns spontan entschlossen, eine Auswahl davon zu Papier zu bringen.

Im Gegensatz zu den warnenden Erklärungen in den meisten einschlägigen Büchern und Filmen muß an dieser Stelle freilich ausdrücklich betont werden, daß die Handlungen und deren Darsteller keinesfalls frei erfunden sind und demnach sehr wohl „Ähnlichkeit mit lebenden oder verstorbenen Personen" besteht. Alles ist wahr! Aus Gründen des Schutzes der Privatsphäre wurden lediglich da und dort Namen abgekürzt oder verändert.

Dennoch will dieses Buch sich nicht nur als eine Sammlung von mehr oder minder lustigen Histörchen verstanden wissen, sondern es soll ein einmal „etwas anderer" Brückenschlag zwischen Polizei und Bürger sein. Ganz nach der Devise:

Auch unterm Amtskappl schlägt ein Wienerherz!

W. Z. / P. Z.

X.
Anhang:

Die
Galerie,
die
Heh
und ihr
Spruch

Ein aktuelles Wörterbuch
mit den geläufigsten Ausdrücken
und Phrasen
der Wiener Gaunersprache
und des Polizeijargons
von

Peter Zehrer

Literatur:

Archiv der Bundespolizeidirektion Wien (Sicherheitsbüro)
„Der Spruch der Wiener Galerie und ihrer Trabanten“ (aus einem Akt zu einer Eingabe des Strafgefangenen Nr. 13.775 in der Männerstrafanstalt Stein, 1971)
Peter Wehle, „Die Wiener Gaunersprache“ (Verlag für Jugend & Volk, Wien, 1980)
Jiddisches Wörterbuch (Duden-Verlag, Mannheim, 1992)
Günter Puchner, „Kundenschall“ (Rotwelsch-Übersetzungen, dtv-Verlag, München 1974)
Albert Petrikovits, „Die Wiener Gauner-, Zuhälter- und Dirnensprache“ (Selbstverlag der Öffentlichen Sicherheit, Wien, 1922)
Hans Hauenstein, „Wiener Dialekt“ (Jupiter-Verlag, Wien, 1978)
Wolfgang Teuschl, „Wiener Dialektlexikon“ (Verlag Karl Schwarzer, Wien, 1990)
Roland Girtler, „Mit den Haberern im Beisl“ (Wiener Zeitung)
Julius Jakob, „Wörterbuch des Wiener Dialektes“ (Verlag Gerlach & Wiedling, Wien, 1929)
Max Mayr, „Das Wienerische“ (Amalthea, Wien, 1980)
Peter Wehle, „Sprechen Sie Wienerisch?“ (Ueberreuter, Wien, 1980)

Abkürzungen:

ahd. = althochdeutsch; arab. = arabisch; bayr. = bayrisch; engl.= englisch; frz. = französisch; got. = gotisch; ital. = italienisch; jd.: üblicherweise jiddisch, manchmal aber auch hebräisch; mhd. = mittelhochdeutsch; port. = portugiesisch; rotw. = rotwelsch; span. = spanisch; srbkr. = serbokroatisch; tschech. = tschechisch; ung. = ungarisch; ugspr. = umgangssprachlich; zig. = zigeunerisch; mglw. = möglicherweise; s. d. = siehe dort; ursprgl. = ursprünglich

Ergänzungen, Verbesserungen und Anregungen erwünscht!

åbehaun *[hinunterschlagen]*	übervorteilen
åbelåssn *[hinunterlassen]*	abseilen; sich von etwas (geistig) entfernen
åbezahn *[hinunterziehen]*	langsam arbeiten, sich von der Arbeit drücken
åbrockn *[abpflücken]*	verhaften
Achlputz	Gefängniskost
achln	essen (v. jd. *achlen)*
Åchter	Handschellen
ådabern	leugnen, bestreiten (von jd. *dabar* = sprechen)
åjankern	absperren; jem. isolieren (von *Janker,* s. d.)
åkneissn	a) begreifen b) jem. hinter die Schliche kommen
åmurksn	töten, ermorden
åpassn *[abpassen]*	jem. auflauern
åspanna *[abspannen]*	etwas bemerken, durchschauen
Åsteßhåckn *[Abstoßarbeit]*	Verpfänden (Verkaufen) von auf Raten – oder auch unredlich – erworbenen Gegenständen
åstiern *[abstieren]*	bestehlen, berauben
åstraumpfn *[abstrampeln]*	leugnen
åtätn *[abtöten]*	a) töten, zum Schweigen bringen b) jem. an einer Tat hindern c) jem. od. etwas anzeigen d) etwas verhindern
an Tschick åtätn	einen Zigarettenstummel ausdämpfen
am Mårkt haun *[auf den Markt werfen]*	a) etwas verkaufen wollen b) der Polizei ausliefern
Amtskappl	a) Dienstmütze b) staatliche Obrigkeit
A(a)nsa(-Landl) *[Einser]*	(Wiener) Landesgericht I
au'drahn *[andrehen]*	stänkern
Au'drahrer *[Andreher]*	Stänkerer, Störenfried
au'fliagn *[anfliegen]*	jem. anreden, anstänkern
Au'flug *[Anflug]*	das Ansprechen, Anstänkern
au'fåjn *[anfallen]*	amtsbekannt werden

au'fäu'n *[anfaulen]*	jem. verbal belästigen
au'gfressn *[angefressen]*	a) böse, beleidigt, verärgert b) satt
au'ghiaslt	a) bemalt b) betrunken
au'glahnt låssn *[angelehnt lassen]*	jem. ignorieren, mißachten, übergehen, kaltstellen
au'gschitt *[angeschüttet]*	a) dumm b) stark betrunken („au'gschitt wiar a Hydrant")
au'gstraat *[angestreut]*	betrunken
au'hau'n *[anschlagen]*	jem. (meist an lebhaft frequentierten Orten] um eine Geld-„Spende" ansprechen
au'lassig *[anlassig]*	zudringlich
(ane) au'raukn *[(eine) anrauchen]*	a) (sich) eine Zigarette anzünden b) jem. einen Schlag ins Gesicht versetzen
låß mi au'raukn *[laß mich anrauchen]*	Gib mir Feuer!
au'renna låssn *[anrennen lassen]*	jem. in die Irre führen
au'rinna låssn *[anrinnen lassen]*	sich betrinken
(ane) au'schiam *[(eine) anschieben]*	jem. einen Faustschlag (ins Gesicht) versetzen, jem. eine Ohrfeige geben
au'schlågn *[anschlagen]*	jem. beim Geldwechseln betrügen
au'zahn *[anziehen]*	a) sich (bei der Arbeit) ins Zeug legen b) saugen (oraler Geschlechtsverkehr)
bei mir kånnst au'zahn *[bei mir kannst du anziehen]*	von mir kannst du nichts anderes bekommen, erwarten
auf leiwaund, auf tutti	unter Kontrolle, in Ordnung
aufmåchn *[aufmachen]*	jem. mit Messer attackieren, verletzen (Drohung: *„I måch' di auf!")*
aufreißn *[aufreißen]*	a) ein Mädchen erobern b) etwas (unter der Hand) beschaffen, in Erfahrung bringen
aufstölln *[aufstellen]*	besorgen; „stell an Doppler auf" = besorge einen Doppelliter Wein
aufstessn *[aufstoßen]*	rülpsen
Aufstoß	a) Meldung, Anzeige, Reklamation b) Wirbel, Unruhe
an Aufstoß måchn *[einen Aufstoß machen]*	(im Gefängnis) grobe Ordnungswidrigkeiten begehen, anzetteln

ausbanln *[ausbeinen]*	ausschlachten (z. B. Autos)
ausbråtn, ausbriatn *[ausbraten, ausbrüten]*	(haft)erfahren, gevift, schlau; eine (Straf-)Tat planen
ausg'schamt	unzüchtig, ordinär
auskäuln *[auskeilen]*	befragen, verhören
auskobern	Gelegenheit zu einer Straftat erkunden, ein Verbrechen planen
Auslåg *[Auslage]*	Gesicht
die Auslåg ei'haun *[die Auslage einschlagen]*	jem. ins Gesicht schlagen
ausschmiern *[ausschmieren]*	wie *auskobern*
ausspauna *[ausspannen]*	(jem. die Frau, Freundin) abspenstig machen
Autostrich	Straßenprostitution in eher menschenleeren Gegenden (z. B. Wiener Prater, große Parkplätze), wo die Kunden die Prostituierten aus dem langsam fahrenden Auto heraus gustieren können
Aviso	Meldung, Fahndung, Steckbrief
's Aviso rennt	die Fahndung läuft
Baa *[Bein]*	a) „beinharte" (burschikose, freche) Prostituierte b) Frau, die sich wie eine Prostituierte benimmt
båb(b)eln	betteln
Båb(b)ler	a) Bettler b) antiquiertes Flugzeug
Båchaunl, der, das *auch: Båchener* *[Gebackener]*	Homo- oder Bisexueller
Ba(c)kschis	Trinkgeld (v. arab. *bakschisch*)
Ba(c)kschiserl	a) leichtes Gepäck, Habseligkeiten eines Häftlings b) Beute
Balanzer	Lebenskünstler [am Rande des Gesetzes] (von frz. *balance* = Gleichgewicht)
(aus)baldowern	Gelegenheit zu einer Straftat erkunden
Baldower	a) Kundschafter b) Besitzer einer Wertsache c) dünkelhafter Protz
Bamml *[Bammel]*	Angst
Bammlmau *[Bammelmann]*	Tod (von *Bammel*, mglw. aber auch von *baumeln*)

an Bammlmau màchn [einen Bammelmann / Baumelmann machen]	Selbstmord verüben
bango	krumm, gebückt, bucklig (zig.)
Bankerer	Bankhalter (beim Hasardspiel)
Bär	Tresor
Barsel, Bartel	Stemmeisen (jd. *barsel* = Eisen); vgl. „wo der Bartel den Most (= Moos = Geld) holt“
bät	(im Hasardspiel dumm) verloren haben (von frz. *bête* = dumm, Dummheit)
Bauernschnåpser	beliebtes Kartenspiel („66“) zu viert
bäule, päule	verschwunden, weg
bäule geh', bäulesiern, päule geh', päulesiern	verschwinden, weggehen; *geh bäule!* = verschwinde, hau' ab!
bedienen	jem. betrügen, bestehlen, übervorteilen
Beisl	einfaches Gasthaus (von hebr. *bajz* = Haus)
Beißer	a) Brecheisen b) Flegel, ordinärer Mensch (meist mit krimineller Tendenz)
Beißerl	Zahnprothese
Beißerln	Zähne
Bersch	a) Bub, junger Man b) Raufbold
berschn	raufen
Bestitschek, der, die (auch: Pestischek)	wenig aufwertende Bezeichnung für einen Mann oder eine Frau (verm. von *Pest, pestig*)
Biachl [Buch]	Gesundheitskontrollkarte der Prostituierten
Biene	a) Mädchen b) Messer
Bims	Brot (v. rotw. *pimmer* od. lat. *panis*)
Binkl [Bündel]	vom Gericht ausgesprochene Einweisung ins Gefängnis (früher Arbeitshaus)
klaner Binkl (auch Zigeuner- od. Vagabundenbinkl)	höchstens 3jährige Strafe
großer Binkl (auch Verbrecherbinkl)	mindestens 5jährige Strafe
Binklhåckn [Bündelarbeit]	Einbruchsdiebstahl, nach dem die Beute in Form eines *Binkls* = Bündels abtransportiert wird
Birschtn [Bürste]	einfaches Gerät zum Nachsperren von Vorhängeschlössern
Bißgurn	zänkisches Weib
blad	dick
Blader	Dicker
Blåsbua [Blasbube]	a) Lustknabe b) Häftling, der sich mit den Justizwache-beamten (Aufsehern) besonders gut stellt

blattlwaach *[blattweich]*	volltrunken
blaudan *[plaudern]*	gestehen
Blauer	1000-Schilling-Schein
blechn *[blechen]*	bezahlen
Blendling	Spiegel
Bliatn *[Blüte]*	gefälschte Banknote
in d' Bliah geh'n *[in die Blühe gehen]*	flüchten, verschwinden
Bliatnmalochner *[Blüten(be)arbeiter]*	Geldfälscher (v. jd. *malochen,* s. d.)
Bogl, Bogmåcher	Komplize eines Kasinobetrügers, der mit dem *Knedl* (s. d.) arbeitet (wahrscheinl. verwandt mit *Bugl,* s. d.,)
Boß	Chef einer Gruppe von Unterweltlern
brandig	sehr durstig (nach übermäßigem Alkoholgenuß)
Brandineser *(auch Brandolinger)*	Branntweiner
Brasslettln	a) Armband b) Handschellen (von frz. *bracelettes*)
Brauneder	After (als Aufbewahrungsort für kleine Gegenstände)
Bredulln, Pretulln	unangenehme Lage (v. franz. *bredouille* = unerledigte Sache)
brenna *[brennen]*	a) (be)zahlen b) destillieren
Brez'n *[Brezel]*	a) Bier-Gebäck b) Handschellen c) Sturz
a Brez'n reiß'n	stürzen
Briaf *[Brief]*	die Spielkarte beim Hasardspiel
Briaftaubn *[Brieftaube]*	Geldbriefträger
Bröckerl	a) kleiner Brocken, Bissen b) schwergewichtiger Mensch
brunzn	die kleine Notdurft verrichten, urinieren
Brülla *[eigtl. der Brüller]*	Brillant(ring)
der Bua	Lustknabe eines (älteren) Unterweltlers
budern, pudern	beischlafen (mglw. von *buttern*)
Budl	Tresen, Theke, Schank
Bugl	a) Rücken b) Höcker c) Beschützer, Leibwächter
Buki	Buchmacher (von engl. *bookie*)

Bummerl	verlorenes Spiel beim (Bauern-) Schnapsen („66“)
bumm(fest)zua	sehr stark betrunken
bumsen	Geschlechtsverkehr haben
Bumser	Sprengstoffattentäter
Burnheidl [Burenhäutchen]	Burenwurst
Burnheidler	Würstelmann
Burenheidlstrizzi	unbedeutender (nach billiger Wurst, Senf und Bier riechender) Zuhälter
Bursch	(in seinen Kreisen) verläßlicher Gauner
Buserant	zudringlicher Homosexueller
Buserer	(Zusammen-)Stoß (bestimmtes Bandenspiel beim Billard, frz. *pousse arrière*)
buseriern	jem. zu etw. drängen, von jem. etwas haben wollen
dabern	reden, *Schmäh führen* (von jd. *dabar* = sprechen)
Daniel	Spielkartenpräparierung mittels Durchbiegens
dalfenen	betteln (v. jd. *dalfon* = arm)
Daumpf [Dampf]	Rausch
an Daumpfa setzen [einen Dampfer setzen]	jem. eine Schuld zuschieben
die Deck'n geb'n (kriagn) [die Decke geben (bekommen)]	jemanden unter einer übergeworfenen Decke verprügeln (verprügelt werden); beliebte „Strafe wegen Unkameradschaftlichkeit“ beim Militär und im Gefängnis
Deckntrick [Deckentrick]	Häftlinge nähern sich, scheinbar ihre Decken lüftend, der Gefängnismauer und versuchen, mittels der unter der Decke verborgenen Behelfe zu entkommen
Deckl [Deckel]	a) Gesundheitsbuch der Prostituierten b) Führerschein
deissn	töten (jd.)
Derling	Würfel (v. jd. *dor* = kreisen)
dibe(l)n, tippln	Kartenspielen
(aus)dibbern	besprechen (v. jd. *dawar* = Wort)
Dibler, Tippler	(Profi-)Kartenspieler
Dila	letztes Glied der Rauschgiftverteilerkette (von engl. *dealer*)
Dil(l)o	Schwachkopf, von Verbrechern nicht ernstgenommener Gauner
ditschkerln, titschkerln	beischlafen (v. tschech. *dicka* = Degenspitze, auch Penis)
da Dokta [der Doktor]	unter Polizisten wie Gaunern allgemein übliche Bezeichnung für den Polizeijuristen / Konzeptsbeamten (auch wenn dieser „nur“ mag. iur. sein sollte)

Dosn *[Dose]*	im Gefängnis aus einer Blechdose gebastelter Destillierapparat
Dosnöffna *[Dosenöffner]*	meist aus Blättern von Eisenbahnwaggon-Federn gefertigtes Gerät, mit dem ein Tresor vom Schloß oder von gebohrten Löchern her aufgerissen wird (s. *an Bärn reißn*)
Drahdiwaberl *[„Dreh-dich-Barbara"]*	a) Einbruchswerkzeug (Trennscheibe, Rundfräse-Schweißgerät) b) Verwirrung, Unruhe, Unfug
mach' ka Drahdiwaberl!	stifte keine Verwirrung!
drahn *[drehen]*	auf Zechtour sein (gehen)
Drahrer *[Dreher]*	einer, der gern auf Zechtour geht
Druckerl	a) Suchtgiftinjektion b) von Falschspielern an einer Karte angebrachte Delle
durchdrahn *[durchdrehen]*	wüten, toben (Haftkoller); höchste Steigerung: *am Stand durchdrahn*
Duttln	(große) weibl. Brüste
Ed, Mz. Edes	(falscher) Zeuge (jd.)
ei'dibln	einbrechen
Ei'dibla	Einbrecher
ei'drahn *[eindrehen]*	jem. festnehmen, in den Arrest befördern
ei'fåhrn *[einfahren]*	den Kürzeren ziehen, der Dumme sein
ei'gjankert	a) gut aufgehoben, versteckt b) eingesperrt (von *Janker*, s. d.)
ei'nahn *[einnähen]*	verhaften, verurteilen
ei'gspritzt *[eingespritzt]*	betrunken
ei'gstraat *[eingestreut]*	mit etwas versehen
ei'gstraate Villa	Haus mit Alarmanlage
ei'jankern	a) verstecken b) einsperren (von *Janker*, s. d.)
einedrahn *[hineindrehen]*	a) angeben b) jem. nachteilig mit einer (Straf-)Sache in Bezug bringen c) jem. protegieren
Einedrahrer	Angeber
ei'schnåppn *[einschnappen]*	beleidigt, böse sein (eigtl. von *einschnappen* = den Hahn einer Waffe spannen)
ei'schneidn *[einschneiden]*	a) beim Hasardspiel (Stoß) das Kartenpaket durch „*Schneiden*" mischen b) gepflegt bzw. ausgiebig essen
Eis'n *[Eisen)*	a) PS-starkes Motorrad b) (selten) Schußwaffe

ei'täuln	a) jem. einen Auftrag erteilen
[einteilen]	b) jem. abhängig, gefügig machen
ei'trankln	a) jem. zum Suff verleiten
	b) sich betrinken
ei'tunkn	jem. (durch eine Aussage) belasten
[eintauchen]	
Englmåcher(in)	Abtreiber(in)
[Engelmacher(in)]	
emmes	gut, wahr, o. k. (jd. Wahrheit)
die Emmes dibbern	die Wahrheit sagen, gestehen
Ez, Mz. Ezzes	Ratschlag (jd.)
Ezzesgeber	Berater
fåckln	a) herumreden, zögern
[fackeln]	b) schnell schreiben
d' Fåhnen packn	die Schuld auf sich nehmen
[die Fahne ergreifen]	
Fåhra	a) Fahrer
[Fahrer]	b) Schnitt, Messernarbe
an Fåhra måchn	jem. (mit einem Rasiermesser oder -klinge) das Gesicht verunstalten (Zuhälter-„Strafe" für Prostituierte)
an fåhrn låssn	furzen
[einen fahren lassen]	
Fålln	Bett
[Falle]	
Fassad	a) das Äußere eines Menschen
[Fassade]	b) Gesicht
Federn	Haare
Federn håb'n	Angst haben
Federant	Angsthase
Fei'l	(billiges) Klappmesser, aber auch Fixiermesser
[Feitel]	
Fensterschwitz	schaler Bierrest
fett	betrunken
Fett'n	Alkoholisierung
Fetzer	einer, der gern den „wilden Mann" spielt
Fetzn	a) 1000-Schilling-Schein
[Fetzen]	b) Rausch
Fetznschädl	Dummkopf, unnötiger Mensch
[Fetzenkopf]	
Filet	bestimmter Falschspielergriff
fingaprintn	die Fingerabdrücke abgeben (v. engl. *fingerprints*)
Fisch	Messer
Fisimatentn	Ungemach, dummer Streich, Problem
[Fisematenten]	(angebl. von frz. *Visitez ma tente* = Besuchen Sie mein Zelt [zwecks Bestrafung])
Fisimatentn måchn	jem. Schwierigkeiten bereiten
fladern	stehlen

Flamoh	Hunger
Flåschn [Flasche]	a) Nichtsnutz b) Molotow-Cocktail
Flaummanwerfa [Flammenwerfer]	Feuerzeug
Fleck	a) Geldbrieftasche b) 1000-Schilling-Schein
Flebbn, Fleppn, Fletn	(gefälschter) Ausweis (von jd. *flebe* = Papier, Brief)
Flebbnfåckla, Flebbnfetza	Paßfälscher
Flex	Trennscheibe, als Einbruchswerkzeug bevorzugt (nach der ursprgl. frz. Herstellerfirma „Uniflex")
Flieder	a) Gartenstrauch b) Geld (zig.) c) Unsinn, wertloses Zeug
Flins	(Klein-)Geld
Flinserl	Ohrschmuck von Männern
Flitscherl, Flitschn	leichtes Mädchen (v. ahd. *flitarezzen* = schmeicheln, liebkosen)
Flossertgreifer	Strompolizei (v. rotw. *flossert* = Wasser)
Flossn [Flosse(n)]	a) Hand, Hände b) Fuß, Füße
Frack	20 Jahre Haft, Höchststrafe; früher bedeutete „Staatsfrack" lebenslang (s. a. *Janker*)
Frackler	Häftling mit sehr langer Strafe
frånk	unbescholten; (seit längerer Zeit) nicht mehr straffällig
Frankist, Frånkfurta	Unbescholtener, nicht der Galerie Angehörender
Freier	a) Opfer der Falschspieler b) Kunde einer Prostituierten
Freigänger	Häftling, der tagsüber Ausgang hat
frisiert	ge- bzw. verfälscht
(an) Füm renna låssn, ei'gspaunt håb'n [(einen) Film laufen lassen, eingespannt haben]	in mißlicher Lage (z. B. im Gefängnis) an frühere, schönere Zeiten denken
Fümfa [Fünfer]	5 Jahre Strafhaft; unter den Häftlingen jene „Qualifikation", nach deren Verbüßung man als *Oida* („Alter") gilt
Funkn [Funke]	Feuer (vom Feuerzeug)
gib ma an Funkn!	Gib' mir Feuer!
Funkenkutscher	Straßenbahnfahrer
Funknschuaster [Funkenschuster]	Elektriker

Fut	a) weibl. Genital b) weibl. Person (abfällig) c) Mund
fux(e)n *[fuchs- = kupferfarben]*	golden
Fuxara	Goldschmied, Juwelier
Fuxmurrer	goldene Beute, Schmuck
Fuxnmalochner	Goldschmied, Juwelier
Hau eahm ane *in die Fut!*	Schlag ihn in/auf den Mund!
Füz *[Filz(ung)]*	Haftraum- oder Leibesvisitation; (selten) Hausdurchsuchung
füzn *[filzen]*	nach Beweismaterial (Beute) suchen
Gådern	a) Zaun b) (altes, defektes) Fahrrad c) (Spiegel-)Ring
Galerie	die organisierte Elite der Wiener Unterwelt (von „Bildergalerie“ = Verbrecheralbum)
Galerist	(Wiener) Berufsverbrecher
Gan	Gewehr (von engl. *gun*)
Gång	eine Gruppe mehr oder weniger zusammen gegangener Krimineller (von engl. *gang*)
Gangsta *[Gangster]*	Verbrecher (von engl. *gang, gangster*)
Ganmän	bewaffneter Berufsverbrecher, Killer (von engl. *gunman)*
Ganof, Ganeff *[Ganove]*	erfahrener, „erfolgreicher“ Gauner (von jd. *gamabh* = Dieb)
Gaunza *[Ganzer]*	„ganzer Mann“; Verbrecher, der schon ein „Meisterstück“ geliefert hat
Gartl *[Gärtlein]*	ehemaliger Gefängnisfriedhof (meist mit vorangestelltem Namen des jeweiligen Anstaltsarztes)
Gaßhaxn, *auch Goaßfuaß* *[Ziegenhuf]*	a) zahnärztliches Instrument b) ca. ½ m langes Hebelwerkzeug, gern von Einbrechern verwendet
Gedorezange	Rohrzange, von Wohnungseinbrechern häufig zum „Abdrehen“ von Schloßzylindern verwendet (nach der Herstellerfirma „Gedore“)
Geign *[Violine]*	a) kleines Schnellfeuergewehr (nach einer à la Chicago in einem Geigenkasten versteckten Maschinenpistole) b) Zigarettenspitz
Germ	Hefe
mit da Germ båckn	jem. zu ordentlichem Lebenswandel und korrektem staatsbürgerlichem Verhalten bewegen wollen (löst unter „gestandenen“ Verbrechern immer größte Entrüstung aus)

Gerschtl *[Gerstenkörner]*	Geld
Gfraßt, Gfrast	unguter, meist krimineller Mensch
Gfries	a) wie Gfraßt b) Gesicht
G'hazta *[Geheizter]*	Homosexueller
Giftler	Rauschgiftsüchtiger
Gigerer	Pferdefleischhauer
Gimelblättchen *(fälschlich oft „Kümmelblättchen")*	verbotenes Bauernfängerspiel mit drei Karten (von jd. *gimel* = 3), auch als „Die Rote gewinnt" bekannt
Gleisböhm'	Straßenbahnfahrer
Glied	a) Penis b) Nichtsnutz, (für Verbrechen) unbrauchbarer Mensch
Glissieren	bestimmter Falschspielergriff
Glockntrottl *[Glockenidiot]*	Straßenbahnfahrer (Schimpfwort)
(å)gneißn	verstehen, erkennen, wissen
Goldblattler	höherer Justizwacheoffizier (ab Major)
Goda(r)	a) Hals b) Taschenuhr [vom Göd als Firmungsgeschenk bekommen] (jd. Ring, Schmuckstück)
goschert	vorlaut, angeberisch
Goschn	Mund, Gesicht
G'pölzta *[Gepölzter]*	Homosexueller
Gramml	a) ausgelassener Speckwürfel, Griebe (z. B. für Grammelknödeln) b) unansehnliche Frau
Grånåt	Falschspieler, der durch seine Kunstfertigkeit und sein sicheres, gewandtes Auftreten selbst „gestandene" Galeristen übertrifft
grapschn	a) (be)stehlen b) eine Frau unsittlich berühren
Grapscherei	Diebstahl
Grätzl	engere Umgebung, Bezirksteil
grea *[grün]*	a) unreif, unzuverlässig b) nicht sicher, nicht im Sinne der *Galerie*
Greana *[Grüner]*	a) Polizist b) unreifer, unzuverlässiger oder verdächtiger Mensch c) eitriger Auswurf
Greane, die *[Grüne, die]*	Unkorrektheit; ein Verhalten, das nicht dem Ehrenkodex der Galerie entspricht
Greatåla *[Grüntaler]*	unsichere, riskante Sache

G'schbau *[Gespann, Gespons]*	Komplice, auch Helfershelfer
Gschberde, die *[Gesperrte, die]*	a) Sicherheitszelle b) Stock, Flügel, Abteilung mit ausbruchsicheren Zellen
Gscherda *[Geschorener]*	Provinzler, Bauer (beliebte *Weh* beim Stoß)
Gschmierda *[Geschmierter]*	früher für Wachmann (von *schmieren,* s. d.)
Gschlitzta *[Geschlitzter]*	a) Asiate b) Taschenaufschlitzer
Gschpaßlaberln *[Lustbarkeitslaibchen]*	weibl. Brüste
gschbritzt *[gespritzt]*	a) mit (Soda- oder Mineral-)Wasser verdünnt b) sonderbar, nicht ganz richtig im Kopf
Gschpritzta *[Gespritzter]*	a) Wein mit Sodawasser b) einer, der nicht ganz richtig im Kopf ist
Gschpusi	Liebschaft, (außereheliches) Verhältnis
Gschtauchter *[Gestauchter]*	kleingewachsener Mensch
Gschteaml	wie *Gschtauchter*
Gschtesser	kleingewachsener, aber energischer Verbrecher (selten) (von ugspr. *Stößel, Stöpsel)*
Gschwinder *[der Rasche]*	a) ein in den 60er Jahren berüchtigter, später in Deutschland erschossener Wiener *Galerist* b) ein wegen seines (Schieß-)Verhaltens angesehener Unterweltler c) Homosexueller
Gschwuf	Freund, Liebhaber
Gsi(e)berl	Kassiber, aus dem (ins) Gefängnis geschmuggelte Nachricht
G'stanzln	lustige Liedstrophen
Guck	a) Auge (von *gucken*) b) Guckloch in der Zellentür c) Schaufenster d) Falschspielertrick mittels Spiegel
Guckspritza	Auslageneinbrecher
Gugaratscha	Maschinenpistole (phonetisch angelehnt an span. *cucaracha* = Kakerlake)
Guglhupf	a) Mehlspeise b) Irrenhaus, psychiatrische Klinik (nach dem „Narrenturm" im alten Wiener Allg. Krankenhaus)
Gulaschstrizzi	a) kleiner, unbedeutender Zuhälter b) vermeintlicher Zuhälter

Gurkn *[Gurke]*	a) Gemüse b) Messer c) Handfunkgerät, Mobiltelefon d) effetvoller Schuß beim Fußball (auch durch dieBeine)
die Gurkn geb'n	jem. den Laufpaß geben
die Gurkn håb'n	sitzengelassen werden
Gustabua *[Gustojunge]*	a) Lustknabe b) (vermeintlicher) Zuhälter
*H (*gespr. *eitsch), Hasch*	Haschisch, Cannabis
Hä, Heh, Höh	Polizei; *selten* Gendarmerie (mglw. von *„die Höhe"* = hohe Behörde [Sicherheitsbüro])
habern	essen
Habara, Hawara	Freund, Liebhaber (eine[r] mit dem/der man das Essen teilt)
Habsburga *[Habsburger]*	Falschspieler
Håcka *[Hacker]*	Zug von der Zigarette
laß mi no an Håcka måchn!	schenk' mir noch einen Zug von deiner Zigarette!
hackln	a) arbeiten b) streiten, hitzig debattieren
Håckn	a) Straftat b) Arbeitsplatz, Beruf c) manuelle, unselbständige Arbeit d) Beil
Håckngeha	Gewohnheits-, Berufsverbrecher
håcknstad	arbeitslos
Hådern	a) Lumpen, Fetzen b) Schwung, Geschwindigkeit, Tempo (nur Einzahl!) c) Spielkarten (nur Mehrzahl!)
Haflinger	a) Pferderasse b) Häftling, Gefängnisinsasse
Häfn	a) Topf b) Gefängnis
Häfnbruada *[Häfenbruder]*	bereits akklimatisierter Häftling
Häfnkind	regelmäßig einsitzender Verbrecher
Hagl	Sperrhaken
häkln *[häkeln]*	jem. frotzeln, auf den Arm nehmen (ohne daß der Betroffene es zunächst merkt)
Häkl	Neckerei
Halbseidene	Prostituierte
Halbseidener	Stümper, oft auch Schlepper, der für *Grånåten Freier* sucht, oder *Frankist,* der sich als Solofalschspieler betätigt

Hammerln, die	a) gewöhnliche (hohe) Schuhe b) Füße
Hänfling	Seil
Hansl	a) schaler Bierrest b) Koseform für Johann
happn	stehlen, wegnehmen
Happerl	kurzer Beischlaf
hamdrahn *[heimdrehen]*	töten, ermorden
Harpfm	Bett
Hås *[Hase]*	a) Wildtier b) Mädchen c) Prostituierte
Hasard	Streit
haschn	Haschisch rauchen
Haserlhåckn, auch *Haserlpost*	im Spielcasino heimlich fremde Jetons (mit klebrigen Handflächen) wegnehmen [oft von feschen *Håsn* praktiziert]
hatschn	hinken (v. mhd. *hakezen*)
Hatschn	unansehnliche Frau
Hatscherta	Hinkender, Gehbehinderter
Hau *[Hahn]*	a) Geflügel b) Waffenhahn
in Hau kriagn *[den Hahn bekommen]*	bedingungslos ab-(weg-)gewiesen werden
Haua *[Hauer]*	schiefer Zahn
Haut	Mädchen; Schimpfwort: „du schiache Haut" = häßliches, ungutes Mädchen
Hei *[Heu]*	a) billiger Tabak b) Haschisch c) getrocknetes Gras
Heimschläfer	Häftling, der Nachtausgang hat, aber tagsüber in der Strafanstalt sein muß
Heisl, Häusl *[Häuschen]*	a) WC b) Mithäftling, der sich nicht anpaßt c) unguter, dummer Mensch
Heislråtz *[Klosettratte]*	noch widerlicher als ein *Heisl (Häusl)*
herschtrahn *[herstreuen]*	a) jem. bloßstellen b) jem. bestehlen, ausrauben
Hex	Polizeiaufsicht (mglw. v. jd. *hakesen* = beobachten)
Hieb	a) Schlag b) (Wiener) Bezirk (10., 11., 16. usw. Hieb)
Hitzling	Ofen
Hirnpecker	Dummsein
Hirnschißla *[Hirnschüssler]*	Idiot (schimpfwörtlich gebr.)

Hirntschecherant	Grübler, Selbstbemitleider
[Hirntrinker]	
hirntschechern	grübeln; sich geistig gehen lassen
hobeln	einvernehmen, verhören
Holler	a) Strauch
[Holunder]	b) Unsinn, wertloses Zeug
Huarcherl	a) (meist einfaches Detektor-) Radio im Gefängnis
[Horcherl]	b) Abhörmikrophon, „Wanze“
huastn	a) etwas sagen
[husten]	b) gestehen
i huast da wås!	auf mich kannst du nicht zählen!
Huastn	a) Husten
	b) Kehle, Gurgel
bei da Huastn påckn	jem. würgen
hudln	sich beeilen, hastig agieren
Hübschlerin	Prostituierte
Hülsn	a) Hut
[Hülse]	b) Kopf
Hurntreiwa	Zuhälter
[Hurentreiber]	
i net!	stereotype Redewendung eines *Stehers*
[ich nicht!]	(s. d.) auf Vorhalte
Inundationsgebiet	Überschwemmungsgebiet
Janker	a) Trachtenjoppe, Rock, *Frack* (s. d.)
	b) Tresor
Jass	starker Mann, Könner, Fachmann, Held (eigtl. Name einer der beiden Stichkarten beim *Zensern* [s. d.])
Joschi	a) Koseform von Josef
	b) Wintermantel, auch Rock
„der Joschi“	Josef Holaubek (geb. 1907), legendärer Wiener Polizeipräsident, amtierte von 1947 bis 1972
Kaff	kleines, armseliges Dorf
Kålfåkter	a) Häftling mit Funktion (z. B. Essenausträger (v. lat. *calfacere* = Wärme machen, heizen)
	b) Schimpfwort für „charakterlose“, d. h. mit den Aufsehern gut stehende Mitgefangene
Kampl	einfaches Gerät zum Nachsperren von
[Kamm]	Sicherheits-Vorhängeschlössern
Kårl	a) männl. Vorname
	b) Schelm
	c) lustige Begebenheit
Kas	niederrangiger Strafvollzugsbeamter,
[Käse]	Aufseher (urspr. von K. A. S. = kaiserlich-königlicher Arrestschließer)
Käsin	Justizwachebeamtin

Kåtz *[Katze]*	hübsches (auch leichtes) Mädchen
Katzlmåcher	(abfällig gemeinter) Spitzname für Italiener
Kaun'l *[Kanne]*	„Kanone", großkalibrige Faustfeuerwaffe
Käula *[Keiler]*	Hausierer, skrupelloser Vertreter
Käularatschn *[Keilerratsche]*	von unseriösen Vertretern angebotene Billiguhr, die auf den ersten Blick wertvoll aussieht
Käulawår *[Keilerware]*	„günstige" Billigartikel von schlechtester Qualität
käu'n, *auch auskäu'n* *[(aus)keilen]*	a) aus(fragen), verhören b) anwerben
kebln	zanken, schimpfen (v. jd. *kebelen, kiben* = schimpfen)
keif	schuldig (einem Gläubiger) [v. jd. *chajow* = der Schuldner]
Kellerarbeit	regelwidrig erworbene Spielkarten im Schoß verbergen
Kerndl *[Korn]*	a) Trinkbranntwein (Kornbrand) b) Getreide
Kerndln *[Körner]*	Juwelen
Kerndlhåckn *[Körnerarbeit]*	Auslageneinbruch bei einem Juwelier
Kerzlschlicka *[Kerzenschlucker]*	frömmelnder, bigotter Mensch
Kerzn *[Kerze]*	a) erigierter Penis b) Sprengpatrone
Ki(e)berei, Kiwarei	Kriminalpolizei (v. jd. *kiben* = schimpfen)
Ki(e)bara, Kiwara	Kriminalbeamter
Kies	(Klein-)Geld (zig.)
Killa	Totschläger, Auftragsmörder (v. engl. *killer*)
Kilo	100 Schilling (ursprgl. 100 K = 100 Kronen)
Kimla *[Kümmerer]*	leistungsschwacher, auch kränklicher Häftling
Kinetn *[Künette]*	a) Strohsack mit typischer Einbuchtung (vom Liegen) b) schmaler Graben zum Verlegen von Rohren oder Leitungen
Kistl *[Kistchen]*	einfacher Rundfunkempfänger mit mit Kopfhörern
Kiwe *[Kübel]*	a) Zellenklo (Kübelabort) b) (altes, defektes) Auto c) abfällige Bezeichnung für Person, die sich nicht nach dem allgemeinen (Gauner-)Ehrenkodex benimmt

Klampfl, das — „schlagkräftige" Wachkommando gegen aufmüpfige und renitente Häftlinge (verm. von *Klamp[f]e*)

Klamones — Sperrhaken (v. jd. *k'le umonus* = Handwerkszeug)

Klaumsch — geistige Beschränktheit

Klapf — Knall, Schlag, Ohrfeige

klavierspün [Klavier spielen] — Fingerabdrücke nehmen (lassen)

Kluft — (Gefängnis-)Bekleidung

Klutsch, Knusch, auch Nusch — (Nach-)Schlüssel (von tschech. *kluc*)

Knast — Gefängnis, Haft (v. jd. *knas* = Geldstrafe und/oder span. *canasta* = Körbchen, Behälter)

Knedl [Knödel] — in Betrugsabsicht täuschend gefaltete Banknoten (beim Roulette), die dann vom *Bogl* gegen den *Kontraknedl* (s. d.) ausgetauscht werden

knian [knien] — bitten

knian geh' — sich zum Bittrapport melden

in d' Knia geh' [in die Knie gehen] — nachgeben (auch vorgetäuscht)

Kniara
- a) ein nach der Hausordnung lebender Gefangener
- b) Häftling, der sich seinen Mithäftlingen gegenüber unterwürfig benimmt (Kriecher)
- c) Häftling, der viele Eingaben macht, sich oft zum Bittrapport meldet

Kniaschitza [Knieschützer] — Hörnchen, Teigwaren (ungeliebte Gefängniskost)

Kniaschitza achln — im Gefängnis sein

Koberer, Kowara
- a) Wirt eines (meist übelbeleumundeten) Lokals (v. rotw. *kowo* = Zimmer vermieten)
- b) Hehler

Koberin, Kowarin
- a) Wirtin, Lebensgefährtin des Wirtes
- b) „Puffmutter"

kobern, kowan — unterhaltsam, aber dennoch ganz auf den eigenen Vorteil ausgerichtet auf jemanden einreden; debattieren

(ein)kochen
- a) jemanden zu etwas überreden, von etwas überzeugen
- b) einen *Freier* beim Falschspiel dadurch in Sicherheit wiegen, daß man ihn einige Partien gewinnen läßt

Kodex — das ungeschriebene Gesetz der *Galerie*

Köch [Kelch]
- a) Unbill, Unruhe
- b) Unsinn
- c) Kohl
- d) Gefäß, Pokal

Köchmåcher	Unruhestifter, „Troublemaker“
Kölla *[Keller]*	a) Absonderung; Hausarrest im Tiefparterre des Gefängnisses b) verbotenes Versteck (meist unter dem Zellenfußboden)
Kompottkistn	einfaches Bett
könariern *[kellnerieren]*	servieren, Kellnerarbeit verrichten
Konfident(erl)	einfacher Zuträger der Polizei (meist im „Gegengeschäft“)
Konjakpumpn *[Cognacpumpe]*	Herz
Kontraknedl	Geldscheinrolle, die beim Roulette im Gewinnfall blitzartig und unbemerkt gegen den *Knedl* ausgetauscht wird und so den Ertrag vervielfacht
Konzeptler	Konzeptsbeamter, Polizeijurist
Kråchn	Handfeuerwaffe
kramperln	(sich) ärgern
Kramperln	Hände (v. von *krampen* = anklammern)
Kraumpn *[Krampen]*	a) Spitzhacke b) unansehnliche Frau
Kren	argloses Opfer (z. B. beim *Stoß*), Draufzahler, aber auch spendabler Mensch
red' kan Kren	Unsinn reden
Krepierl	Schwächling
Kretzn *[Krätze]*	lästiger, minderwertiger, gewissenloser, aber in der Regel sehr intelligenter Mensch, der allen auf die Nerven geht
Kriag *[Krieg]*	ähnlich wie *Köch*. Unbill, Streit
in'n Kriag schickn	jem. versetzen, in die Irre führen
kriagn	a) erwischen, ertappen b) bekommen
Krischpindl	dürrer, unterernährter Mensch
Ksib	Kurzform von Kassiber
Kuckuck	a) Dienstmarke der Kriminal- und Konzeptsbeamten b) Klebesiegel der Pfändungsbeamten (Gerichtsvollzieher) c) dem im Gefängnis einsitzenden Mann von der Ehefrau unterschobenes Kind
Kupfermuckn	Bett
Landl	Landesgericht
Låsser	„weiblicher“ Teil beim homosexuellen Geschlechtsverkehr
(schiacher) Last	widerlicher Mensch
Lawendl	a) duftendes Gewürzkraut b) seichtes, nicht ernstzunehmendes Gerede

Liesl	a) Koseform von Elisabeth b) Wiener Polizeigefangenhaus auf der Roßauer Lände (früher Elisabeth-promenade) c) die Sonne
link	erfunden, gesetzwidrig, unseriös
linkn	jem. betrügen, täuschen
Linke, die	Straftat, Betrug, Erfindung
a Linke drahn [eine Linke drehen]	eine Straftat verüben
a Lippn fiahrn [eine Lippe führen]	große (freche, anmaßende) Sprüche machen
Loddl	Zuhälter
Löffl	a) Eßwerkzeug b) Ohr
in Löffl wegschmeißn [den Löffel wegwerfen]	a) die Nahrung (in selbstmörderischer Absicht) verweigern b) in den Hungerstreik treten
in Löffl ågebn [den Löffel abgeben]	sterben
luftpudern	inhaltsloses Zeug schwatzen. Sinnloses tun, Scheintätigkeiten ausführen
Losgeher	Häftling, der kurz vor der Entlassung steht
Luftschmåjz [Luftschmalz]	Strafe für eine Tat, die ohne den erhofften (finanziellen) Erfolg geblieben ist (von *Schmåjz*, s. d.)
Luis, auch Ludwig, Wiggerl	bei weitem häufigster Spitzname für Zuhälter
Mach(a)loike(s)	betrügerische Machenschaften (von jd. *machlojkeß* = Streiterei, Intrige)
måchn [machen]	jem. bestehlen, berauben
malochn	arbeiten (jd. *melocho* = Arbeit)
Manschettn	Handschellen
Marie	Geld (zig.)
Marülln	a) Aprikose b) Kopf
er håt an Sprung in da Marülln (Hülsn)	er ist nicht ganz richtig im Kopf
Maschekseitn	Kehrseite, andere Seite
Maß, die	Geld
Mas(s)l	Glück (von jd. *masl* = gutes Schicksal)
Masn	a) (einfache) Unterkunft b) Bluterguß unter Finger- oder Zehennagel (Kurzform von „Blaumasn“) c) Glück (wie Masl)
Mäta måchn [Meter machen]	davonlaufen, -eilen, flüchten
mach Mäta!	verschwinde!

Mäta sei	überlegen sein
Mätabrigl [Meterprügel]	kleingewachsener Mensch
Måtschkara	Nörgler
måtschkern	a) räsonieren, schimpfen b) (feucht) rauchen (von tschech. *mocka* = Tabaksaft mit Speichel in einer Pfeife)
Mau	Messer
Mauer	Rückhalt, Deckung
Mauer måchn	a) möglichen Tatzeugen die Sicht verdecken b) jem. (vor Gericht) entlasten
maukas, maukes	tot (jd. *mocho* = er hat ausgelöscht)
Maut	a) Trinkgeld b) Anteil an (Bargeld-)Beute
Maxn	Bett
maxln	jem. töten, ermorden
meier gehen, sein	verhaftet werden, inhaftiert sein
Meine Tante – Deine Tante	verbotenes Kartenspiel, eine Abart davon ist *Stoß*
meschugge	verrückt, durcheinander (jd.)
Mezzie	günstige Gelegenheit (jd.)
Mistlbåcha [Mistelbacher]	Polizist (siehe Erklärung im Buchabschnitt I)
Mof	Kurzform für Morphium
Morastl	unguter, ungepflegter Mensch
Mörderl	unbeabsichtigte Tötung, „Umbringung" (für die einer – seiner Meinung nach zu Unrecht – wegen Mordes verurteilt worden ist)
Muatterl	a) Mütterchen, Mütterlein b) alte Frau c) harm-, argloser Mensch
mülli (gehen, sein)	verhaftet, eingesperrt (werden, sein)
Mülliaunansuppn [Millionensuppe]	Grießsuppe (häufige Gefängniskost, wenig geschätzt)
müllisieren	jem. verhaften, zu einer Haftstrafe verurteilen
Murdstrumm	sehr groß, Riesenstück
Murrer	a) Beute (v. a. Juwelen, Schmuck) b) Unmutsäußerung
Murl	a) Motor b) Neger
Nåchtschermwachla [Nachttopfschwenker]	Sanitäter
napezn	dösen, schlummern, schlafen (v. tschech. *na peci* = beim Ofen)
Naschiwaschi	verbotenes Hasardspiel, ähnlich wie Stoß
nebbich	unbedeutend, nichtssagend (von jd. *nebech* = arm, bedauernswert)
nebbich!?	na und (wenn schon)!?
(ein) Nebbich	(ein) Niemand, eine Null

neger	pleite
Negaroni, Negerant	Pleitier, Besitzloser
niedalegn [niederlegen]	gestehen
O	Kurzform für Opium
Oasch [Arsch]	Hintern, Anus (oft schimpfwörtlich gebraucht, z. B. „Du Oasch")
geh' in'n Oasch!	verschwinde!
oaschbudern, oaschpackln etc.	homosexuell verkehren
Obamau [Obermann]	Hut
Ö' [Öl]	Trunkenheit („*er is' im Öl*")
Oida	Alter, (freundschaftliche) Anrede guten Bekannten gegenüber
ölig, im Ö' [Öl]	betrunken
Ölprinz	Trunkenbold, Alkoholiker
Orgl	Maschinengewehr (verm. angelehnt an „Stalinorgel")
Palawa [Palaver]	Gespräch (lat. *parabola*, span. *palabra*, port. *palavra*)
palawern	reden, absprechen
Palawatsch	Unsinn, Durcheinander (v. tschech. *palovac* = durcheinander laufen)
Palmieren	Falschspielertrick (eine gestohlene Karte in der hohlen Hand verbergen)
Panier	Gewand, Kleidung
pantschen	(Minderwertiges) zusammenrühren, vermischen
i pantsch da ane	ich gebe dir eine Ohrfeige
Pantscher	Erzeuger minderwertiger (meist alkoholischer) Getränke
Pantscherl	Liebschaft, (außereheliches) Verhältnis
Pappn	Mund, Gesicht
Pappnschlosser, Pappnschuaster	Zahnarzt
Parere	amtsärztliche Bescheinigung, z. B. über den Geisteszustand
Parz, die	Gratisgelegenheit für *Sandler*, Wäsche zu waschen und zu bügeln
passn	a) aufpassen, Schmiere stehen b) warten c) sich nicht an einem Spiel beteiligen
Passer	Hehler
Påtschn	a) Hausschuhe, Pantoffel b) defekter Reifen (ohne Luft)
die Påtschn streckn	sterben
Patient	(leichtgläubiges) Opfer

Patraunantåschn [Patronentasche(n)]	großer Busen
påtzwaach [patzweich]	a) schwer betrunken b) seelensgut, rührselig c) sehr weich
päule	weg, fort, hinter (mglw. von zig. *pal* = davon)
päulesiern, pallesieren, päule gehn	weggehen, flüchten
päule haun	a) wegwerfen b) jem. gewaltsam aus einem Gasthaus entfernen
päule måchn	zechprellen
Peckerl	a) Tätowierung b) Tätowiernadel
peckn	tätowieren
Pecker	geistige Beeinträchtigung
Peckzeig(l) [Peckzeug]	Tätowierwerkzeug
Pegl	bestimmter Trunkenheitsgrad (den der Alkoholiker „braucht")
in Pegl håltn [den (Alkohol-) Pegel halten]	gewohnheitsmäßig trinken
Peitscherlbua	Zuhälter (hält sich seine *Pferderln*, [s. d.] mit der „Peitsche")
Pendl [Pendel]	a) längere Schnur mit am Ende befestigtem Gewicht (wird von Gefangenen zur Beförderung von Botschaften und kleineren Gegenständen zu darunterliegenden Hafträumen aus dem Zellenfenster gehängt und „pendelt" dabei an der Hausfassade) b) Seilschlinge
ins Pendl haun	sich erhängen
penzn	sekkant bitten
Pepi	a) Perücke, Haarteil b) Kurzform von Josef
Pepihacker	Pferdefleischhauer (früher hießen viele Pferde „Pepi")
Petite	Betrug
(a) Petite måchn	unrechtmäßig handeln
Pfandl	Pfandleihanstalt, Dorotheum
in d' Pfånn hau'n [in die Pfanne schlagen]	jem. übertölpeln, verhöhnen
Pferterl, Pferderl	junge, attraktive Prostituierte, die für einen Zuhälter arbeitet
pflanzn	jem. ärgern, an der Nase herumführen
Pflock, Pfostn	grobschlächtiger, körperlich starker, auch schwerfälliger Mensch

Pinkl	Ober- und zugleich Zahlkellner in einem Wirtshaus
feiner Pinkl	Snob
Pipn	a) (Wasser-)Hahn (v. ital. *pipa* = Pfeife) b) frecher, unguter Mensch
Pitschn	Trinkgefäß, größeres Glas
Plätschentandler	Gemüsehändler
Plåttn *[Platte]*	a) Bande b) hohe Stirn, Glatze
Plåttnbruada *[Plattenbruder]*	Bandenmitglied, Halbweltler
Planken	Falschspielertrick (eine vorher durch *Palmieren* verborgene Karte heimlich auf ein Paket legen)
Plaunkn *[Planke]*	wie *Maua*
Plaunkn måchn	wie *Maua måchn*
pledern	schnell fahren
Plutzer	a) großes (irdenes) Gefäß b) Kopf
Pof(e)l	Schund, minderwertiges Zeug (jüd. *bafel*)
red kan Pofl!	rede keinen Unsinn!
Polyp	Polizist (jd. *pallopet*)
Pomatschka	meist aus Äpfeln bereitete Maische für das heimliche Schnapsbrennen im Gefängnis
Pompfinebara	Leichenbestatter, -träger (von frz. *pompes funébres*)
Ponte	Spielerschaft bei Spielen, bei denen es einen Bankhalter gibt (v. frz. *pointier*)
Pracker	a) große Hände b) Tennis- oder Tischtennisschläger c) der einem solchen ähnliche Teil eines von der Justizwache verwendeten Metallsuchgeräts zum Aufspüren von Feilen etc.
Präserl	Kurzform für Präservativ, Kondom
Preferln	Preference (Kartenspiel)
Presserl	Erpressung
a Presserl måchn	jemanden erpressen oder es zumindest versuchen
Pries	Ahnung
der håt kan Pries, *is unpriesig, prieslos*	der hat keine Ahnung
Prinz	Direktor, Anführer
an Prinzn'scheib'n *[einen Prinzen schieben]*	die Zeche prellen
Privatdozentin	Nobelhure, Callgirl
Promenad	Wiener Polizeigefangenhaus (auf der ehemaligen Elisabethpromenade)

Psych	a) Psychiatrie b) Psychopath
Pücha, Pülcher	Menschen im Dunstkreis der Kriminalität, Asoziale, Proleten
Püchaschmäh	besondere, oft primitiv-charmante Ausdrucksweise, geprägt durch langjährige Erfahrung in der Galerie und in Gefängnissen
Püchawuat [Pülcherwort]	Ehrenwort
Puffer, Puffn	Faustfeuerwaffe
pump aus!	Aufforderung zum Auspumpen des Abort- oder Waschmuschelsifons, damit durch das Abflußrohr mit an dieses angeschlossenen Zellen „telefoniert" werden kann. Dazu muß der Kopf oft ganz in den *Rettich* (s. d.) gesenkt werden. (Dieses „Haustelefon" wird unterbrochen, wenn jemand die Spülung betätigt.)
Pumpn [Pumpe]	a) Herz, Lunge b) Injektionsspritze für Suchtgifte
püsln	schlafen (v. ital. *pisolare* = ein Schläfchen halten)
Putzerei	Lokalität, wo Abtreibungen durchgeführt werden
in d' Putzerei geh'	eine(n) „*Englmåcher(in)*" (s. d.) aufsuchen
Radl	Spielbank, Roulette (selbstgebastelte Scheibe, die den echten Casino-„Kessel" ersetzt)
Radlfåhraamnestie	genereller Strafnachlaß (höchstens ein Jahr), ausgenommen für Kapitalverbrecher
Radlfåhraschmåjz [Radfahrerschmalz]	unbedingte Strafe bis zu einem Jahr Gefängnis
Rasch	a) Wut, Zorn (franz. *rage*) b) Drogenrausch, ausgelöst durch LSD etc.
råschben [raspeln]	innerlich (vor Wut) kochen
Ratschn [Ratsche]	(Armband-)Uhr
Råtz [Ratte]	gemeiner, hinterhältiger, verlogener Mithäftling, höchste Steigerungsstufe *Heislråtz* (s. d.)
Raupfångtaubn [Rauchfangtaube]	abfällige Bezeichnung für eine (ungepflegte) Frau
Razzerl	Razzia
Rebak, Rechach, Rebbach	Verdienst, Vorteil, gutes Geschäft (jd. *reiwach* = Zins)
Reiberl	a) leichter Stoß b) leichter Raub (Räuberl)

reißn *[reißen]*	einen Tresor *(Bär)* mit einem meist aus Eisenbahn-Blattfedern angefertigte *Dosenöffner* vom Schlüsselloch oder von gebohrten Löchern weg aufreißen
Reis	a) Angst b) Exkremente, wie sie etwa Ziegen oder Hasen ausscheiden („Bemmerln")
Reisgang	ständiges Angstgefühl; jem. *geht der Reis* oder *er verliert den Reis*
Reserl	Homosexueller
Rettich	Klosettmuschel
Riegelzug	Wohnungseinbruchsmethode (öffnen einer Flügeltür)
d' Rippn geb'n *[die Rippe geben]*	etw. mit Gewalt (mit einem Rippenstoß) erzwingen
Ries'	1000-Schilling-Schein
Rotkappler	Polizei-, Justizwacheoffizier
Rotzbua, Rotzpipn	unguter, frecher (jüngerer) Mensch
Ruabnzuzla *[Rübensauger]*	abfällige Bezeichnung für einen Mann (eigtl. vom im alten Wien werkenden *Gruabnzuzla* = Senkgrubenentleerer)
Rüdnburg	Jugendgefängnis (in der Rüdengasse)
Rutschn	a) Spielgerät b) Hilfe, Unterstellung
a Rutschn legn *[eine Rutsche legen]*	jem. behilflich sein
Sabler	Messerstecher (v. „säbeln")
sabralisiern	wegnehmen (v. russ. *zabiratj*)
Sacharoni	Schöntuer, der *mit an siaßn Schmäh* (s. d.) arbeitet (von Saccharin)
Såft	a) elektrischer Strom b) Sperma
sandig	mit Ungeziefer behaftet, zur Entlausung vorgesehen
Sandler	a) Unsteter, Obdachloser (v. jd. *zandik* = Parasit, Mitwisser) b) letzte Kategorie von Falschspielern (meist Bauernfänger), werden von den *Galeristen* nur zum Schmierestehen oder als *Schlepper* verwendet
Sårgnågl	a) Zigarette b) Mensch, der einem auf die Nerven geht („Du bist mei S.")
Sarsur	alte Bezeichnung für Unterhändler (siehe *sassern*)
(aus)sassern	verhandeln, ausdenken
Saugerl	Wucherer („Geldaussauger")
Saundhås	eine gänzlich unbedeutender Mensch, ein Niemand

Saures	Unangenehmes
gib eahm Saures!	bereite ihm (auch körperliche) Schwierigkeiten!
Scha	Taschenuhr
Schaas	a) Furz b) Nebensache, Unwichtigkeit
des geht di an Schaas au'!	das hat dich überhaupt nicht zu interessieren!
a Schaas im Wåld	eine Sache von absoluter Nichtigkeit
Schåb	a) Beute, Gewinn (vielleicht von zusammen-*schaben*, oder bair. *Schab* = Ein Bündel [Stroh]) b) (Küchen-)Schabe, Kakerlake
Schäkl	Menageschale, Essen, z. B. „Hauptschäkl" = Mittagessen
schäkln	essen
Schandari	Gendarmerie
Schanti	Gendarm
Schanierl [Scharnier]	(Knie-)Gelenk
Schårfnehmer	Erpresser
Schbau, Spau	Zigarette
schbauna	a) etw. begreifen, sich merken b) voyeurisieren
Schbauna, Spauner [Spanner]	a) ein Mensch mit besonderer Beobachtungsgabe, der sich z. B. beim Kartenspiel sofort besondere Merkmale einzelner Karten merkt. Trifft ein *Galerist* auf einen *Freier*, der zufällig ein *Spanner* ist, bricht er bald das Spiel ab. b) Voyeur
Schbågåtharpfm	primitives Nachtquartier („Seilpenne")
Schbåz, Spåtz [Spatz, Sperling]	Erkennungsmarke von Kriminal- und Konzeptsbeamten (zeigt den Bundesadler, auch *Kuckuck* genannt) [siehe auch Buchkapitel I]
a liaba Spåtz	ein nettes Mädchen
Schbechtla, Spechtler	Voyeur
Schbeckjaga [Speckjäger]	schmieriger Mensch
schbeim, schpeib'n [speien, erbrechen]	gestehen
Schbeibdatl, Speibtattl	alter, gebrechlicher Mann
Schbeiskoatn, Speiskårtn [Speisenkarte]	Vorstrafenregister
Schbina [Spinner]	Sonderling, geistig Verwirrter

Schbiz	a) leichter Rausch
[Spitz]	b) Fußtritt
schbritzn	a) etw. unterlassen
[spritzen]	b) masturbieren *(åspritzn)*
Schbruch	a) „Fachsprache" der Wiener Unterwelt
[Spruch]	b) allg. f. volkstümliches Idiom (z. B. Weaner Spruch)
der fiahrt an Schbruch! [er führt einen Spruch]	er bedient sich einer selbstbewußten, anmaßenden Ausdrucksweise, die Eindruck machen soll
Schdaa, Staa, Stan	Männerstrafvollzugsanstalt Stein b. Krems in der Wachau
Schdandla [Standler]	Marktbudenbesitzer, -verkäufer
Schdaudn, Staudn [Staude]	Hemd
Schdaund, Staund	a) Gehfähigkeit eines Betrunkenen
[Stand]	b) Marktbude
er håt an Stand [er hat einen Stand]	er kann noch (wider) stehen, nichts angeben aber: *er håt an Ständer* = er hat eine Erektion
schdee, steh'n	kein Geständnis ablegen
Schdeea [Steher]	einer, der nur das zugibt, was man ihm hundertprozentig nachweisen kann
Schdich [Stich]	leichte Berauschung
Schdickl, Stückl	a) Gaunerstück, Schelmenstreich b) eine für sich allein stehende Tätowierung
schdifdn geh', stiftn geh'	flüchten, aus dem Gefängnis ausbrechen
Schdoff [Stoff]	Rauschmittel, v. a. Haschisch
Schdoß [Stoß]	verbotenes Hasardspiel
Schdraunzn, Stranz'n	Bett
Schdrich [Strich]	Schauplatz der Straßenprostitution, „Sündenmeile"
Schdrichbaa [Strichbein]	Durchschnittshure
Schdrichbua [Strichjunge]	(professioneller) Lustknabe
Schdrichkåtz [Strichkatze]	attraktive Dirne
Schdrizi, Strizzi	Zuhälter
Schdrota [Strotter]	Unterstandsloser
schdrotn	a) umherstreifen, vagabundieren
[strotten]	b) Menschen suchen, jagen
Schdrumpf [Strumpf]	Oberteil eines Damenstrumpfes, als Gesichtsmaske verwendet

Schduadn *[Stute]*	gut entwickelte, junge Frau
Schdizn, Stütz'n *[Unterstützung]*	Arbeitslosengeld
Schebbern	altes Weib, altes Auto
Scheib'n	Schallplatte
Scheich	a) reicher Mann b) Unterwelt-Capo
Sche(l)m, Schö(l)m	a) (falscher) Personalausweis b) Vorstrafenregister
Schiaßling *[Schießling]*	Schußwaffe
schiaßn *[schießen]*	jem. betrügen
schibeln	„Rot gewinnt – Schwarz verliert" – Bauernfängertrick mit einer roten und zwei schwarzen Karten (v. rotw. *schibben* = schubsen)
Schicksn, Schickse	Dirne, Braut (v. jd. *schikße* = nichtjüdisches Mädchen)
schi(l)fern, *schü(l)fern*	a) jem. beim Geldwechseln betrügen (ein – großer – Geldschein wird aufs Pult gelegt und mit dem Wechselgeld wieder eingestreift = „Chilfener [Trick]") b) etwas gekonnt machen
Schippl, Schüppl	a) Haarbüschel b) eine Menge
schkat, skat	ohne, leer, frei, weg (v. ital. *scartare* = wegwerfen)
Schlapfn	a) Pantoffel b) liederliches Weib
hoit dein Schlapfn	den Mund halten, ruhig sein
Schlaumpn	liederliches Weib
Schleich, der	Kurzform von Schleichhandel
Schleich, die	Beine
schleich di	verschwinde!
Schlepper	unterste Kategorie der Unterweltler, führen *Galeristen* und *Grånåten* oft *Freier* zu und werden dafür (minimal) am Gewinn beteiligt
Schlidn *[Schlitten]*	großes (amerikanisches) Auto (seinerzeit von Zuhältern bevorzugt)
schlickn	a) schlucken b) essen
Schliebara	Taschendieb
Schmäh	a) Redegewandtheit, Charme b) Trick, Kniff, Kunstgriff
a siaßa Schmäh *[ein süßer Schmäh]*	charmant-eindringliches Reden
mit'm Schmäh årbeiten	trickreich redend zum Ziel kommen

Schmähtandler	einer, der es mit der Wahrheit nicht so genau nimmt
schmähstad	sprachlos, verblüfft
schmähschkat	ideenlos (beim Kartenspiel)
Schmåjranftla	schmalrandiger Hut, an dem man Kriminalbeamte erkannte
Schmåjz [Schmalz]	Gefängnisstrafe
schmåjzfeig	strafscheu, ängstlich
Schmattes	Trinkgeld (v. jd. *schmateß* = Fetzen, Lumpen)
Schmier	a) Polizei b) Vorpaß
schmiern	scharf beobachten (v. jd. *schemirah* = beaufsichtigen)
Schmier steh'	den Aufpasser abgeben
Schmus	a) Gerücht (v. jd. *schemu'oth* = Gehörtes, Nachrichten) b) nicht ernstzunehmnde Angelegenheit
schmusen	sich küssen, turteln
schnåjzn [schnalzen]	a) jem. um etwas bringen, betrügen b) mit der Zunge oder einer Peitsche knallähnliche Geräusche verursachen
d' Schnåjzn [die Schnalze]	Gratisverpflegsstelle für *Sandler* z. B. von Caritas, Heilsarmee, Wiener Franziskanerkloster (mglw. v. „genußvoll mit der Zunge schnalzen")
schneidn	a) die Karten (beim Stoßspiel) durch „Schnitt" mischen b) essen
Schobara	Komplize
Schoda [Schotter]	gültiges (Klein-)Geld
schpeibn [speien]	gestehen
Schprießln [(Leiter-)Sprossen]	dünne Beine
Schpringa [Springer]	(verbotenes) Springmesser
Schrankler	Geldschrankknacker, Tresoreinbruch
schummeln	schwindeln
Schuß	a) Betrug b) Fußtritt c) Schwachsinnigkeit
an Schuß bau'n [einen Schuß bauen]	a) getroffene Abmachungen nicht einhalten b) bestehlen, unterschlagen
an Schuß håb'n [einen Schuß haben]	dumm sein
schussln	hasten, fahrig agieren

Schußla *[Schussler]*	fahriger, nervöser Mensch
Schwaunz	a) männl. Glied b) Schimpfwort für einen unguten Menschen
Schwuchtl	Homosexueller
Schwüü, Schwül	leichte Berauschung
Siada *[Sieder]*	Rausch
Siaßling *[Süßling]*	von den Häftlingen nicht sehr geschätzte Süßspeise (Hafer- oder Grießbrei, Milchreis)
Sifburg	„Syphilis-Burg", abgesonderter Trakt, für venerisch erkrankte Häftlinge
Sifon	Landesverweis
singa *[singen]*	gestehen
Sissi	Homosexueller
Sistem *[System]*	a) etwas, das zumeist nur auf dem Papier funktioniert (z. B. Toto-, Lotto- oder Roulette-System) b) der Staat, die Justiz
Sluminger	verwahrloster Sandler (v. engl. *slum*)
d' Söckln übaziagn *[die Socken überstreifen]*	sich zum Schweigen entschließen
solid	ohne viel Aufsehen
solid in d' Håckn geh'	a) seinen Lebensunterhalt in einem bürgerlichen Beruf verdienen b) der Geheimprostitution nachgehen
Solide	Geheimprostituierte
Sore	Beute (v. jd. *sechore* = Ware, Diebsgut)
Spießer	Voyeur
stad	still, frei, ohne
stap(p)eln	auf- und abgehen (am Autostrich)
Staabeißer, Staahäusler, Staanerna *[Steinbeißer, Steinhäusler, Steinerner]*	ehemaliger oder auch „aktueller" Insasse der Strafanstalt Stein, Zuchthäusler
stier	pleite
Stoß	verbotenes Hasardspiel mit Karten
Stottern	Falschspielergriff beim Stoß
Straunzn, Stranz'n	Bett (mglw. v. mhd. *strunzen* = müßiggehen oder ital. *straccio* = Hadern, Lumpen und *stanza* = Zimmer)
Suacherl	Untersuchungsrichter
Sübablattler *[Silberblättler]*	Unteroffizier, Chargen bei der Justizwache (nach den silbernen Kragenspiegeln)
Tacheniera *[Tachinierer]*	Nichtstuer, Arbeitsscheuer

Tach(e)les reden	zur Sache kommen (von jd. *tachles* = Zweck, Ziel)
Tantes, Tanterling	Jetons
Tåpper	a) am Tatort hinterlassener Finger- oder Handflächenabdruck b) geglücktes Verbrechen mit großer Beute
Taschlziaga [(Geld-)Taschenzieher]	Taschendieb
Tatschn	Hand
an Tatsch måchn	etwas ungeschickt tun, durch Unvermögen zunichte machen
Tatschkerlist	Schänder
Tatschkerlhåckn	Schändung, Unzucht
Täule [Taille]	a) Talon b) Gruppe, größere Zahl von Menschen
Tel(l)ach	Straßen- und Lokalprostitution, *Strich*
tel(l)achn	laufen, auf den Strich gehen (v. jd. *teil'cha* = du wirst gehen)
Tel(l)achistin	Dirne
Testpilot	ländlicher oder argloser Kunde (beim Hasardspiel)
Tetsch'n	Ohrfeige
Tiafling	Kanal (*tiaf* = tief liegend)
Tipla, Tippler	a) Herumtreiber b) Einbrecher
(ei')tipln	einbrechen
tippidoo	ohne Geld, pleite (von ital. *debito* = Schuld)
Titi	Kopf
Tosara (auch: Dosara)	tosischer Schlüssel, auch Schloß
Trabant	Untergebener, auch Leibwächter eines Unterwelt-Granden
Tråberin	Straßenprostituierte, die für einen Zuhälter arbeitet und oft auch ausgefallene Kundenwünsche befriedigt
trankln	(permanent) trinken
Trankla, Trankler	Alkoholiker
Trip	a) Reise (engl.) b) durch LSD oder vergleichbare Suchtstoffe verursachter Rauschzustand
Tromla	Trommelrevolver
Tsafe	Safe, Tresor
tschari	weg, fort, verschwunden (v. tschech. *cary* = Zauberei)
Tschecherant	Alkoholiker (v. rotw. *schejcher* = bierartiges Getränk)
Tschecherl, Tschocherl	(eher mieses) Gasthaus
tschechern	trinken

Tschechernettl	Trinker
Tschesn	altes, hinfälliges Rad, auch Motorrad oder Auto
Tschick	Zigarettenstummel (ital. *cicca*)
fett wiar a Heisltschick	stark betrunken (wie ein mit Wasser getränkter Tschick in einer WC-Muschel)
Tschillesgänga	Einbrecher, der seine Taten vorzugsweise in der Dämmerung verübt
Tschinelln	a) Instrument (Becken) b) Ohrfeige
Tschinkwe	schlecht (von ital. *cinque* = 5)
Tschoch	a) harte Arbeit b) (Stamm-)Kaffeehaus
Tschochara	Einbruchsgerät
Tschoint	große Haschischzigarette (v. engl. *joint*)
Tschumbus, Tschumpas	Gefängnis (mglw. eine Kombination aus zig. *tschor* = Dieb und jd. *bajs* = Haus)
Tschusch	(Süd-)Osteuropäer (etymologische Herkunft: a) von „Tschausch" = Unterführer der Bosniaken in der k. k. Armee; b) abgeleitet von srbkr. *cujes*? = Verstehst du mich?)
Tuarer	„männlicher" Part beim homosexuellen Geschlechtsverkehr (die „Frau" ist der *Låsser*)
Tunte	Homosexueller
Türk'	Täuschung
getürkt	verfälscht
an Türkn bau'n [einen Türken aufstellen]	etwas vortäuschen, z. B. eine im Bett liegende Person durch unter das Leintuch plazierte Decken o. ä, „markieren"
umbudern, umpudern	a) umbauen, verändern b) einen Zeitungsartikel stark verändern oder umschreiben
umschi(l)fern	etwas verändern, umdisponieren
umsteigen	Falschspielertrick beim Geben, um sich ein nach oben gemischtes Blatt selbst zuzuteilen
Umurkn	häßliche, unangenehme Person (v. ung. *umorka* = Gurke)
Ungustl	wie *Umurkn*
urassn	verschwenden, prassen (got. *ufarassus* = Verschwendung)
Vagabundnbinkl	siehe auch *„kleiner Binkl"*
verklopfn	verkaufen
verjankern	verlegen, verlieren
valat	mittellos, heruntergekommen, in Haft
vernadern, verpfeifn, verwamsn, verzündn	verraten

verschüttn	verhaften
verschütt geh'	verhaftet werden
Veterinär	von den Insassen als „schlecht" empfundener Anstaltsarzt
Volontär	„Freiwilliger", der im Gegensatz zum *Bankerer* beim Hasardspiel Einsetzende
Waa	Einbuchtung, Delle
Wä, Weh	vertrauensseliger, auch spendierfreudiger Mensch, beliebtes Opfer beim (verbotenen) Kartenspiel
(Spinåt-)Wåchter	Polizist (Spinat = grüne Farbe der Uniform)
Waggaun [Waggon]	Vernehmungszelle
Wams	a) Polizeikonfident b) vertrauliche Mitteilung c) Bekleidungsstück
Wamser	Polizeiinformant, Verräter
wamsn	verraten (verballhornt v. jd. *mamsen*)
Wårmer	Homosexueller
Waserl	harmloser, argloser Mensch
Watschn	Ohrfeige
Wäscherei	Abtreibungsort (s. a. Putzerei)
Waschl	Kopfhörermuschel mit eingebauter Diode oder Transistor (nach der Form eines zum Abwaschen verwendeten „Drahtwaschls")
Waschln	(große) Ohren
Wasserer	Wagenwäscher
wåt å! [wate ab]	verschwinde!
Waumpn	(großer) Bauch
Weisl	Wegweisung
in Weisl geb'n	jem. den Laufpaß geben
Welln [Welle]	Berauschung
Wickl	Streit, Ungemach
winnich, winnig	geil, gierig (v. mhd. *winnec* = rasend, toll)
Wippa [Wipper]	„Turnübungen" zur Erhaltung der Kondition im Gefängnis
Widln, Wüdln	Haare
Wirgl, Würgl	Hals, Kehle
Wisch	amtliche Vorladung, Zahlungsbefehl, eigtl. jedes amtliche Schriftstück
Würschtl	a) Würstchen b) unbedarfter, harmloser Mensch c) Pferd
Wurzn	wie Kren oder Weh
Zangler	verhaftender Polizeibeamter
zsaummschobern [zusammenschobern]	sich mit jem. zu einer gemeinsamen Straftat zusammentun

Zaster	Geld
Zenser	Hasardspiel
zensern	*Zenser* spielen
Ziagl *[Ziegel]*	a) Gruppensex(partie), z. B. *Dreierziagl* b) primitiver Mensch
an Ziagl baun	eine (Sex-)Orgie veranstalten
Zigeinafeia	Feuer, das man sich von einer anderen brennenden Zigarette nimmt
Zimmerflak	altmodische mechanische Schreibmaschine
zinkn	Spielkarten (zwecks Falschspiels) präparieren
Zinkn	a) Markierung von Spielkarten (z. B. durch ein *Druckerl* [s. d.]), oder von Wohnungs- und Haustüren durch Hausierer, Bettler oder *Baldower* (s. d.) b) große Nase
(ge)zinkt	präpariert (Spielkarten), mit Geheimzeichen versehen (Türe, Zäune etc.)
Zirkl	Zirkular(e), polizeiliches (Fahndungs-) Rundschreiben
Zokker	Berufsspieler mit großem Können. Muß nicht zwangsläufig ein Falschspieler sein, ist aber oft ein *Spanner*
Zores	Sorgen, Probleme, Schwierigkeiten (v. jd. *zoro* = Not)
Zughådern, die	präparierte Spielkarten
zua	betrunken, Steigerungsform *bummzua*
Zuagmåchta *[Zugemachter]*	Klappmesser
Zuagrasta *[Zugereister]*	Zuwanderer, Neuankömmling, Provinzler, Ausländer
Zug	randalierende Horde von Jugendlichen, die durch die Stadt zieht
Zwanzga *[Zwanziger]*	20 Jahre Haft, de facto gleichbedeutend mit dem *Frack* = lebenslange Haft
Zwaara, Zwaarerl *[Zweier]*	Landesgericht II in Wien
Zwangler	Zwangsneurotiker
Zumpferl	kleiner Penis
Zund	Polizeiinformant
einen Zund geben	vertrauliche Information geben
zuzln	a) saugen b) lispeln
zwitschern	beim Verhör unvorsichtige Bemerkungen machen oder ungeschickt leugnen

Lied zur Jahreswende

1. Die Zeit, die wir von dir, Gott, haben,
sie wechselt wieder ihre Zahl,
und aus der Fülle deiner Gaben
schenkst du sie uns ein neues Mal.

2. Die Erde wird sich weiterdrehen,
denn Tag und Nacht sind dein Geheiß.
Dein Wort und Wirken, Gott, bestehen
und ordnen uns den Jahreskreis.

3. Geburt und Tod und Lachen, Weinen
und Hass und Liebe, Friede, Streit,
verlieren, finden, trennen, einen –
ein jegliches hat seine Zeit.

4. Der Storch, der Kranich und die Taube,
die kennen ihre Zeit und Bahn.
Wie oft verirrt sich unser Glaube
in Angst und Hochmut, Trug und Wahn!

5. Gott, im Beginnen und im Enden
sei unsre Mitte Christi Bild,
dass unsre Zeit in deinen Händen
geborgen ist und sich erfüllt.

4. Es lebt von deinem Segen,
was atmet und gedeiht.
Gott, du befiehlst dem Regen
und gibst ihm Fruchtbarkeit.
Aus Trauben und Getreide
der Wein, das Brot entstehn.
Das ist des Menschen Freude
und macht sein Antlitz schön.

5. Du lässt die Sonne scheinen
und hast den Mond gemacht
und ordnest, Gott, nach deinen
Gesetzen Tag und Nacht.
Wie reich sind deine Werke,
wie sinnvoll angelegt!
Mit Weisheit und mit Stärke
tust du sie unentwegt.

6. Die Schöpfung zu erneuen,
Gott, höre niemals auf.
Du sollst dich an ihr freuen
und ihrem Weiterlauf.
Hilf, dass wir Frieden halten
mit deinem Eigentum
und diese Welt verwalten
zu deines Namens Ruhm.

Nach Psalm 104

Brunnenchoral

1. Im Tal der Quellen lass uns dich erheben
und deine Güte preisen Tag und Nacht.
Du schenkst uns Wasser und erhältst das Leben
aus deiner unerschöpften Schöpfermacht.

Refrain: Du führst uns, Gott, zur frischen Wasserstelle,
weil du die Quelle unsres Lebens bist.

2. Gott, aus dem Wasser wecktest du das Leben,
und kein Geschöpf kann ohne Wasser sein.
Und wenn wir deiner Schöpfung Ehre geben,
dann treten wir auch für uns selber ein.

3. Aus wieviel Brunnen gabst du uns zu trinken,
an wieviel Quellen hast du uns gestärkt!
Wollten uns Mut und Zuversicht entsinken,
halfst du uns auf, wir habens wohl gemerkt.

4. Wo Wasser fließt, da ist das Land gesegnet,
und wohl der Menschheit, die das nicht vergisst!
Wo Wasser fehlt und Dürrenot begegnet,
mach uns zu Helfern, wenn es möglich ist.

5. Lass uns der Erde Wasser rein bewahren,
dass uns der Strom des Lebens nicht versiegt
und wir den Segen wunderbar erfahren,
der in der Heilkraft deines Wassers liegt.

6. Schön so ein Brunnen mit dem Marmorbecken
und mit dem Wasserspiel darüberhin!
Er kann uns Antwort auf die Frage wecken,
wovon wir leben und zu welchem Sinn.

7. Das Wasser steigt aus Tiefen in die Höhen.
So rufst du, Gott, das Leben in die Welt,
bis es, wie wirs am Brunnengleichnis sehen,
am Ende wieder in den Urgrund fällt.

8. Von einer Schale in die andre Schale
gießt sich das Wasser, das dem Menschen gleicht.
Wir leben täglich ungezählte Male
auch vom Empfangen, das da weiterreicht.

9. In welchem Wasser kann die Seele baden?
Wo ist der Ort, wo Trost und Hoffnung fließt?
Wir alle sind von Christus eingeladen
zum heilgen Born, den uns sein Wort erschließt:

10. Wer von dem Wasser trinkt, das ich ihm gebe,
der hat den Durst nach Leben ganz gestillt.
Denn nur der Glaubensquell, aus dem ich lebe,
ist es, der in das ewge Leben quillt.

Himmelskunde

1. Der Himmel leuchtet hoch und weit,
erzählt von Gottes Herrlichkeit
und seiner Macht und Stärke.
Ein Tag sagt es dem andern an
und eine Nacht der andern dann:
Wie groß sind Gottes Werke!

2. Der Himmel predigt ohne Wort
und wird gehört an jedem Ort
bis in die fernste Ferne.
Dass du der Herr der Schöpfung bist
und alle Welt dein eigen ist,
verkünden Mond und Sterne.

3. Die Sonne freut sich wie ein Held
und Bräutigam, am Himmelszelt
zu laufen und zu strahlen.
Sie steigt und sinkt, sie kommt und geht
und ruft zu Arbeit und Gebet
zu ungezählten Malen.

4. Du hast auch uns, Gott, eine Bahn
in weiser Ordnung aufgetan
und dein Gebot gegeben.
Es macht uns Herz und Augen klar,
und wer es hält, wird wunderbar
und reich belohnt im Leben.

5. Wir rühmen deine Schöpfermacht.
Sie hat dem Himmel Tag und Nacht
und uns den Weg gewiesen.
Der Sonne, Mond und Sterne lenkt
und uns das Wort der Weisung schenkt,
sei allezeit gepriesen!

Nach Psalm 19

Sternenlied

1. Du ließest, Gott, das All entstehen
und wirkst bis heute darin fort.
Du hast in allem Weltgeschehen
das erste und das letzte Wort.

Refrain: Gott hat große Freude
daran, was er tut.
Seine ganze Schöpfung,
alles ist sehr gut.
Sonne, Mond und Sterne,
ferne Galaxien,
Menschen auf der Erde,
lobt und preiset ihn!

2. Du gibst den vielen Sternsystemen
Gestalt und Bahnen, Start und Ziel.
Und die Entwicklung, die sie nehmen,
ist so, wie sie dir wohlgefiel.

3. Den großen Raum, das fremde Dunkel,
das uns mit Rätseln übermannt,
entzündest du mit Sterngefunkel
und ordnest du mit deiner Hand.

4. Ein Staubkorn nur ist unsre Erde.
Wir sind unendlich klein vor dir.
Du setzt dem All das Stirb und Werde,
und wir – was sind und wissen wir?

5. Und doch hast du uns reich gesegnet
und uns zu deinem Bild gemacht,
und deiner Güte Macht begegnet
uns in der Schöpfung Tag und Nacht.

6. Lass uns die Erde, Gott, bewahren,
wie es dein Schöpferwille liebt,
beschützt auf ihr durchs Weltall fahren,
solange es uns Menschen gibt.

7. Vielleicht hast du in tiefen Fernen
wie auf der kleinen Erde jetzt
auch noch auf andren Wandelsternen
des Lebens schönen Keim gesetzt.

8. Wenn einst das All in fernen Zeiten
erlischt und an das Ende stößt,
bleibst du in alle Ewigkeiten
das Licht, das leuchtet und erlöst.

Engelchoral

1. Heut singt die liebe Christenheit
Gott Lob und Dank in Ewigkeit
für seine Engelscharen,
die uns in Angst, Not und Gefahr
auf viele Weisen wunderbar
behüten und bewahren.

2. Sie glänzen wie der Sonnenschein,
wie Feuerflammen hell und rein
als deine guten Geister.
Von überirdischer Natur
sind sie die schönste Kreatur,
und Christus ist ihr Meister.

3. Sie stehn vor deinem Angesicht
und spiegeln deiner Hoheit Licht
als Helfer und Vertraute.
Sie singen dir, Allherrscher du,
ihr »Heilig, heilig, heilig!« zu,
wie es Jesaja schaute.

4. Des Himmels Heer durch alle Welt
führt Michael, der starke Held,
zu Gottes Dienst und Ehren.
Die Engel streiten Tag und Nacht,
um Satans böse List und Macht
beizeiten abzuwehren.

5. Der alte Drache schlummert nicht.
Wie er in unser Leben bricht,
sinnt er zu jeder Stunde.
Er trachtet uns nach Hab und Gut,
nach Herz und Seele, Leib und Blut
und schlägt uns manche Wunde.

6. Er stiftet uns zur Zwietracht an,
verführt zu Unrecht jedermann,
zu Feindschaft, Mord und Kriegen,
zerrüttet Gottes Ordnung bald
und will die Erde mit Gewalt
zerstören und besiegen.

7. Wo ihm nicht wehrt der Engel Schar,
an Leib und Seele, Haut und Haar
blieb keiner mehr behütet.
Mit Feuer, Wasser, Wind und Schnee
bereitet er der Menschheit Weh,
das hart und grausam wütet.

8. Wir danken dir, Herr Jesu Christ,
dass du der Herr der Engel bist
und sie als Wächter sendest.
Erhalte uns in deiner Hut
und rette uns, Herr, durch dein Blut,
wenn du den Streit beendest.

Nachdichtung zu EKG 116:
Heut singt die liebe Christenheit
EG 143

Engelchoral

1. Unendlich groß und wunderbar
Herr Gott, ist deine Engelschar,
die dir zu Dienst und Willen lebt
und jubelnd deinen Thron umschwebt.

2. Wir danken dir, dass du sie schufst
und in die Welt als Helfer rufst.
Ihr Wort und Wirken bringen Licht
und Glanz von deinem Angesicht.

3. Die Engel gehn uns wachsam nach
und weisen Wege mannigfach,
dass sich dein Volk in dieser Welt
getröstet und zusammenhält.

4. Oft ahnen wir die Engel nicht
und ernten Gnade statt Gericht.
Oft wird uns hinterher erst klar,
dass, Gott, dein Engel mit uns war.

5. Mit Neid und Hass und Zorn erscheint
die Macht des Bösen, unser Feind.
Er, der uns immer schon bedroht,
verführt am Ende in den Tod.

6. Er lauert auf, bis er uns trifft,
brüllt wie ein Löwe, schleicht wie Gift,
legt Garn und Strick, braucht falsche List,
dass er zerstört, was christlich ist.

7. Dagegen kämpft der Engel Schar
und zeigt, was hilfreich ist und wahr.
Sie stärkt und schützt die Christenheit,
dass sie sich ihres Glaubens freut.

8. Wir preisen dich, dass du uns liebst
und sie uns zu Begleitern gibst.
Reih uns in deine Scharen ein
und lass uns selber Boten sein,

9. die dazu helfen, Herr und Hirt,
dass Gutes aus der Menschheit wird
und deine Erde, Jesus Christ,
gerettet und gesegnet ist.

10. Gott Vater, Sohn und Heilgem Geist,
der uns beschützt und unterweist
und Mut macht durch der Engel Kreis,
sei jetzt und immer Lob und Preis!

Nachdichtung zu EKG 115:
Herr Gott, dich loben alle wir

Lied zur Lutherrose

1. Das Kreuz steht fest und zeichenhaft im Herzen.
Es tötet nicht, denn unter Angst und Schmerzen
hat der Gekreuzigte das Heil gebracht.
Sein Kreuz bringt erst das rote Herz zum Leuchten,
weil nur der Glaube uns lebendig macht.
Er schenkt uns Kraft und ein erhobnes Haupt.
Man wird gerecht, wenn man von Herzen glaubt.

2. Das Herz mit Kreuz erschreckt kein Weltgetose.
Es schlägt inmitten einer weißen Rose.
Sie zeigt, dass Glaube Trost und Frieden bringt.
Nicht wie die Welt, die um die rote Rose
von zweifelhafter Lust und Ehre ringt.
Die Farbe für den Geist und Engelkreis
ist fröhlich glänzend das erlöste Weiß.

3. Die Rose ist von Himmelsblau umwoben.
Es kündet an: Die Zukunft kommt von oben.
Schon ist ein Hauch von ewger Freude nah,
vom Atem Hoffnung sind wir schon ergriffen.
Doch noch ist Gottes Reich nicht sichtbar da.
Wir stehn, weil uns das Kreuz am Leben hält,
erwartungsvoll im offnen Himmelsfeld.

4. Mein ist das Kreuz und weiß mich zu erretten.
Mein Herz darf sich in weißer Rose betten
und jetzt schon wie im Himmel selig sein.
Ein Ring aus Gold, wie Gottes Treue kostbar,
fasst diese Seligkeit für immer ein.
Die Traurigkeit der Welt wird klein und stumm.
Vivit! Er lebt! So steht es klar rundum.

Zur Erhaltung des Lebensraumes
Lied zum Buß- und Bettag

1. Gott, unser Leben und die Welt
sind in Gefahr geraten.
Wir haben die Natur entstellt
durch unbedachte Taten.
Wir beteten den Fortschritt an.
Zum Zeichen, was er kosten kann,
wächst Gift aus unsren Saaten.

2. Du gabst uns Forschergeist und Macht,
den Lebensraum zu pflegen.
Wir gaben wenig darauf Acht
und wirkten nicht zum Segen.
Wir werden wach und merken nun:
Wir dürfen, Gott, nicht alles tun,
was wir zu tun vermögen.

3. Wir Christen wollen nicht zurück
in die vergangenen Zeiten.
Doch jeder von uns soll ein Stück
Verantwortung verbreiten,
die, was dem Menschengeist entspringt,
in Einklang mit der Schöpfung bringt,
und dafür mutig streiten.

4. Gib, dass uns Wirtschaft und Gewinn
nicht in die Irre treiben,
dass wir uns nicht dem Sog darin
gedankenlos verschreiben.
Das Wohl des Menschenlebens nur
und die Gesundheit der Natur
muss unser Maßstab bleiben.

5. Wir stoßen heute so wie nie
an unsres Wachstums Grenzen.
Gott, gib uns Mut und Phantasie,
die Technik zu ergänzen
durch eine neue Lebensart,
die Wohlstand teilt und Kräfte spart,
statt damit stolz zu glänzen.

6. Du hast die Welt uns anvertraut,
sie menschlich zu gestalten.
Wer für die Zukunft plant und baut,
muss dein Gebot entfalten.
Wir stehen auf aus Schlaf und Traum
und sind gewillt, des Lebens Raum
der Nachwelt zu erhalten.

Bittlied um Erhaltung des Lebens

1. Die Erde, die du schufst, war gut.
Wer wird sie jetzt bewahren?
Denn was der Mensch vermag und tut,
bringt Ängste und Gefahren.
Der Fortschritt unsrer späten Zeit
wirft einen schweren Schatten:
Das Ende – eine Möglichkeit,
die wir vergessen hatten.

2. Vielleicht ist es noch nicht zu spät,
dass wir begreifen lernen:
Es liegt an uns. Denn was er sät,
das wird der Mensch auch ernten.
Wir halten, Herr, erschrocken ein,
weil wir uns ändern müssen.
Lass deine Menschheit nicht allein
und schärfe die Gewissen.

3. Herr über Wasser, Feuer, Wind,
hilf, dass wir Wege finden,
die für uns heute gangbar sind
und in das Leben münden.
Herr, lehre uns auf Christi Spur
dem Wahn zu widerstehen
und mit den Kräften der Natur
behutsam umzugehen.

4. Herr über Schöpfung und Gewalt
und alle Elemente,
gebiete doch dem Missbrauch Halt,
der uns vernichten könnte.
Gib statt Gefahr und Strahlennot
gesunde Luft und Frieden
und wehr dem unsichtbaren Tod
in Ost, West, Nord und Süden.

5. Der du aus einer Wolke sprachst,
erfüll die Luft mit Segen.
Der du das Brot der Erde brachst,
komm uns daraus entgegen.
Erlöse von des Abgrunds Rand
uns ungetreue Erben
und lass uns nicht durch eigne Hand
am Turm zu Babel sterben.

6. Die Erde, die du schufst, ist dein.
Lass uns sie nicht zerstören
und endlich wach und willig sein,
auf dein Gebot zu hören.
Lob sei dir, Vater, Sohn und Geist,
du wirst uns Beistand geben.
Der du den Weg zum Guten weist,
du liebst und bist das Leben.

EG Bayern/Thüringen 653 sowie EG Österreich 649

Im Angesicht der Ewigkeit

1. Gott, in deiner starken Hand
finden wir Geborgenheit.
Längst bevor die Welt entstand,
bist du, Gott, in Ewigkeit.

2. Tausend Jahre sind vor dir
wie ein kurzer Augenblick.
Wenn du sprichst: Kommt heim zu mir,
kehren wir zu dir zurück.

3. Wie das Gras, das morgens sprießt,
abends welk wird und verdorrt,
wie ein Strom, der ständig fließt,
kommt und geht das Leben fort.

4. Vieles, was uns köstlich scheint,
ist am Ende Traum und Trug.
Was man zu behalten meint,
fährt vorüber wie im Flug.

5. Die der Mensch nur halb erkennt,
alle Schuld bringst du ans Licht.
Alles, was uns von dir trennt,
stellst du vor dein Angesicht.

6. Keiner, Ewiger, als du
kann uns von der Schuld befrein.
Wende dich uns wieder zu,
Schutz und Zuflucht uns zu sein!

7. Lass uns, von der Schuld befreit,
tun, was gut ist und dich ehrt,
und die anvertraute Zeit
nutzen, wie dein Wort es lehrt.

8. Fördere das Werk und Tun,
das die Traurigkeit vertreibt.
Mach die Hände fröhlich nun.
Gib uns Frucht, die trägt und bleibt.

9. Mach uns, die wir sterblich sind,
durch den Blick aufs Ende klug,
dass das Heute Maß gewinnt.
Alles andere ist Trug.

10. Fülle uns von Jugend an
mit der Gnade und dem Geist,
der uns Einsicht geben kann
und ein Leben lang dich preist.

Nach Psalm 90

Wann ist unser Mund voll Lachen?

1. Wenn du, Herr, das Schicksal wendest,
Schuld und Unrecht uns verzeihst,
Krieg und Völkermord beendest,
die Gefangenen befreist.

Refrain: Wann ist unser Mund voll Lachen,
wann wird unser Träumen wahr?

2. Wenn du, Herr, die Welt erneuerst,
dass die kranke Schöpfung heilt,
und die Menschheit weckst und steuerst,
dass sie Gut und Nahrung teilt.

3. Wenn wir Menschen uns besinnen
und dein Name wieder gilt,
die Verheißungen beginnen,
sich dein Wort an uns erfüllt.

4. Wenn die Sterbenden gesunden
und die Toten auferstehn,
wenn wir, Herr, durch alle Wunden
deine Liebe kommen sehn.

5. Wenn die Saat, Herr, unter Tränen
und mit Mühen ausgesät,
uns mit Jubel zu versöhnen,
reif in vollen Garben steht.

Dann ist unser Mund voll Lachen,
dann wird unser Träumen wahr.

Nach Psalm 126

3

Kommt mit Gaben und Lobgesang

Gottesdienst und Feier

1. Wasser – lebendiges Zeichen:
Ohne Wasser kein Leben,
aus dem Wasser entstand es.
Wasser – die Schöpfung aus Gott.

2. Wasser – lebendiges Zeichen:
Große Tragkraft enthält es,
leitet Schiffe durch Meere.
Wasser – die Tragkraft von Gott.

3. Wasser – lebendiges Zeichen:
Energiereiches Strömen,
das uns Stärke vermittelt.
Wasser – der Anstoß durch Gott.

4. Wasser – lebendiges Zeichen:
Spielen, springen und schwimmen,
Strand und Wellen und Sonne.
Wasser – die Freiheit in Gott.

5. Wasser – lebendiges Zeichen:
Macht das Schmutzige sauber
und erfrischt und erneuert.
Wasser – Vergebung vor Gott.

6. Wasser – lebendiges Zeichen:
Seine Heilkraft kann helfen,
lässt das Kranke gesunden.
Wasser – Gesundung von Gott.

7. Wasser – lebendiges Zeichen:
Tränen lösen, was lastet,
werden Tränen der Freude.
Wasser – Versöhnung durch Gott.

8. Wasser – lebendiges Zeichen:
Kommt vom Himmel zur Erde,
hebt sich wieder zum Himmel.
Wasser – der Heilsweg von Gott.

9. Wasser – lebendiges Zeichen:
Dann nur haben wir Zukunft,
wenn wirs achten und ehren.
Wasser – Entscheidung für Gott.

10. Wasser – lebendiges Zeichen:
Alle Bäche und Flüsse
fließen schließlich zum Meer hin.
Wasser – das Endziel bei Gott.

11. Wasser – lebendiges Zeichen:
Flüssig, dampfend, gefroren,
dreifach, doch eines Wesens.
Wasser – Geheimnis um Gott.

12. Wasser – lebendiges Zeichen:
Christus, Quellgrund des Glaubens,
der den Durst stillt nach Leben.
Wasser – du Taufe von Gott.

Konfirmations- und Credolied

1. Mein Schöpfer, steh mir bei,
sei meines Lebens Licht
und führe mich zum Ziel,
wie es dein Wort verspricht.
Lass mich Vertrauen fassen,
auf dich mich zu verlassen.
Ich möchte dir gehören
und deinen Namen ehren.
Mit dir zu leben, mach mich frei,
mein Schöpfer, steh mir bei.

2. Mein Heiland, segne mich
und nimm mich gnädig an,
dass ich mit dir vereint
im Glauben wachsen kann.
Lass mich dein Wort bewahren
und vor dem Kreuz erfahren,
dass ich von Schuld und Sünde
bei dir Erlösung finde.
Wer bin ich Arme(r) ohne dich,
mein Heiland, segne mich.

3. Mein Tröster, gib mir Kraft,
mach mich erwartungsvoll
und hilf mir zu bestehn,
wo ich bestehen soll.
Mein Denken, Tun und Sagen
lass mich auf Christus wagen,
dass ich mich mutig übe
in wahrer Menschenliebe.
Du bist, der alles Gute schafft,
mein Tröster, gib mir Kraft.

4. Gott Vater, Sohn und Geist,
du liebst mich, wie ich bin.
Schenk diese Zuversicht
mir tief in Herz und Sinn.
Erwähle und behüte
mich ganz durch deine Güte,
so will ich dir mein Leben
auch ganz zum Lobpreis geben.
Erfüll an mir, was du verheißt,
Gott Vater, Sohn und Geist.

EG Niedersachsen/Bremen 565 sowie EG Rheinland/
Westfalen/Lippe/Reformierte Kirche 593

1. Wie heilig, heilig, heilig,
Gott, Sohn und Geist, bist du!
Dir kommt in allen Landen
Gewalt und Hoheit zu.
Du bist der Herr der Mächte,
der Schar, die siegen soll.
Der Himmel und die Erde
sind deiner Ehre voll.

2. Hosanna in der Höhe!
Gelobt sei, der da naht,
im Namen unsres Gottes
gesandt mit Wort und Tat.
Wir singen mit den Engeln
dir Ruhm und Lobpreis zu:
Wie heilig, heilig, heilig,
Gott, Sohn und Geist, bist du!

Sanctus

1. Heilig bist du, Unsichtbarer,
Vater, Schöpfer und Bewahrer.
Heilig bist du, Gott der Sohn.
Heilig bist du, Geist der Geister,
aller Mächte Macht und Meister.
Dreimal heilig ist dein Thron.

2. Deine Herrlichkeit durchdringe
alle Welt und alle Dinge
und das Chaos, das noch tobt.
Deine Ferne werde Nähe.
Hosianna in der Höhe!
Der da kommt, sei hochgelobt.

Abendmahlslied

1. Kommt mit Gaben und Lobgesang,
jubelt laut und sagt fröhlich Dank:
Er bricht Brot und reicht uns den Wein,
fühlbar will er uns nahe sein.

Refrain: Erde, atme auf,
Wort, nimm deinen Lauf!
Er, der lebt, gebot:
Teilt das Brot!

2. Christus eint uns und gibt am Heil
seines Mahles uns allen teil,
lehrt uns leben von Gott bejaht.
Wahre Liebe schenkt Wort und Tat.

3. Jesus ruft uns. Wir sind erwählt,
Frucht zu bringen, wo Zweifel quält.
Gott, der überall zu uns hält,
gibt uns Wort und Brot für die Welt.

Nach der englischen Vorlage »Let us talents and tongues employ«
EG 229

In Christi Namen seid willkommen

In Christi Namen seid willkommen
als die Gemeinde, die er liebt!
Was auch an Dunkel euch umgibt,
Gott hat es in sein Licht genommen.
Gebt Raum der Freude und dem Dank,
der Andacht und dem Lobgesang.
Hört Gottes Wort und Christi Lehre
und heilt die Welt zu Gottes Ruhm.
Wir sind sein Volk und Eigentum.
So bringt nun Lobpreis seiner Ehre!

Abschiedslied

1. Gott, nun begleite uns beim Auseinandergehen
und lass uns auch getrennt im Geist zusammen-
stehen.
Dann sind wir, wo wir sind, im Glauben nicht allein
und können allezeit Gemeinde Christi sein.

2. Die Tage klingen nach. Du hast sie uns gegeben
und wunderbar gefüllt mit Freude und mit Leben.
Der du Begegnung schaffst, du öffnest Herz
und Tür.
Wir haben es erlebt und danken dir dafür.

3. Lass uns die Lieder, Gott, der Hoffnung weiter-
singen,
die gute Nachricht neu in die Gemeinden bringen
und tun, was Brücken schlägt und Schuld und
Unrecht sühnt,
was deinem Schöpfungswerk und unsrer Zukunft
dient.

4. Weil wir wie Brüder uns und Schwestern hier
verbanden,
in Fragen und Gespräch ein Gegenüber fanden,
ist keiner von uns mehr, so wahr dein Wort uns hält,
in letzte Einsamkeit und Traurigkeit gestellt.

5. Gott, nun begleite uns mit deinem Schutz und
Segen,
führ uns mit jedem Tag dem großen Tag entgegen,
an dem das schwache Lob in Jubel übergeht
und alle Welt mit uns am Ziel der Hoffnung steht.

Lied für Friedensgottesdienste

1. Geschehen wird es einst in jenen Tagen,
die jetzt noch Zukunft sind und fern,
da wird der Tempelberg des Herrn
die andern Berge alle überragen.

2. Und alle Völker werden zu ihm strömen:
Kommt mit zum Herrn und betet an
ihn, der allein erlösen kann!
Wir wollen Trost und Weisung von ihm nehmen.

3. Vom Zionsberg lässt Gott sein Wort ergehen.
Er weist die Völkerschar zurecht,
beendet Streit und Kriegsgefecht
und richtet über Zeiten und Geschehen.

4. Dann setzt der Herr für immer Recht und Frieden.
Speerspitzen werden über Nacht
zu Messern für den Wein gemacht,
und aus den Schwertern wird man Pflüge schmieden.

5. Kein Volk wird mehr ein anderes bekriegen.
Gewalt und Waffen, Kampf und Heer
sind keine Lebensformen mehr,
und kein Verlieren gibt es mehr und Siegen.

6. Das wird erst in der Zukunft sich begeben.
Doch lasst uns jetzt schon in dem Licht,
das uns von dort entgegenbricht,
in dieser Welt als Friedensstifter leben!

Nach Jesaja 2, 2–5

Gott, gib uns Antwort auf die Fragen

1. Gott, gib uns Antwort auf die Fragen,
   die unser Glaube heute stellt,
   und hilf uns neue Wege wagen
   zum Wohl für uns und deine Welt.

2. Hier hat die Welt dein Wort vergessen,
   dort sucht sie andre Frömmigkeit.
   Wie sagen wir da angemessen
   das Evangelium unsrer Zeit?

3. Ein Wetter kommt heraufgezogen,
   die Kirche steht im Gegenwind.
   Wie stellen wir uns Sturm und Wogen,
   die über uns gekommen sind?

4. Lass uns die Ökumene leben,
   die auch in Vielfalt Einheit schenkt!
   Wie soll die Kirche Hoffnung geben,
   wenn sie nur klein und trennend denkt?

5. Wir brauchen Toleranz, Verständnis
   auch für die andre Religion.
   Wie hilft uns dabei das Bekenntnis
   zu Jesus Christus, deinem Sohn?

6. Viel liegt im Argen ohne Ende,
Krieg, Unrecht, Knechtschaft drückt und quält.
Wie schwach sind unsre eignen Hände –
hast du uns wirklich auserwählt?

7. Die ganze Menschheit muss sich wandeln,
um deiner Erde gut zu sein.
Wie können wir als Christen handeln,
sie mehr und mehr dazu befrein?

8. Gott, gib uns Antwort auf die Fragen,
die unser Glaube heute stellt,
und hilf uns neue Wege wagen
zum Wohl für uns und deine Welt.

4

Wer Gott lobt, ist nicht allein

Bibellieder

Abrahamlied

1. Abraham verlässt das Land
und gewinnt die Ferne.
Über Fremd und Unbekannt
leuchten Gottes Sterne.

2. Er vertraut dem Gotteswort
und dem Wunderbaren.
Und auch wir an unsrem Ort
können es erfahren.

3. Abraham tritt betend ein
für die Ungerechten.
Lasst auch uns barmherzig sein,
wo wir richten möchten.

4. Er gibt auch das Liebste her,
Gott allein zu ehren.
Was uns schrecklich wird und schwer,
kann Gott herrlich klären.

5. Abraham, der Gottesmann,
setzt auf Gott verwegen.
Nehmen wir sein Beispiel an,
wird es uns zum Segen.

Nach 1. Mose 12, 1–9; 15, 1–6; 18, 1–33; 22, 1–19

Lied von der Himmelstreppe

1. Heimatlos durch fremde Wüste
wandert Jakob auf der Flucht.
Schuld hat er auf sich geladen
durch Betrug und Eigensucht.

2. Müde sucht er eine Stelle,
wo er übernachten kann.
Denn die Sonne geht schon unter,
und die Dunkelheit bricht an.

3. Vom Geröll, das er dort findet,
nimmt er einen glatten Stein,
legt ihn hin zu seinen Häupten,
streckt sich nieder und schläft ein.

4. Und er träumt von einer Treppe,
hoch und schön, der keine gleicht,
die ganz unten von der Erde
bis hinauf zum Himmel reicht.

5. Engel steigen auf und nieder,
und der Himmel ist voll Licht.
Oben auf der höchsten Stufe
zeigt sich Gott der Herr und spricht:

6. Ich, der Herr, Gott deiner Väter,
will das Land, auf dem du ruhst,
dir und deinen Kindern geben
und begleiten, was du tust.

7. Mächtig wird dein Volk sich mehren
wie der Staub des Bodens hier,
und auf alle Erdenvölker
geht ein Segen aus von dir.

8. Jakob, ich will dich behüten
überall, wohin du ziehst,
bis, was ich versprochen habe,
du erfüllt vor Augen siehst.

9. Da wacht Jakob auf, und staunend
schlägt er sich an seine Brust:
Gott ist bei mir in der Fremde!
Und ich hab es nicht gewusst.

10. Wunderbar im Traum getröstet
steht er auf, es ist noch früh.
Heilig ist ihm diese Stätte,
voller Ehrfurcht weiht er sie.

11. Baut mit seinem Stein ein Steinmal
und gießt Öl darüber aus.
Bethel soll die Stätte heißen:
Himmelspforte, Gotteshaus.

12. Hier stand ihm der Himmel offen,
wurde ihm die Schuld verziehn.
Hier band Gott die Segensfülle
der Verheißungen an ihn.

13. Mutig wandert Jakob weiter
und vertraut auf Gottes Macht.
Großes ist ihm zugesprochen
im Erlebnis dieser Nacht.

Nach 1. Mose 28, 10–19

Jakob am Jabbok

1. Mitten in der dunklen Nacht stand Jakob auf,
nahm die Seinen und durchschritt den Jabboklauf.
Mitten in der dunklen Nacht geschehen
manche Dinge, die wir tags nicht sehen.

2. Jakob brachte alles Seine Stück für Stück
an das andre Ufer, blieb allein zurück.
Niemand weiß, was wir erleben können,
wenn wir uns von allem einmal trennen.

3. Plötzlich kam und rang mit ihm ein fremder Mann.
Bis zum Morgengrauen hielt das Ringen an.
Plötzlich kommen Schrecken und Beschwerden,
und wir müssen damit fertig werden.

4. Schließlich sprach er: Lass mich los; es wird schon Tag!
und gab Jakob auf die Hüfte einen Schlag.
Alle Starken, die zu kämpfen wagen,
sind gezeichnet, müssen Wunden tragen.

5. Jakob gab nicht nach, und seine Kraft war groß:
Nur wenn du mich segnest, lasse ich dich los!
Kannst du so mit Leid und Dunkel ringen,
dass sie dir am Ende Segen bringen?

6. Sprach der andre: Israel seist du genannt,
denn im Kampf mit Gott gewannst du Oberhand.
Im Gebet lässt Gott sich gern bezwingen,
und der Ringende wird ihm lobsingen.

7. Jakob bat: Wenn das mein neuer Name ist,
sag mir, wie du selber heißt und wer du bist!
Hast du das Geheimnis wahrgenommen,
möchtest du es in die Hand bekommen.

8. Doch der andre sagte nur: Was fragst denn du?
Und er sprach ihm gnädig seinen Segen zu.
Gott lässt uns an seiner Güte reifen,
auch wenn wir ihn selber nicht begreifen.

9. Jakob war von Gottes Nähe wie durchbebt,
und er jubelte: Ich habe Gott erlebt!
Wenn Gott kommt, wird beides uns beschieden:
Heilger Schreck und wunderbarer Frieden.

10. Als er von dort aufbrach, hinkte Jakob leicht,
doch sein Weg war schon vom Sonnenlicht erreicht.
Wen Gott anruft und wer ihm begegnet,
ist geschlagen und zugleich gesegnet.

Nach 1. Mose 32, 23–32

Zehn-Gebote-Lied

1. Dies sind die zehn Gebote, die
Gott auf dem Berge Sinai
durch Mose aufzuschreiben hieß
und für sein Volk und uns erließ.
Kyrieleis.

2. Ich bin der Herr, dein Gott, allein.
Kein Abgott soll dein Herrscher sein.
So tu mir dein Vertrauen kund
und liebe mich von Herzensgrund.
Kyrieleis.

3. Du sollst den Namen deines Herrn
nicht unnütz führen und entehrn.
Ruf ihn in allen Nöten an
und lobe ihn, der helfen kann.
Kyrieleis.

4. Gedenke an den Feiertag,
dass deine Arbeit ruhen mag,
und öffne Willen und Gemüt
dem Werk, das Gott an dir vollzieht.
Kyrieleis.

5. Erweise deinen Eltern Dank
und ehre sie ein Leben lang,
dass auch dein Tag im Segen steht
und es dir lange wohlergeht.
Kyrieleis.

6. Schütz alles Leben! Töte nicht
und übe den Gewaltverzicht.
Tu Gutes, das versöhnt und eint,
vergib und hilf auch deinem Feind.
Kyrieleis.

7. Führ deine Ehe täglich neu
verantwortlich und bleib ihr treu.
Die Liebe ist die Lebensart,
durch die Gott Mann und Frau bewahrt.
Kyrieleis.

8. Vergreif dich nicht an fremdem Gut
und sei vor Habgier auf der Hut.
Barmherzig teile Gut und Geld,
dass jeder, was er braucht, erhält.
Kyrieleis.

9. Dein Wort sei ehrlich. Lüge nicht
und bring die Wahrheit an das Licht!
Des Nächsten Ehre schütze du,
kehr, was du kannst, dem Besten zu.
Kyrieleis.

10. Begehre nicht, lass ungestört,
was deinem Nächsten angehört.
Sein Haus halt an mit Frau und Kind,
dass sie ihm bleiben, was sie sind.
Kyrieleis.

11. Vor den Geboten werde still:
Wer lebt denn so, wie Gott es will?
Wer sie betrachtet, der erkennt,
wie viel uns Menschen von Gott trennt.
Kyrieleis.

12. Hilf uns, der du die Schuld verzeihst,
Gott Vater, Sohn und Heilger Geist.
Wir können nur mit dir allein
im Tun und Handeln Sieger sein.
Kyrieleis.

Nach 2. Mose 20, 1–17
Nachdichtung zu EG 231:
Dies sind die heilgen zehn Gebot

Jothams Fabel

1. Die Bäume kamen einst zusammen
und wünschten: Einer soll uns führen.
Zuerst erwählten sie den Ölbaum:
Sei du es! Du sollst uns regieren.

2. Der Ölbaum wehrte ab und sagte:
Wie sollte ich kein Öl mehr geben,
wofür mich Mensch und Himmel ehren,
und über andren Bäumen schweben?

3. Da wandten die enttäuschten Bäume
sich an den Feigenbaum und baten:
Dann sei du unser aller Herrscher
und führe uns mit Wort und Taten.

4. Doch auch der Feigenbaum verneinte:
Ich bin geliebt bei Mensch und Tieren,
weil ich die süßen Früchte trage.
Ich will nicht herrschen und regieren.

5. Da wandten sie sich an den Weinstock:
Dann sei die Macht in deinen Händen!
Auch er sprach: Nein! Soll ich denn künftig
nicht mehr den Wein, der froh macht, spenden?

6. Am Ende blieben nur die Dornen.
Sie fragten sie: Wollt ihr uns führen?
Die Dornen riefen: Ja, wir wollen!
und ließen ihre Art gleich spüren:

7. Kommt her und duckt euch zu uns nieder,
so forderten sie machtbesessen,
sonst wird ein Feuer von uns kommen
und eure höchsten Wipfel fressen.

8. Die Bäume mussten so den Dornen
und ihrer Herrschsucht unterliegen.
Denn wo die Guten sich verweigern,
da werden dunkle Mächte siegen.

9. Gott, weck uns auf und mach uns fähig,
dem Friedenswerk Gestalt zu geben.
Dein Auftrag für uns auf der Erde
ist Dienst am anvertrauten Leben.

Nach Richter 9, 8–15

Am Wacholder in der Wüste

1. Am Wacholder in der Wüste
klagt Elia seine Not:
Ich bin müde und verzweifelt,
und ich wünsche mir den Tod.

2. Herr, ich hab dein Wort gepredigt –
dass mich Hass und Feindschaft schlug.
Bin nur Mensch wie meine Väter.
Nimm mich hin. Es ist genug!

3. Und Elia legt sich nieder,
schläft schon vor Erschöpfung ein.
Manchmal können Schlaf und Ruhe
Gottes beste Gaben sein.

4. Und ein Engel kommt und weckt ihn:
Nun steh auf! heißt sein Gebot.
Und da steht ein Krug mit Wasser,
und daneben liegt ein Brot.

5. Iss und trink! sagt ihm der Engel.
Denn dein Weg, der ist noch weit.
Und Elia nimmt die Nahrung,
die ihm neue Kraft verleiht.

6. Gottes Hilfe ist ein Wunder
und zugleich ein weltlich Ding.
Wir erholen uns im Schlafen.
Jemand sagt uns: Iss und trink!

7. Alle kennen wir die Stunden,
wo wir am Verzweifeln sind.
Gott weiß Wege und setzt Zeichen,
dass der Schwache Mut gewinnt.

8. Heute sendet Gott den Engel,
der uns nimmt, was uns bedrückt.
Morgen sind wir selber Boten,
die er zu den Seinen schickt.

9. In der Kraft der Gottesspeise
weiß Elia sich bewahrt,
geht und wandert an den Horeb,
wo der Herr sich offenbart.

10. Gott, von dir gestärkte Menschen
auf dem Wege sind auch wir.
Über Höhen und durch Tiefen
führst du uns zuletzt zu dir.

Nach 1. Könige 19, 4–8

Herr, unser Herrscher

1. Herr, unser Herrscher, herrlich ist dein Name,
in aller Welt wie mächtig deine Hoheit!
Sie überstrahlt mit ihrem Glanz den Himmel,
Herr, unser Herrscher.

2. Im Unscheinbaren zeigst du deine Stärke.
Aus Kindermund schaffst du dir Lob und Ehre,
dass deine Widersacher schweigen müssen,
Herr, unser Herrscher.

3 Seh ich dein Werk an, Himmel, Mond und Sterne:
Was ist der Mensch! Und doch gedenkst du seiner
und kümmerst dich um ihn in großer Liebe,
Herr, unser Herrscher.

4. Ja, Macht und Würde hast du ihm verliehen
und lässt ihn herrschen über die Geschöpfe,
dass sie der Mensch bewahrt nach deinem Willen,
Herr, unser Herrscher.

5. Schafe und Rinder und das Wild des Feldes,
Vögel und Fische legst du ihm zu Füßen.
Groß ist dein Name auf der ganzen Erde,
Herr, unser Herrscher.

Nach Psalm 8

Dennoch bleibe ich an dir

1. Mein Gott, ich zweifle oft an dir.
Mein Glaube möchte sehen.
Warum lässt du in dieser Welt
so vieles Leid geschehen?
Und dennoch bleibe ich an dir,
vertraue deinem Walten.
Ich bin an meiner rechten Hand
ganz fest von dir gehalten.

2. Mein Gott, ich zweifle oft an mir.
Ich soll das Gute wagen.
Warum ist meine Kraft so schwach,
durchbrochen vom Verzagen?
Und dennoch bleibe ich an dir
im Schönen wie im Schweren.
Du leitest mich nach deinem Rat
und nimmst mich an mit Ehren.

3. Warum hat der Erfolg und Glück,
dem Glauben nichts bedeutet?
Warum wird dem, der dir gehorcht,
oft solche Not bereitet?
Und dennoch bleibe ich an dir,
du meine höchste Gabe.
Was gilt mir Himmel und was Welt,
wenn ich nur dich, Herr, habe!

4. Und manchmal ist mein Mund verstummt
vor Gram und Last und Leere.
Ich halte meine Ohren zu,
dass ich kein Wort mehr höre.
Und dennoch bleibe ich an dir,
der Armut nicht verachtet.
Denn du bist meines Herzens Trost,
noch wenn mein Herz verschmachtet.

Nach Psalm 73

Danklied

1. Gelobt sei Gott! Er ist mein Licht
und gibt mir Lebensmut.
Ich weiß es und vergesse nicht,
was er mir Gutes tut.

2. Er, der mich wie ein Vater liebt,
mit seiner Gnade krönt,
heilt mein Gebrechen und vergibt,
Ich bin mit ihm versöhnt.

3. So wie ein Adler neuen Schwung
und neue Federn kriegt,
macht Gott mich täglich frisch und jung,
dass meine Freude siegt.

4. Der Himmel wölbt sich hoch und weit
und über alle Welt.
So leuchtet Gottes Freundlichkeit
dem, der sich zu ihm hält.

5. Die Blume blüht nur kurze Zeit.
So muss der Mensch dahin.
Doch Gottes große Ewigkeit
bleibt seine Trösterin.

6. Gelobt sei Gott! Er ist mein Licht
und gibt mir Lebensmut.
Ich weiß es und vergesse nicht,
was er mit Gutes tut.

Nach Psalm 103

Nun lasst uns Gottes Namen preisen

1. Nun lasst uns Gottes Namen preisen,
vor aller Welt ihm Dank erweisen
für seine Wunder, die er tut.
Gott hält sein Wort und macht uns Mut.
So freut euch seiner und lobsingt
dem Heil, das er für uns vollbringt!

2. Bekennt den Herrn, rühmt seine Werke,
verkündet seine Macht und Stärke,
sucht seine Nähe allezeit,
dass ihr bei ihm geborgen seid.
Was er verspricht, hat festen Grund.
Er denkt an uns und seinen Bund.

3. So spricht der Herr der ganzen Erde:
Ich werde sein, der ich sein werde.
Was er verheißt mit seinem Eid,
besteht und gilt in Ewigkeit:
Ich führe euch mit sichrer Hand
ans Ziel in das gelobte Land.

4. Wir haben seine Macht erfahren,
als wir noch in der Fremde waren.
Er war die Heimat und ging mit,
als unsre Seele Heimweh litt,
befreite uns mit starker Kraft
aus Knechtschaft und Gefangenschaft.

5. Wir hungerten nach Brot und Leben.
Stets hat er Speise uns gegeben
und wirkte Wunder in der Not.
Noch in der Wüste gab er Brot,
und dürstete sein Israel,
sprang aus dem Fels ein Wasserquell.

6. Noch immer zieht er seinem Volke
den Weg voran in einer Wolke
von Zeugen, die für ihn erstehn.
In Zeichen lässt der Herr sich sehn.
Mit seiner Feuersäule bricht
in unsre Nacht ein helles Licht.

7. Gott führt sein Volk durch alle Zeiten.
Er will uns einst zur Ruhe leiten
und hat in allem Kampf der Welt
uns unter seinen Schutz gestellt.
So dankt ihm, bringt ihm Preis und Ruhm
als sein geliebtes Eigentum.

Nach Psalm 105

Gott allein die Ehre

1. Nicht uns, nicht uns, Herr, gib die Ehre,
dein Name soll gepriesen sein.
Das Dunkle fragt uns und das Schwere:
Wo ist nun Gott? Wann greift er ein?
Zeig, dass du da bist, Herr der Welt,
und schaffen kannst, was dir gefällt.

2. Du bist nicht wie die toten Götzen
aus Gold und Silber Menschenwerk.
Du bist die Zuflucht im Entsetzen
und richtest treu dein Augenmerk
auf Lob und Bitte, Qual und Schrei
und stehst uns hundertfältig bei.

3. Lass uns nicht falschen Göttern dienen,
lass uns nicht wie sie selber sein.
Sie haben unbewegte Mienen
und lassen hilflos und allein.
Sie haben Augen, die nicht sehn,
und Ohren, die uns nicht verstehn.

4. Sie haben Münder, die nicht reden,
aus ihren Kehlen kommt kein Laut.
Sie täuschen und betrügen jeden,
der auf den Augenschein vertraut.
So sucht das Leben, wo es quillt:
Gott ist allein der Schutz und Schild.

5. Er denkt an uns und will uns segnen.
Er segne auch ganz Israel!
Wo wir ihm glaubensvoll begegnen,
wird unsre Finsternis taghell.
Glück und Gelingen gebe er,
des Himmels und der Erde Herr!

6. Der Herr regiert sein Reich von oben
und hat die Erde uns geliehn.
Die Toten können ihn nicht loben.
So preist mit eurem Leben ihn,
den Schöpfer, dessen Volk ihr seid,
von nun an bis ans Ziel der Zeit.

Nach Psalm 115

Immer ist ein Lobgesang

1. Immer ist ein Lobgesang
um Gott her. Stimmt in ihn ein
auch mit eurem Lob und Dank!
Wer Gott lobt, ist nicht allein.

2. Sonne, die sich strahlend hob,
Mond und Sterne in der Nacht,
leuchtet Gott dem Herrn zum Lob
und zum Zeichen seiner Macht.

3. Blumen, blüht, und Vögel, singt,
Wasser, fließe, Bäume, grünt!
Menschen, müht euch und vollbringt,
was der Schöpfung Gottes dient.

4. Feuer, brenne, Schnee, gefrier,
rausche, Meer, und wehe, Wind!
Gottes Boten sind auch wir,
wenn wir ihm gehorsam sind.

5. Immer ist ein Lobgesang
um Gott her. Stimmt in ihn ein
auch mit eurem Lob und Dank!
Wer Gott lobt, ist nicht allein.

Nach Psalm 148

Das Lied vom Weinberg

1. Ich will euch erzählen,
ihr Leute, hört her!
Ich hab einen Weinberg,
den liebte ich sehr.

2. Auf fruchtbarem Hügel
ein schönes Stück Land.
Ich gab mir viel Mühe
und hielt ihn instand.

3. Ich grub und entsteinte
den Boden mit Fleiß.
Dann pflanzte ich Reben,
so edel ich weiß.

4. Ich zog einen Schutzzaun
um Garten und Wein
und baute noch Wachtturm
und Kelter hinein.

5. Und weil ich dem Weinberg
viel Liebe erwies,
erhoffte ich Früchte,
die gut sind und süß.

6. Nun bin ich erschrocken
und zornig mit Recht:
Der Wein, der heranwuchs,
ist sauer und schlecht!

7. Ich habe die Reben
gehegt und gepflegt.
Nun urteilt ihr selber,
wer Schuld daran trägt!

8. Schlecht lohnte der Weinberg
mir Mühe und Schweiß.
Ich will ihn verlassen
und gebe ihn preis.

9. Soll alles verwildern
in Unfruchtbarkeit,
von Dornen und Disteln
und Dürre entweiht.

10. Hört zu, Leute Judas:
Der Weinberg seid ihr!
Die Strafe des Herren
steht schon vor der Tür.

11. Er pflanzte euch Glauben
und Liebe ins Herz
– und erntete Abfall
und Unrecht und Schmerz!

12. Der Weinberg des Herren
bewährte sich nicht.
Die Trauben sind bitter.
Nun kommt das Gericht.

Nach Jesaja 5, 1–7

1. Das Volk im Dunkeln sieht ein helles Licht,
das tröstend durch das Tal der Tränen bricht.
Gott, diese große Freude kommt von dir,
und darum jauchzen und frohlocken wir.

2. Wir freuen uns, wie man sich jubelnd freut
nach aller Mühsal in der Erntezeit.
Gewalt und Krieg und Unrecht sind vorbei,
du machst uns von dem Joch des Schreckens frei.

3. Vernichtet sind der Knechtschaft Stab und Stock
und der von Blut getränkte Kriegerrock.
Kein Marschtritt dröhnt mehr durch ein banges Land,
die Stiefel der Soldaten sind verbrannt.

4. Wir sind nicht mehr verlassen und verlorn.
Ein Kind, ein Königssohn ist uns geborn.
Klug und barmherzig wird er Herrscher sein,
mit ihm kehrt dauerhafter Friede ein.

5. Ein starker Held und Friedensfürst genannt,
regiert und dient er mit gerechter Hand.
Und seine Macht reicht welt- und himmelweit,
er hat ein Vaterherz in Ewigkeit.

6. Was Gott beschließt, nimmt festen Weg und Lauf.
Dann blüht die arme Erde wieder auf,
und alle, alle Menschen finden sich
und stehn vor ihrem Herrn geschwisterlich.

7. Das Volk im Dunkeln sieht ein helles Licht,
das tröstend durch das Tal der Tränen bricht.
Willkommen, Friedensfürst auf Davids Thron,
am Ende und in dieser Weltzeit schon!

Nach Jesaja 9, 1–7

Was siehst du, Jeremia?

1. Was siehst du, Jeremia?
so fragte mich der Herr.
Ich sehe den Wacholder,
antwortete ich ihm.

2. Ja, du hast recht gesehen,
erwiderte der Herr.
Ich will darüber wachen,
dass sich mein Wort erfüllt.

3. Was siehst du, Jeremia?
Es kocht vom Norden her.
Ich sehe, wie mein Kessel
heiß dampfend überfließt.

4. Ja, du hast recht gesehen.
So bricht vom Norden her
auf alle die Bewohner
das Unheil in das Land.

5. Und du, was siehst du, Amos?
so fragte mich der Herr.
Ein Mann prüft seine Mauer,
ob sie gerade steht.

6. Mein Volk gleicht einer Mauer,
die nicht im Lot mehr ist.
Und ich bin fest entschlossen,
nichts Krummes geht mehr durch!

7. Was siehst du noch? Sprich, Amos!
Da steht ein Korb voll Obst.
Ja, es ist Zeit zur Ernte
und zum Gericht, mein Volk.

8. Wenn Gott nun heute fragte:
Was siehst du? Hand aufs Herz!
Was würden wir wohl sagen?
Was wär sein Wort an uns?

Jeremia 1, 11–14 und Amos 7, 7–8; 8, 1–2

Ich hatte einen Traum

1. Ich hatte einen Traum.
Gott ließ mich nächtlich sehen
die Mächte dieser Welt,
ihr Kommen und ihr Gehen.

2. Das Meer erregte sich,
bewegt von den vier Winden.
Vier Tiere stiegen auf,
nicht grausiger zu finden.

3. Ein Löwe kam zuerst
mit Flügeln und mit Feuer,
ein Bär und Panther dann,
brutale Ungeheuer.

4. Zuletzt das schlimmste Tier,
mit Namen nicht zu weisen.
Zehn Hörner hatte es
und Zähne wie aus Eisen.

5. Ich schaute hin: Ein Thron!
Da wurden sie gerichtet
und alle vier von Gott
entmachtet und gerichtet.

6. Ich schaute in die Nacht.
Da kam nach dem Getümmel
ein Mensch, der menschlich war,
mit Wolken her vom Himmel.

7. Ihm wurde Macht verliehn
von Gott für alle Zeiten.
Die Völker werden ihm
am Ende Lob bereiten.

Nach Daniel 7, 1–14

Johanneslied

1. Wir singen einen Lobgesang
Gott unserm Herrn zu Preis und Dank.
Er schickt Johannes in die Welt,
der uns in die Entscheidung stellt.

2. Johannes sagt als Gottesmann
die Königsherrschaft Christi an:
»Tut Buße nun und ändert euch!
Gekommen ist das Himmelreich.«

3. Er lebt adventlich, voll Verzicht,
dem Unrecht predigt er Gericht.
So tritt er in der Wüste auf
und tauft das Volk am Jordanlauf.

4. Wie er nun Christus kommen sieht,
sagt er prophetisch, was geschieht:
»Dies ist Er, der Lamm Gottes heißt.
Er tauft mit Feuer und mit Geist.

5. Es kommt nach mir, der vor mir war.
Er ist der Rat, Kraft, Wunderbar
und trägt die Sünde aller Welt.
Sein Tag steigt auf, der meine fällt.«

6. Der Täufer treibt das Werk mit Mut
und tadelt, was Herodes tut.
Man greift und fesselt ihn dafür.
Hart schließt sich die Gefängnistür.

7. Er fragt und zweifelt im Verlies:
»Wo bleibt, was Gottes Wort verhieß?«
und schickt zu Christus sorgenvoll:
»Bist du, Herr, der da kommen soll?«

8. Und Christi Antwort tröstet ihn:
»Den Armen ist das Heil verliehn
und Taube hören, Blinde sehn
und Tote leben, Lahme gehn.

9. Und selig«, spricht der gute Hirt,
»ist, wer nicht irre an mir wird.«
So hat Johannes noch im Leid
teil an des Reiches Herrlichkeit.

10. Hab Dank, Herr Christ, dass du auch jetzt
Johannes uns zum Zeichen setzt
für Mut und treue Zeugenschaft
und deines Wortes Trost und Kraft.

Nach Matthäus 3, 1–3; 11, 2–6 und Johannes 1, 29–30

Vaterunser-Lied

1. Du Geheimnis aus der Höhe,
allumfassend große Macht,
deine Ferne, deine Nähe
widerfährt uns Tag und Nacht.
Unsichtbarer Gott, wir können
dich im Namen Jesu Christ
unsren Herrn und Vater nennen,
der barmherzig zu uns ist.

2. Lass uns deinen Namen ehren
im Gebet und vor der Welt,
dass wir denken, tun und lehren,
was ihn bei uns heilig hält.
Deine Herrschaft aufzubauen,
komm in unsre späte Zeit.
Säe Liebe und Vertrauen
mitten zwischen Angst und Streit.

3. Zeige uns, Gott, deinen Willen,
dass er bei uns wächst und reift.
Gib uns Kraft, ihn zu erfüllen,
und Gehorsam, der begreift.
Schenk uns Vollmacht, ja zu sagen
da, wo es dein Wille will.
Mach uns frei zum Tun und Wagen
und zum Tragen stark und still.

4. Was wir brauchen, um zu leben,
gib uns mit dem täglich Brot,
dass wir davon weitergeben,
wo noch Hunger herrscht und Not.
Von der Schuld uns zu befreien,
sei uns gnädig, sei uns gut,
dass wir selber dem verzeihen,
der uns hasst und Unrecht tut.

5. Müssen wir Versuchung leiden
und durch Feuerproben gehn,
hilf uns richtig zu entscheiden
und die Prüfung zu bestehn.
Herr, erlöse uns vom Bösen
und beende Kreuz und Krieg.
Alles gottesferne Wesen
nimm hinein in deinen Sieg.

6. Einmal, so hast du versprochen,
kommt dein Reich in unsre Zeit.
Jetzt schon ist es angebrochen
voller Kraft und Herrlichkeit.
Über Bitten und Verstehen
bist du immer für uns da.
Amen heißt: Es soll geschehen.
Amen, unser Vater, ja!

Nach Matthäus 6, 9–13
Gemeinschaftsliederbuch 411

Das Himmelreich gleicht einem Schatz

1. Das Himmelreich gleicht einem Schatz,
in einem Feld begraben.
Da kommt ein Mann, entdeckt den Platz
und kennt nur eins: ihn haben!
Er legt den Schatz ins Feld zurück,
verkauft sein Hab und Gut vor Glück,
nimmt alles Geld
und kauft das Feld.

2. Wer Gottes Einladung versteht,
wird einem Kaufmann gleichen,
der schöne Perlen suchen geht,
die hohen Wert erreichen.
Er findet eine und ermisst,
dass sie wie keine kostbar ist,
setzt alles ein,
und sie wird sein.

3. Es wird wie mit dem Senfkorn sein,
wenn Gott sein Reich begründet.
Man nimmt und sät es winzig klein,
es keimt und wächst und findet
zuletzt die Größe wie ein Baum
und gibt den Vögeln bei sich Raum.
Das Korn wird bald
zum festen Halt.

4. Gott handelt einer Hausfrau gleich,
die Brot aus Mehl bereitet.
Sie mengt darunter Sauerteig,
der sich durchs Mehl verbreitet.
Ein wenig Sauerteig genügt,
dass sich Geschmack ins Ganze fügt.
So fort und fort
wirkt Gottes Wort.

5. Ein Bauer hat die Saat gesät,
geht heim und legt sich nieder,
steht morgens auf und lebt. So geht
es alle Tage wieder.
Inzwischen wächst und reift die Saat
von selber, und die Ernte naht.
So kommt zu euch
das Himmelreich.

Nach Matthäus 13, 31–33; 44–46 und Markus 4, 26–29

Der verworfene Eckstein

1. Ein neues Haus ist im Entstehen,
das viele Steine fasst.
Die Maurer nehmen einen Stein,
die Maurer nehmen einen Stein:
Mal sehen, ob er passt.

2. Sie prüfen ihn und wenden ihn.
Der Stein ist fest und schwer.
Dann werfen sie ihn plötzlich weg,
dann werfen sie ihn plötzlich weg:
Der Stein passt nicht hierher.

3. Da kommt der Architekt zum Haus.
Er sieht den schönen Stein
und sagt: Der soll der Eckstein sein
und sagt: Der soll der Eckstein sein
und fügt ihn passend ein.

4. Die Maurer haben sich geirrt.
Der Stein passt ganz genau.
Der Stein, der erst verworfen war,
der Stein, der erst verworfen war,
der stützt und trägt den Bau.

5. Du fragst, was die Geschichte soll?
Der Stein ist Jesus Christ,
der gegen allen Widerspruch,
der gegen allen Widerspruch
der Grund des Glaubens ist.

Nach Psalm 118, 22–23 und Matthäus 21, 42–44

Die zehn Brautfreundinnen

1. So wird es sein, wenn Gott sein Reich vollendet,
wie es bei einer Hochzeitsfeier war.
Zehn Mädchen warteten als Brautfreundinnen
mit ihren Lampen auf das Hochzeitspaar.

Refrain: Mach uns bereit, Herr Christ, auf dich
zu warten,
auch wenn die Nacht sich in die Länge zieht.

2. Leichtfertig sorglos dachten fünf von ihnen:
Das Öl in unsren Lampen ist genug.
Fünf aber nahmen zu dem Öl der Lampen
noch Öl als Vorrat mit. Sie waren klug.

3. Der Festzug ließ sehr lange auf sich warten.
Die Mädchen wurden müde, schliefen ein.
»Der Bräutigam! Er kommt! Geht ihm entgegen!«
erweckte sie um Mitternacht ein Schrein.

4. Die Mädchen standen auf in aller Eile
und nahmen ihre Lampen in die Hand.
Da war bei denen, die leichtfertig waren,
das Licht erloschen und das Öl verbrannt.

5. Erschrocken baten sie die andren Mädchen:
»Geht doch nicht ohne uns ins Hochzeitshaus!
Gebt uns von eurem Öl! Lasst es uns teilen!
Ihr habt noch Vorrat. Unser Licht ist aus«.

6. Die Klugen widersprachen: »Ausgeschlossen!
Dann reicht das Öl doch für uns alle nicht.
Rasch! Macht euch auf den Weg zum nächsten
Kaufmann
und holt euch neues Öl für euer Licht«.

7. Sie gingen hin, um sich das Öl zu kaufen.
Da kam der Bräutigam mit einem Mal.
Die fünf, die darauf vorbereitet waren,
begleiteten ihn in den Hochzeitssaal.

8. Im Haus der Hochzeit leuchteten die Fenster,
Musik und Freude tönte durch die Nacht.
Die Türen wurden hinter allen Gästen,
die eingeladen waren, zugemacht.

9. Am Ende kamen auch die andren Mädchen
mit ihren Lichtern nach dem späten Kauf.
An Tür und Fenster klopften sie und riefen:
»Wir möchten noch hinein. Herr, tu uns auf!«

10. »Mein Haus ist voll, die Türen sind geschlossen.
Ich kenne euch nicht, die ihr draußen steht«,
entgegnete der Bräutigam den Mädchen.
So kamen sie zum Hochzeitsfest zu spät.

11. Lasst eure Lichter brennen, sagt uns Jesus.
Seid vorbereitet, klug und unbeirrt.
Bleibt wach! Denn ihr wisst weder Tag noch
Stunde,
wann euer Herr am Ende kommen wird.

Nach Matthäus 25, 1–13

Die selbstwachsende Saat

1. Und Jesus sagte: Mit der Herrschaft Gottes
ist es wie mit dem Sämann und dem Samen.
Der Bauer streut die Saat auf seinen Acker
und geht nach Hause.

2. Er legt sich schlafen bis zum nächsten Morgen.
Dann steht er auf. So geht es viele Tage.
Inzwischen geht die Saat auf und wächst leise;
wie, weiß er selbst nicht.

3. Ganz von allein und heimlich lässt die Erde
die Pflanzen wachsen und die Früchte reifen.
Erst kommt der Halm, die Ähre dann und schließlich
der volle Weizen.

4. Wenn das Getreide reif ist, kommt der Bauer.
Er greift zur Sichel und beginnt zu mähen
und schneidet alle Halme seines Feldes,
denn es ist Ernte.

5. Und Jesus sagte: Öffnet eure Augen!
Denn Gottes Reich ist nah herbeigekommen.
Von selber wächst und reift es in der Stille
ernteentgegen.

Nach Markus 4, 26–29

Magnifikat

1 Ich preise und erhebe dich,
ich juble und ich freue mich,
dass du, den alle Welt nicht fasst,
mich gnädig angesehen hast.

2. Sein Ruf, der mich zum Heil befreit,
traf mich in meiner Niedrigkeit.
Nun sehe ich, Herr, mein Geschick
glückselig an mit neuem Blick.

3. So klein ich war und unbekannt,
du hast dich mir doch zugewandt.
Was vor der Welt nicht gilt und zählt,
hast du für deinen Plan erwählt.

4. Ein Zeichen ist, was mir geschah:
Du bist für alle Menschen da
und gehst barmherzig auf sie ein
und würdigst sie, dein Volk zu sein.

5. Dem Stillen, Schwachen schenkst du Kraft
mit deinem Wort, das Großes schafft.
Was lautstark war, wird vor dir stumm;
du wertest alle Dinge um.

6. Du gibst den Stolzen ihren Lohn
und stößt die Mächtigen vom Thron.
Den Unterdrückten hilfst du auf
und festigst ihren Weg und Lauf.

7. Die hungern, machst du reich und satt,
und Reiche lässt du arm und matt
mit leeren Händen von dir gehn,
bis sie um deine Gnade flehn.

8. Brich ein mit der Barmherzigkeit
in unsre ungerechte Zeit.
Erfülle uns in Jesus Christ,
was einst von dir verheißen ist.

9. Gott, nimm dich all der Deinen an,
dass jeder dir lobsingen kann
hier und in deiner Himmelsstadt
mit jubelndem Magnifikat.

Nach Lukas 1, 46–55

Nunc dimittis

1. Nun kann ich, Herr, in Frieden
den Weg zu Ende gehn.
Denn du hast mir beschieden,
das Heil der Welt zu sehn.
Du hast mit Christi Kommen,
was du versprachst, erfüllt
und gnädig angenommen,
was als verloren gilt.

2. Du wirst dein Werk vollenden,
das rettend nun beginnt,
der Menschheit Weisung senden
und Licht vom Krippenkind.
Du öffnest aus dem Schweren
ein Hoffen, das sich lohnt,
und bringst dein Volk zu Ehren,
das noch im Dunkeln wohnt.

3. Gott Vater, Sohn und Sühner,
Gott Tröster, Heilger Geist,
nun segne deinen Diener,
wie du zu segnen weißt.
Ich warte auf dein Amen,
zum letzten Ruf bereit,
und preise deinen Namen
jetzt und in Ewigkeit.

Nach Lukas 2, 29–32

Marienlied

1. Gott, dein Gruß der Gnade
komm uns spürbar nah!
Schick auch uns den Engel,
den Maria sah.

2. Du hast sie erhoben,
auserwählt zu sein.
Stell auch unsre Herzen
auf Erwartung ein.

3. Weck in uns die Freude,
dass du kommen willst
und im Sohn Marias
unsre Sehnsucht stillst.

4. Mädchenfrau und Mutter –
welch ein schönes Bild,
das uns mit Vertrauen
schwesterlich erfüllt!

5. Reichtum in der Armut
strahlt Maria aus,
und noch aus der Hütte
macht sie ein Zuhaus.

6. Was mit Jesu Kommen
Herrliches geschieht,
möchten wir lobpreisen
mit Marias Lied:

7. »Meine Seele, rühme
Gott, der Großes tut!
Er entmachtet Starke
und macht Schwachen Mut.«

8. Wenn wir Jesus suchen,
wenn wir ihn verliern,
lass uns wie Maria
sein Geheimnis spürn.

9. Lass uns mit Maria
schwere Wege gehn
und auch da noch lieben,
wo wir nicht verstehn.

10. Schenk uns ihre Treue,
die sich nicht verirrt,
wenn dem Zeichen Jesu
widersprochen wird.

11. Gib uns Kraft zum Tragen,
wie Maria trägt,
wenn der Schmerz des Kreuzes
unsre Seele schlägt.

12. Tröster der Maria,
halt uns rettend fest,
bis du es für immer
Ostern werden lässt.

Die Emmausjünger

1. Zwei der Jünger, traurig wie die andern
über ihres Meisters Tod,
brachen auf, nach Emmaus zu wandern,
und besprachen ihre Not.
Wie sie nun, bestürzt von all den Dingen,
miteinander redeten und gingen,
nahte sich ein fremder Mann,
trat herzu und sprach sie an:

2. Was bekümmert euch für ein Geschehen?
Wovon redet ihr denn da?
Staunend blieben beide Jünger stehen:
Weißt nur du nicht, was geschah?
Dann erzählten sie, was sie bedrückte:
Den Propheten, den der Herr uns schickte,
Jesus, groß in Wort und Tat,
kreuzigte der Hohe Rat.

3. Und wir hofften, dass uns der Gerechte,
statt dass er dem Tod erlag,
endlich Freiheit und Erlösung brächte.
Heute ist der dritte Tag.
Und nun gingen von uns ein paar Frauen
an sein Grab, um dort nach ihm zu schauen,
und sie haben uns erschreckt,
er sei fort und auferweckt.

4. Kennt ihr denn die Schrift nicht, o ihr Toren!
sprach der Fremde auf sie ein.
Könnt ihr so in Traurigkeit verloren,
blind und ohne Glauben sein?
Musste Christus nicht das alles leiden
und am Kreuz aus diesem Leben scheiden,
um in seine Herrlichkeit
einzugehn für allezeit?

5. Er begann mit Mose zu erklären
bis zu den Propheten fort,
was die Schriften vom Erlöser lehren,
und erschloss sie durch sein Wort,
dass die Jünger Rat und Antwort fanden,
ihren Herrn als Gottesknecht verstanden,
der für alle Menschen stirbt
und das Heil der Welt erwirbt.

6. Als sie nun nach Emmaus gelangten,
wollte er schon weiterziehn.
Doch die Jünger, die sich heimlich bangten,
nötigten und baten ihn:
Bleibe bei uns, es will Abend werden,
und der Tag hat sich geneigt auf Erden!
Da ging er mit ihnen mit,
und sie kehrten ein zu dritt.

7. Und zu Tisch, als sie zusammensaßen,
nahm und brach der Gast das Brot,
dankte, gab es ihnen, und sie aßen.
Welch ein Zeichen, das er bot!
Da erwachten ihre Lebensgeister,
sie erkannten ihren Herrn und Meister.
Aber er zog sich zurück
und verschwand vor ihrem Blick.

8. Heilger Schrecken löste ihre Schmerzen,
und sie sprachen hell erregt:
Wurde uns nicht warm um unsre Herzen,
waren wir nicht tief bewegt,
als er uns die Schrift verständlich machte
und den Sinn des Kreuzes nahebrachte,
als er, von uns unerkannt,
unsre Trauer überwand?

9. Und sie machten sich zur selben Stunde
auf den Heimweg froh und gern,
brachten nach Jerusalem die Kunde
von dem auferstandnen Herrn.
Dort bezeugten die Apostel ihnen:
Simon Petrus ist der Herr erschienen!
Etwas Großes ist geschehn.
Jesus lebt und ließ sich sehn.

10. Und die zwei erzählten voller Freude
von dem Weg nach Emmaus,
wie der Herr zu ihnen kam, und beide
es nicht merkten bis zum Schluss,
wie bei seinem Wort die Herzen brannten
und sie ihn mit einem Mal erkannten,
als er Gottes Lobpreis sprach
und das Brot mit ihnen brach.

Nach Lukas 24, 13–35

Erlösungschoral

1. Alles Leiden, alles Sterben,
alles Bangen dieser Zeit
ist für uns als Christi Erben
längst nicht wert der Herrlichkeit,
die uns Gott dereinst bereitet,
wenn die Welt vollendet wird.
Diese Hoffnung, die nicht irrt
und den Blick des Glaubens weitet,
zünde täglich in uns an,
Herr, der Wunder wirken kann.

2. Die Geschöpfe dieser Erde
sehnen ängstlich sich danach,
dass die Menschheit menschlich werde,
für das Gute frei und wach.
Alle Kreaturen warten,
dass der Mensch als Gottes Kind
sich auf das Gebot besinnt
und die Welt als Gottes Garten
treu verwaltet und bewahrt,
bis der Herr sich offenbart.

3. Aller Schöpfung Lebewesen
ängstigen sich allezeit.
Du willst sie mit uns erlösen,
Herr, von der Vergänglichkeit.
Alle Kreatur soll leben,
wunderbar vom Tod befreit,
dass sie nicht mehr stöhnt und schreit,
dem Verderben preisgegeben.
Sie hat mit uns selber teil,
Gott, an deines Reiches Heil.

4. Als ein erstes Zeichen haben
wir für diese Zuversicht
Gottes Geist mit seinen Gaben,
der durch Christus zu uns spricht.
Was man sieht, kann man nicht hoffen.
Was man hofft, ist unsichtbar.
Doch der Geist verheißt es klar
und hält unser Warten offen.
Diese Hoffnung wird nicht matt,
sondern tut, was Zukunft hat.

5. Denn der Geist hilft unsrer Schwachheit
und Verzagtheit wieder auf,
schenkt uns Kraft, Geduld und Wachheit
für des Evangeliums Lauf.
Wenn wir ratlos sind beim Beten,
nicht mehr wissen aus noch ein,
will er unser Fürsprech sein
und mit Seufzen uns vertreten,
das Gott wahrnimmt und versteht
als ein herzliches Gebet.

6. Die Gott lieben und ihn ehren
mit dem Herzen und der Tat,
finden auch in allem Schweren
Weg und Ziel und Trost und Rat.
Sie erfahren es, dass ihnen,
was sich auch entgegenstellt,
alle Dinge auf der Welt
letztlich doch zum Besten dienen.
Gott erwählt und führt weltweit
durch das Kreuz zur Herrlichkeit.

Nach Römer 8, 18–28

1. Wenn Gott auf unsrer Seite ist,
wer kann uns dann noch schaden?
Er steht zu uns in Jesus Christ
mit seinem Wort der Gnaden.
Er gab den Sohn, der für uns litt.
Wie sollte er uns nicht damit
von Herzen alles schenken?

2. Wer will, die Gott sich auserwählt,
beschuldigen und richten?
Gott macht gerecht. Der Glaube zählt,
um unsre Schuld zu schlichten.
Wer will verdammen? Gottes Sohn
sitzt neben seines Vaters Thron,
um für uns einzutreten.

3. Kann uns noch etwas in der Welt
von Christi Liebe scheiden,
was uns auch immer überfällt
an Trübsal, Angst und Leiden?
Wie in der Schrift geschrieben steht:
Wir sterben täglich früh und spät
um deines Namens willen.

4. Was uns im ungeborgnen Hier
auch noch so sehr betrübe,
in allem überwinden wir
weitaus durch Gottes Liebe.
Wir sind gewiss, dass weder Tod
noch Leben, weder Glück noch Not
uns von ihr trennen können.

5. Nicht Zukunft oder Gegenwart,
nicht Schicksal und Geschehen
noch Mächte irgendwelcher Art
in Tiefen oder Höhen
vermögen uns, Herr Jesu Christ,
der du der Herr der Liebe bist,
aus deiner Hand zu reißen.

Nach Römer 8, 31–39
Gemeinschaftsliederbuch 370

1. Wie unerschöpflich groß ist Gottes Reichtum!
Wie unergründlich tief ist seine Weisheit!
Und wer begreift im Gang der Weltgeschichte
Gottes Gerichte!

2. Ob er verurteilt oder gnädig waltet,
wie unerforschlich bleiben seine Wege!
Wer kann erkennen seinen Plan der Taten
und ihn beraten?

3. Wer hat Gott jemals irgendwas gegeben,
für das er wieder etwas fordern könnte?
Ihm, ohne den kein Ding geschaffen wäre,
sei ewig Ehre!

4. So stellt euch Gott mit eurem ganzen Leben
so zur Verfügung, dass ihr es vernünftig
als Gottesdienst betrachtet und gestaltet
und heilig haltet.

5. Passt euch der Welt nicht an, die schon dahingeht.
Fragt nach dem Maß der neuen Zukunft Gottes.
Lasst euch von ihm im Innersten verwandeln
zum rechten Handeln.

Nach Römer 11, 33–36; 12, 1–2

Trostlied

1. Der du die Angst der Welt verstehst
und selbst den schweren Kreuzweg gehst
mit Zittern und mit Zagen,
wir dürfen dir, Herr Jesu Christ,
weil du im Leiden Bruder bist,
von unsren Ängsten sagen.

2. Wir leiden unter unsrer Schuld.
Versäumnis, Ichsucht, Ungeduld
belasten unser Leben.
Nimm, was entmutigt und entehrt,
und gib uns Mut und neuen Wert
aus deinem Schuldvergeben.

3. Wir wissen nicht, was aus uns wird,
wohin die Menschheit sich verirrt,
und bangen ungeborgen.
Herr, heile diese kranke Welt
und lass uns tun, was sie erhält,
und kämpfen um das Morgen.

4. Und manchmal ficht die Furcht uns an
vor dem, was uns geschehen kann
an Kreuz und Finsternissen.
Herr, halte uns im Glauben fest,
dass du uns führst und nicht verlässt,
auch wenn wir leiden müssen.

5. Wir denken bittend auch an die,
die unser sind. Bewahre sie
im Schönen wie im Schweren.
Und stellt sich Angst und Sorge ein,
lass das Vertrauen stärker sein,
dass sie zu dir gehören.

6. Wir fürchten uns, Herr, vor dem Tod
und vor dem Nichts, das uns bedroht.
Lass uns auf Ostern schauen
und deiner Macht der Ewigkeit,
die Trost und Zuversicht verleiht,
tagtäglich mehr vertrauen.

7. Wir preisen dich, weil du, Herr Christ,
Herr über alle Ängste bist.
So sei dir Dank beschieden.
So wild der Sturm der Angst auch tost,
wer zu dir kommt, der wird getrost
und kehrt zurück mit Frieden.

Himmelreich und Paradies

1. Himmelreich und Paradies
sah ich offenstehen,
Dinge, unbeschreiblich schön,
habe ich gesehen.

2. Stimmen überkamen mich,
die glückselig waren.
Offenbarungen von Gott
sind mir widerfahren.

3. Doch dass ich mich nicht damit
rühmend überhebe,
sondern ohne Eigenlob
Gott die Ehre gebe,

4. sitzt ein Dorn in meinem Fleisch,
macht mir Schmerz und Mängel,
und mir ist, als schlüge mich
Satans dunkler Engel.

5. Dreimal bat ich Gott den Herrn:
Heile mir mein Leiden!
Doch ich musste mich vor ihm
mit dem Wort bescheiden:

6. Meine Gnade ist genug.
Lass sie dir genügen!
Meine Kraft will wunderbar
in den Schwachen siegen.

7. Und so nehme ich mein Kreuz
an auf viele Weisen,
um in Schwachheit und Gefahr
Christi Kraft zu preisen.

8. Darum bin ich guten Muts
und will mich getrösten.
Denn wenn ich am kleinsten bin,
ist der Herr am größten.

Nach 2. Korinther 12, 7–10

Trostlied

1. Gott gebot dem Licht zu scheinen
und erleuchtete die Seinen
mitten in der Dunkelheit.
So hat er in unser Leben
einen hellen Schein gegeben
durch des Sohnes Herrlichkeit.

2. Dieser Schatz ist überschwenglich.
Wir sind schwach und sind vergänglich,
ein zerbrechliches Gefäß.
So wird man es deutlich sehen:
Alle Kraft, in der wir stehen,
ist von Gott und ihm gemäß.

3. Hart bedrängt von allen Seiten
und in Angst und Traurigkeiten
bleiben wir nicht klein und stumm.
Auch wenn wir nicht weiterwissen
und durch viel Verfolgung müssen,
dennoch kommen wir nicht um.

4. Wenn wir Christi Leiden wagen
und sein Sterben an uns tragen,
wird sein Sieg auch an uns wahr.
Denn wenn wir den Kreuzweg gehen,
wird auch Christi Auferstehen
leiblich an uns offenbar.

5. Herr, lass uns nicht müde werden,
wenn in Trübsal und Beschwerden
unser äußrer Mensch vergeht.
Mach es uns im Glauben möglich,
dass der innre Mensch tagtäglich
neu und österlich ersteht.

6. Wenn wir uns für dich entscheiden,
münden alle unsre Leiden
ein in deine Herrlichkeit.
Und was zeitlich ist und nichtig,
schafft, was ewig ist und wichtig:
lauter Gottverbundenheit.

7. Herr, wir haben das Vertrauen
gegen alles, was wir schauen,
auf das Kommende gesetzt.
Denn das Bleibende und Wahre
ist allein das Unsichtbare.
Darauf sehen wir schon jetzt.

Nach 2. Korinther 4, 6–10; 16–18

1. Seid stark im Herrn und bleibt verbunden
mit aller Stärke seiner Macht.
Das Böse schlägt uns listig Wunden
und lauert auf uns Tag und Nacht.
Zieht Gottes Waffenrüstung an,
die euch beschützen kann.

2. Wir kämpfen nicht mit unsersgleichen,
mit Menschen und mit Fleisch und Blut.
Der Fürst der Welt stellt seine Zeichen
auf Sturm und sammelt seine Wut.
Der Geist der Finsternis erscheint
als tausendfacher Feind.

3. Darum ergreift nun Gottes Waffen,
damit ihr an dem schlimmen Tag
bestehen könnt und Gutes schaffen
und euch das Feld gehören mag.
Begebt euch ganz in Gottes Hand
und leistet Widerstand.

4. Nehmt euch als Gürtel Gottes Wahrheit,
damit ihr fest umgürtet seid.
Legt an den guten Schutz der Klarheit,
den Panzer der Gerechtigkeit.
Als Schuhe der Bereitschaft tragt
den Frieden, den ihr wagt.

5. Den Glauben nehmt vor allen Dingen
und haltet ihn vor euch als Schild.
Mit ihm könnt ihr den Sieg erringen
bei jedem Angriff, der euch gilt.
Den Pfeil des Bösen löscht er aus
und hütet Herz und Haus.

6. Die Macht des Bösen zu bedrängen,
setzt euch den Helm des Heiles auf.
Das Schwert des Geistes umzuhängen
vergesst nicht, fasst es fest am Knauf.
Es ist das klare Wort der Schrift,
das überführt und trifft.

7. Seid stark im Herrn und bleibt verbunden
mit ihm durch des Gebetes Kraft.
Fleht und erbittet alle Stunden,
dass Gott euch Raum und Freiheit schafft.
So sei gepriesen allezeit,
der uns den Sieg verleiht.

Nach Epheser 6, 10–18

Pauluslied

1. Nicht, dass ich's schon ergriffen hab,
das Ziel, das Jesus Christus gab,
und mich vollkommen nenne.
Doch jage ich ihm ständig nach,
ob ich's ergreifen könne.

2. Weil ich von Ihm ergriffen bin,
kann ich die Richtung und den Sinn
des Lebens neu entdecken,
vergesse, was dahinten ist,
um mich nach vorn zu strecken.

3. Die himmlische Berufung steht
als Kleinod vor mir früh und spät
um Jesu Christi willen.
Gott wird am Ziel als Siegespreis
sie ganz an mir erfüllen.

4. In dieser Hoffnung lerne ich,
in alle Lebenslagen mich,
in Glück und Not zu fügen.
Und wenn ich Mangel leiden muss,
so lass ich mir genügen.

5. Ich kann auch hoch und niedrig sein,
mit andern leben und allein,
mit oder ohne Namen.
Durch Christus, der mich mächtig macht,
vermag ich alles. Amen.

Nach Philipper 3, 12–14; 4, 11–13

Sieben goldne Leuchter

1. Sieben goldne Leuchter sah ich brennen,
mitten zwischen ihnen aber stand
einer wie ein Mensch im langen Mantel,
um die Brust ein breites goldnes Band.

Refrain: Seht, der Herr kommt mit den Wolken.
Alle Menschen werden ihn dann sehn.
Und die ihn ans Kreuz geschlagen haben,
werden jammern und vor Angst vergehn.
Gott, du bist der Erste und der Letzte,
alle Mächte sind dir unterstellt.
Der du bist und warst, du wirst am Ende
kommen als der Herr der ganzen Welt.

2. Seine Haare waren weiß wie Wolle,
ja wie Schnee so leuchtend hell und rein.
Seine Augen glühten wie das Feuer,
seine Füße schienen Gold zu sein.

3. Seine Stimme brauste wie ein Wasser,
das gewaltig in die Tiefe fährt.
Sein Gesicht erstrahlte wie die Sonne,
und aus seinem Munde kam ein Schwert.

4. Sieben Sterne hielt er in der Rechten,
seine Macht war welt- und himmelweit.
Und als ich ihn sah, fiel ich zu Boden,
war wie tot vor seiner Heiligkeit.

5. Er berührte mich: Du musst nichts fürchten!
Ich bin es, das Ziel und der Beginn.
Ich war tot, sprach er, und sieh, ich lebe
bis in alle Ewigkeiten hin.

6. Nun liegt mir der Tod als Knecht zu Füßen,
und gebunden ist die Finsternis.
Gott gehört der Ruhm für alle Zeiten,
und der letzte Sieg ist ihm gewiss.

Nach Offenbarung 1, 7–8, 12–18

Botschaft Christi an die sieben Gemeinden

Botschaft an Ephesus

1. Liebt ihr mich noch so wie einst
oder ist das Feuer hin?
Denkt an früher und fasst Mut,
handelt so wie zu Beginn.
Ändert euch! Wenn aber nicht,
lösch ich eures Leuchters Licht.
Wer mich hört, wird nicht vergessen,
darf vom Baum des Lebens essen.

Refrain: Haltet durch und seid getreu,
kostet es auch euer Leben.
Ich will euch als Siegespreis
meine Lebenskrone geben.

Botschaft an Smyrna

2. Ja, ich weiß, ihr leidet viel,
seid verfolgt und hart bedrängt.
Doch inmitten aller Not
seid ihr wunderbar beschenkt.
Fürchtet euch nicht vor der Welt,
die euch auf die Probe stellt!
Wer für mich sich wird entscheiden,
wird den zweiten Tod nicht leiden.

Botschaft an Pergamon

3. Ihr bekennt euch treu zu mir
und seid tapfer, denn ihr wohnt,
wo der Aberglaube blüht
und der Satan herrscht und thront.
Bleibt der Wahrheit zugewandt,
haltet Trug und Irrweg stand!
Denen, die nicht von mir weichen,
will ich Brot vom Himmel reichen.

Botschaft an Thyatira

4. Eure Taten kenne ich.
Ihr verwirklicht, was ihr glaubt.
Was ihr habt, das haltet fest,
bis ich komme, euer Haupt.
Wer mir nachfolgt bis zuletzt,
wird von Gott in Macht gesetzt.
Hoch und herrlich wird er funkeln
wie der Morgenstern im Dunkeln.

Botschaft an Sardes

5. Wenn ihr auch lebendig heißt,
als erfüllt ihr mein Gebot,
ihr seids nur dem Namen nach,
denn in Wahrheit seid ihr tot.
Lasst euch wecken, werdet wach,
stärkt, was müde ist und schwach!
Die mein Wort zu leben wagen,
werden weiße Kleider tragen.

Botschaft an Philadelphia

6. Was ihr leistet, sehe ich.
   Eure Kraft ist klein und schwach.
   Trotzdem haltet ihr mein Wort,
   folgt mir unerschrocken nach.
   Offen steht die Tür – seht her!
   Keine Macht verschließt sie mehr.
   Euch will ich zu Säulen machen,
   die mein Heiligtum bewachen.

Botschaft an Laodizea

7. Ihr seid weder kalt noch heiß.
   Ihr seid lau, es ekelt mir.
   Und ihr denkt: Wie sind wir reich!
   Doch wie arm und blind seid ihr!
   Wenn ihr überstehen wollt,
   müht euch um das wahre Gold!
   Nur bei mir könnt ihr es finden.
   Meine Salbe heilt die Blinden.

8. Seht, ich stehe vor der Tür.
   Merkt ihr es? Ich klopfe an.
   Hört die Stimme, macht mir auf,
   dass ich zu euch kommen kann.
   Jeder, der mich zu sich lässt,
   isst mein Mahl, erlebt mein Fest.
   Ich will mich zu ihm bekennen,
   ihn vor Gott mit Namen nennen.

Nach Offenbarung 2 und 3

Der Sieg im Himmel

1. Im Himmel war ein Kampf entbrannt.
Michael mit starker Hand
griff Satans bösen Drachen an,
der wild zu wehren sich begann.
Kyrieleis.

2. Dem Drachen half die Engelschar,
die im Dunkeln um ihn war,
und Michael zur Seite stritt
die Schar der lichten Engel mit.
Kyrieleis.

3. Am Ende legte sich der Krieg,
Michael gewann den Sieg.
Der böse Drache hat seither
im Himmel keine Bleibe mehr.
Kyrieleis.

4. Er, der die alte Schlange heißt,
Trug und List der Welt erweist,
erlebte einen großen Fall
und stürzte auf den Erdenball.
Kyrieleis.

5. Mit seinen Engeln fiel er tief.
Eine Stimme aber rief:
Jetzt endlich hat der Herr gesiegt,
dem alle Macht zu Füßen liegt!
Kyrieleis.

6. Bezwungen durch des Lammes Blut
ist des Drachen Zorn und Wut.
Darum, ihr Himmel, freuet euch,
ihr alle auch in Gottes Reich!
Kyrieleis.

7. So hüte dich nun, Menschenwelt,
auf die Satan niederfällt!
Er ist besiegt und sehr erbost.
Doch ich bin bei euch. Seid getrost!
Kyrieleis.

8. Der Name Gottes sei gelobt,
wenn der Drache zürnt und tobt.
Er weiß, er hat nur wenig Zeit.
Doch Gott gehört die Ewigkeit.
Kyrieleis.

Nach Offenbarung 12, 7–12

Das neue Jerusalem

1. Komm her! spricht mich der Engel an.
Ich zeige dir die Stadt,
die neue Stadt Jerusalem,
die Gott bereitet hat.

2. Da nimmt der Geist von mir Besitz.
Der Engel trägt mich fort
und bringt mich hoch auf einen Berg.
Ich sehe weit von dort.

3. Ich seh, wie Gott die neue Stadt
vom Himmel niederlässt.
Sie leuchtet wie ein Edelstein
und glänzt nach Pracht und Fest.

4. Zwölf Perlentore hat die Stadt,
für jeden Stamm ein Tor.
Zwölf hohe Engel stehen da
und halten Wacht davor.

5. Die Mauer hat ein Fundament.
Zwölf Steine sind zu sehn,
auf denen groß und zeichenhaft
der Jünger Namen stehn.

6. Die Straßen schimmern rein wie Gold.
Nur ist kein Tempel da.
Denn Gott ist selbst das Heiligtum
und wohnt erreichbar nah.

7. Die Stadt braucht keine Lampen mehr,
nicht Sonne und nicht Mond,
weil Gottes klare Herrlichkeit
in ihr erstrahlt und thront.

8. Die Sonne ist für sie das Lamm
und seine Majestät.
Die Völker leben von dem Licht,
das von dem Lamm ausgeht.

9. Der Engel zeigt mir auch den Fluss,
der Lebenswasser bringt
und herrlich funkelnd wie Kristall
an Gottes Thron entspringt.

10. Der Fluss fließt mitten durch die Stadt
am Lebensbaum vorbei,
der Früchte trägt zwölfmal im Jahr,
in jedem Monat neu.

11. Mit seinen Blättern wird dereinst
die Völkerschar geheilt,
wenn sie zugleich mit Gottes Volk
Jerusalem sich teilt.

12. Nichts steht mehr unter Fluch und Tod,
hier leidet keiner Pein.
Wen Gott ins Buch des Lebens schreibt,
kommt in die Stadt hinein.

13. Und Gottes und des Lammes Thron
wird in der Mitte stehn,
und die Erlösten werden ihn
mit eignen Augen sehn.

14. Sein Name steht auf ihrer Stirn.
Die Stadt kennt keine Nacht.
Gott selber leuchtet als ihr Licht
mit königlicher Macht.

15. Und Freude ohne Ende geht
zu ihren Toren ein.
Die Heimgekehrten werden dann
für ewig Herrscher sein.

Nach Offenbarung 21, 1–14. 21–27; 22, 1–5

Amen, ja! Ich komme bald

1. Seht, ich bin schon auf dem Wege.
Selig, wer mich kommen sieht.
Als der Erste und der Letzte
sage ich euch, was geschieht.

Refrain: Komm, Herr Jesu, und vollende
uns und dieser Welt Gestalt!
Und es spricht der Herr des Lebens:
Amen, ja! Ich komme bald.

2. Ich belohne eure Taten.
Habt ihr euren Weg erfüllt?
Seid bereit und lasst euch rufen!
Nur gelebter Glaube gilt.

3. Selig, wer am Quell des Lebens
seinen Durst nach Leben löscht,
wessen Kleid das Blut des Lammes
immer wieder sauberwäscht.

4. Der darf von den Früchten essen,
die am Baum des Lebens sind,
durch das Tor die Stadt betreten,
wo die Ewigkeit beginnt.

5. Vor den Toren müssen bleiben
die, die Gott den Rücken kehrn
und mit selbstgerechtem Wesen
sich und ihre Götzen ehrn.

6. Jesus, sende deinen Engel
und bezeuge Gott den Herrn.
Künde uns von Tag und Sonne
als der helle Morgenstern.

7. Nur bei Gott ist Lebenswasser,
das für immer nährt und tränkt.
Und wer durstig ist, soll kommen.
Er bekommt es frei geschenkt.

8. Ja, du bist schon auf dem Wege.
Komm! so sprechen Geist und Braut.
Komm! so soll ein jeder sagen,
der dies hört und dir vertraut.

Nach Offenbarung 22,7.12–17.20

Inhalts- und Melodienverzeichnis

1 Der Weg ist schon das Ziel. Tageskreis und Lebenslauf

Morgenlied 10
Zu singen nach EG 452: Er weckt mich alle Morgen
Lied am Wochenende 12
Zu singen nach EG 504: Himmel, Erde, Luft und Meer
Mittagslied 14
Zu singen nach EG 485: Du Schöpfer aller Wesen
Abendlied 17
Zu singen nach EG 460: Lobet den Herrn und dankt ihm seine Gaben
Abendgebet 18
Zu singen nach EG 460: Lobet den Herrn und dankt ihm seine Gaben
Eigenvertonung von Hans Krampen
(Fünf Geistliche Chorlieder nach Texten von Detlev Block)
Abendsegen 19
Zu singen nach EG 476: Die Sonn hat sich mit ihrem Glanz gewendet
Lied zu Arbeit und Beruf 20
Zu singen nach EG 326: Sei Lob und Ehr dem höchsten Gut
Tanzchoral 22
Zu singen nach EG 302: Du meine Seele, singe
Segenslied 25
Zu singen nach EG 488: Bleib bei mir, Herr!

2 Ein Zweig wird aus dem Baumstumpf blühn.
Jahreskreis und Kirchenjahr

Advendschoral 28
Zu singen nach EG 7: O Heiland, reiß die Himmel auf
Eigenvertonung von Elke Platzer (Quelle 1)
Adventschoral 30
Zu singen nach EG 4: Nun komm, der Heiden Heiland
Adventslied 32
Eigenvertonung von Horst Rannacher (Quelle 1)
So singen wir die Weihnacht an 33
Zu singen nach der Melodie von Cesar Bresgen:
So singen wir den Winter an
Eigenvertonung von Hans Joachim Barth (Quelle 1)

Weihnachtslied — 34
Zu singen nach EG 300: Lobt Gott, den Herrn der Herrlichkeit
Eigenvertonung von Elke Platzer (Quelle 1)
In der Nacht geboren — 36
Eigenvertonung von Hans Joachim Barth (Quelle 1)
Der Stern von damals — 37
Eigenvertonung von Fritz Baltruweit (Quelle 1)
Sie kommen von weitem — 38
Eigenvertonung von Hans Joachim Barth (Quelle 1)
Lied zur Jahreswende — 40
Eigenvertonung von Hans Joachim Barth (Quelle 1)
O Mensch, beweine deine Schuld — 42
Zu singen nach EG 76: O Mensch, bewein dein Sünde groß
Lob des Schöpfers — 44
Zu singen nach EG 302: Du meine Seele, singe
Eigenvertonung von Hans Kunz (Evangelischer Sängerbund Wuppertal)
Brunnenchoral — 46
Zu singen nach EG Bayern/Thüringen 638:
Herr, deine Liebe ist wie Gras und Ufer
Himmelskunde — 48
Zu singen nach EG 503: Geh aus, mein Herz, und suche Freud
Sternenlied — 50
Eigenvertonung von Hans Joachim Barth (Quelle 2)
Engelchoral — 52
EG 143
Engelchoral — 54
Zu singen nach EG 300: Lobt Gott, den Herrn der Herrlichkeit
Lied zur Lutherrose — 56
Eigenvertonung von Jan-Jürgen Wasmuth
Zur Erhaltung des Lebensraumes — 58
Zu singen nach EG 299: Aus tiefer Not schrei ich zu dir
Bittlied um Erhaltung des Lebens — 60
Zu singen nach EG 364: Was mein Gott will, gescheh allzeit
Eigenvertonung von Elke Platzer (Quelle 2)
Im Angesicht der Ewigkeit — 62
Zu singen nach EG 4: Nun komm, der Heiden Heiland
Wann ist unser Mund voll Lachen? — 64
Eigenvertonung von Elke Platzer (Quelle 1)

3 *Kommt mit Gaben und Lobgesang.* Gottesdienst und Feier

Tauflied — 66
Eigenvertonung von Hartmut Bietz (Quelle 3)
Konfirmations- und Credolied — 68
EG Niedersachsen/Bremen 565
EG Rheinland/Westfalen/Lippe/ Reformierte Kirche 593

Sanctus — 70
Zu singen nach EG 71: O König aller Ehren
Sanctus — 71
Zu singen nach EG 123: Jesus Christus herrscht als König
Abendmahlslied — 72
EG 229
In Christi Namen seid willkommen — 73
Zu singen nach einer Melodie von Samuel Scheidt (Chorarchiv Samuel Scheidt Geistliche Chormusik BA 6932 Bärenreiter-Verlag Kassel)
Abschiedslied — 74
Zu singen nach EG 321: Nun danket alle Gott
Chorbearbeitung von Bernd Leste (Chorheft zum Kirchentag 1995 Hamburg, Strube Verlag München)
Lied für Friedensgottesdienste — 75
Eigenvertonung von Fritz Baltruweit (Quelle 2)
Gott, gib uns Antwort auf die Fragen — 76
Eigenvertonung von Hans Joachim Barth (Quelle 3)

4 *Wer Gott lobt, ist nicht allein.* Bibellieder

Abrahamlied — 80
Eigenvertonung von Herbert Beuerle (Quelle 2)
Lied von der Himmelstreppe — 81
Eigenvertonung von Herbert Beuerle (Quelle 2)
Jakob am Jabbok — 84
Eigenvertonung von Elke Platzer
Eigenvertonung von Hans Joachim Barth (Quelle 2)
Zehn-Gebote-Lied — 86
Zu singen nach EG 231: Dies sind die heilgen zehn Gebot
Jothams Fabel — 89
Eigenvertonung von Herbert Beuerle (Quelle 2)
Am Wacholder in der Wüste — 91
Eigenvertonung von Herbert Beuerle (Quelle 2)
Herr, unser Herrscher — 93
Zu singen nach EG 460: Lobet den Herrn und dankt ihm seine Gaben
Eigenvertonung von Hans Joachim Barth (Quelle 2)
Dennoch bleibe ich an dir — 94
Zu singen nach EG 364: Was mein Gott will, geschah allzeit
Eigenvertonung von Hans Krampen
Danklied — 96
Zu singen nach EG 322: Nun danket all und bringet Ehr
Eigenvertonung von Hans-Werner Clasen
Eigenvertonung von Hans Joachim Barth (Quelle 2)

Nun lasst uns Gottes Namen preisen — 97
Zu singen nach EG 290: Nun danket Gott, erhebt und preiset
Gott allein die Ehre — 99
Zu singen nach EG 369: Wer nur den lieben Gott lässt walten
Immer ist ein Lobgesang — 101
Zu singen nach EG 4: Nun komm, der Heiden Heiland
Das Lied vom Weinberg — 102
Eigenvertonung von Herbert Beuerle (Quelle 2)
Das Volk im Dunkeln — 104
Eigenvertonung von Fritz Baltruweit (Quelle 2)
Was siehst du, Jeremia? — 106
Eigenvertonung von Herbert Beuerle (Quelle 2)
Ich hatte einen Traum — 108
Eigenvertonung von Johannes Petzold (Quelle 2)
Johanneslied — 110
Zu singen nach EG 442: Steht auf, ihr lieben Kinderlein
Vaterunser-Lied — 112
Zu singen nach EG 251: Herz und Herz vereint zusammen
Das Himmelreich gleicht einem Schatz — 114
Zu singen nach einer Melodie von Samuel Scheidt (Chorarchiv Samuel Scheidt Geistliche Chormusik BA 6932 Bärenreiter-Verlag Kassel)
Der verworfene Eckstein — 116
Eigenvertonung von Herbert Beuerle (Quelle 2)
Die zehn Brautfreundinnen — 117
Eigenvertonung von Manfred Schlenker (Quelle 2)
Die selbstwachsende Saat — 119
Zu singen nach EG 460: Lobet den Herrn und dankt ihm seine Gaben
Magnifikat — 120
Zu singen nach EG 308: Mein Seel, o Herr, muss loben dich
Eigenvertonung von Hans-Werner Clasen (Quelle 2)
Eigenvertonung von Hans Krampen
Nunc dimittis — 122
Zu singen nach EG 361: Befiehl du deine Wege
Eigenvertonung von Hans-Werner Clasen (Quelle 2)
Eigenvertonung von Hans Krampen
Marienlied — 123
Zu singen nach EG 380: Ja, ich will euch tragen
Die Emmausjünger — 125
Zu singen nach EG Niedersachsen/Bremen 547: Eines wünsch ich mir vor allem andern
Eigenvertonung von Hans-Werner Clasen (Quelle 2)
Erlösungschoral — 129
Zu singen nach EG 325: Sollt ich meinem Gott nicht singen

Gewissheit des Glaubens 132
Zu singen nach EG 326: Sei Lob und Ehr dem höchsten Gut
Gemeinschaftsliederbuch 370
Gelebter Lobpreis 134
Zu singen nach EG 460: Lobet den Herrn und dankt ihm seine Gaben
Trostlied 135
Zu singen nach EG 363: Kommt her zu mir, spricht Gottes Sohn
Himmelreich und Paradies 137
Eigenvertonung von Horst Rannacher (Quelle 2)
Trostlied 139
Zu singen nach EG 352: Alles ist an Gottes Segen
Die geistliche Waffenrüstung 141
Zu singen nach EG 400: Ich will dich lieben, meine Stärke
Pauluslied 143
Zu singen nach EG 497: Ich weiß, mein Gott, dass all mein Tun
Eigenvertonung von Hans-Werner Clasen (Quelle 2)
Sieben goldne Leuchter 144
Eigenvertonung von Horst Rannacher (Quelle 2)
Botschaft Christi an die sieben Gemeinden 146
Eigenvertonung von Hans Joachim Barth (Quelle 2)
Der Sieg im Himmel 149
Zu singen nach EG 23: Gelobet seist du, Jesu Christ
Eigenvertonung von Horst Rannacher (Quelle 2)
Das neue Jerusalem 151
Eigenvertonung von Elke Platzer
Eigenvertonung von Horst Rannacher (Quelle 2)
Amen, ja! Ich komme bald 154
Eigenvertonung von Horst Rannacher (Quelle 2)

Melodie-Quellen:

Detlev Block: So singen wir die Weihnacht an. Neue Lieder zum Weihnachtsfestkreis.
Detlev Block: Kommt mit Gaben und Lobgesang. Neue Bibellieder.
Detlev Block: Dich zu rühmen, macht uns Mut. Geistliche Lieder.

Strube Verlag München und Berlin.